O ROTEIRO
do amor

Também de Ray Tavares

Os 12 signos de Valentina
Heroínas (em coautoria)
Confidências de uma ex-popular
As vantagens de ser você
Finalmente 15 (em coautoria)

RAY TAVARES

O ROTEIRO
do amor

1ª edição

Rio de Janeiro-RJ / São Paulo-SP, 2025

VERUS
EDITORA

Diagramação
Abreu's System

ISBN: 978-65-5924-367-9

Copyright © Ray Tavares, 2025
Todos os direitos reservados.

Direitos reservados em língua portuguesa, no Brasil, por Verus Editora.
Nenhuma parte desta obra pode ser reproduzida ou transmitida por qualquer forma
e/ou quaisquer meios (eletrônico ou mecânico, incluindo fotocópia e gravação) ou arquivada
em qualquer sistema ou banco de dados sem permissão escrita da editora.

Verus Editora Ltda.
Rua Argentina, 171, São Cristóvão, Rio de Janeiro/RJ, 20921-380
www.veruseditora.com.br

CIP-BRASIL. CATALOGAÇÃO NA PUBLICAÇÃO
SINDICATO NACIONAL DOS EDITORES DE LIVROS, RJ

T233r

Tavares, Ray, 1993-
  O roteiro do amor / Ray Tavares. – 1ª ed. – Rio de Janeiro : Verus, 2025.

  ISBN 978-65-5924-367-9

  1. Romance brasileiro. I. Título.

24-95659

CDD: 869.3
CDU: 82-31(81)

Meri Gleice Rodrigues de Souza – Bibliotecária – CRB-7/6439

Revisado conforme o novo acordo ortográfico.

Seja um leitor preferencial Record.
Cadastre-se e receba informações sobre nossos
lançamentos e nossas promoções.

Atendimento e venda direta ao leitor:
sac@record.com.br

Para Renato.
Seja na literatura, no audiovisual ou no livro da minha vida, você é a melhor história que eu já contei.

Glossário de termos do audiovisual

Abrir roteiro: escrever o roteiro, cena a cena, depois que a escaleta é aprovada. É a parte mais divertida, e também aquela em que precisamos ficar explicando piada.

Beat: uma unidade narrativa, ou seja, movimentos dentro de uma história que levam o arco do personagem para a frente. É maior que uma cena, menor que um ato. É também bem difícil de explicar.

Escaleta: o roteiro do roteiro. É uma etapa anterior à escrita do roteiro, na qual organizamos os beats em uma sequência de cenas que faça sentido. É a parte mais difícil, e também o momento em que todo mundo quer dar pitaco.

Greenlight: poderia muito bem ser traduzido como "sinal verde", mas as pessoas adoram um termo em inglês. É quando o roteiro é aprovado pelo canal/distribuidora e recebe o investimento para que seja filmado. É a palavra mais linda que um roteirista pode ouvir — pena que ouve pouco.

Logline: resumo da história em uma linha — o terror dos prolixos.

Notes: comentários de feedback da produtora/canal sobre o material enviado. É o que tira o sono dos roteiristas na maioria das noites.

Roteirista: o coitado que todo mundo se esquece de mencionar e o único culpado se o filme/série dá errado.

Roteiro: o que todo mundo no mercado audiovisual acha que sabe fazer melhor que o próprio roteirista.

Sinopse: resumo da história em uma página, com começo, meio e fim — o terror dos detalhistas.

1.

Eu amo meu trabalho, eu amo meu trabalho, eu amo meu trabalho...
— *O diabo veste Prada*, escrito por Lauren Weisberger,
adaptado por David Frankel e Aline Brosh McKenna

— VERÔNICA, SABE QUANTAS PESSOAS gostariam de estar no seu lugar?

— Qual dos lugares? O de ter o meu trabalho desrespeitado ou o de não ter recebido um real por isso até agora?

Silêncio no Zoom.

O que nunca é um silêncio, *silêncio* — sempre tem um cachorro latindo, uma criança chorando ou uma máquina de lavar roupas cantando animada o término do ciclo das calcinhas.

Até o silêncio constrangedor original, denso como mel e desconfortável como acordar cedo, nós perdemos com essa nova realidade de reuniões intermináveis e contraproducentes pelo computador.

Se aparecesse um gênio na minha frente agora e me concedesse apenas um pedido, eu pediria que reuniões pelo Zoom fossem banidas da face da Terra.

(Mentira, eu pediria a paz mundial.)

(Mentira de novo, eu pediria dinheiro infinito; sou idealista, mas não sou idiota.)

— A gente quer fazer esse filme acontecer — continua Paulo Salles, o produtor executivo, sem responder à minha pergunta, depois de segurar um suspiro de impaciência. — Mas você precisa ceder um pouco também.

— Um *pouco*? — Ele só pode estar de brincadeira com a minha cara. — Agora vocês querem mudar até o nome dos protagonistas!

— Juliana não é um bom nome — a roteirista se intromete sem ser convidada —, não diz exatamente quem é a nossa protagonista nem...

— Ah, sim, *Juliane* resolve todos os nossos problemas, realmente. — Tenho que me segurar muito para não revirar os olhos como uma criança birrenta; de todos os roteiristas que já passaram pelo projeto, essa é a mais detestável. — Você sabe por que escolhi Juliana? É uma homenagem à minha mãe.

A roteirista fica pálida; é mentira, claro, minha mãe se chama Vera, um nome bem mais condizente com os seus mais de sessenta anos, mas não consigo deixar passar a chance de constrangê-la.

Já que não estou sendo paga por nada disso, torturar roteiristas é a minha própria forma de compensação.

— O canal já está no limite — Paulo quase implora, mas ele não compreende.

Como compreenderia? O meu livro não é importante para ele. A minha história não é importante para o mundo. É apenas um "romance de mulherzinha", algumas cifras a mais na conta bancária dele se tudo der certo. É escalar uma atriz com milhões de seguidores, que não tem nada a ver com a protagonista, e um par romântico que atua dolorosamente mal, mas que pelo menos tem pinta de "galã". Não é complexo, inteligente ou brilhante (porque apenas produtos norte-americanos sobre homens brancos são), muito menos vale toda a dor de cabeça que ele está tendo comigo.

Mas eu estou um pouco cansada de fingir que tudo isso não me deixa enfurecida. Faz mais de dois anos que cedi os direitos do livro para a produtora — por um total de zero reais —, e nesses mais de dois anos venho fingindo que falas como "O que você não entende é...", ou "Você não conhece o mercado o suficiente", ou ainda "O audiovisual é bem mais complexo do que a literatura" não fazem com que eu duvide de mim mesma. Não fazem com que eu me sinta uma forasteira, burra demais para compreender qualquer coisa além das histórias bobas e fúteis que eu escrevo.

A verdade é que eu só não joguei a toalha e desisti desse sonho, que tem se mostrado cada dia mais impossível, porque essa história não é mais só minha. É dos meus leitores. É da minha agente, e da minha editora, e de todo mundo que acreditou um pouquinho mais no amor depois de ler. É dele. *Era...* dele.

Além do mais, eu tenho vinte e nove anos, não sou mais uma garotinha assustada que faz tudo pela validação dos outros.

(Na verdade, eu ainda sou sim uma garotinha assustada que faz tudo pela validação dos outros, mas que exemplo estarei dando para os meus cachorros se nem ao menos tentar ser uma mulher confiante e segura de si?)

Respiro fundo e tento fingir que não estou sozinha nessa arena, jogada aos leões sem nada para me defender além de uma faquinha de plástico.

— Eu continuo com a opinião que enviei por escrito: não aprovo, esse não é o nosso filme — disparo, e todas as pessoas na reunião têm reações dramáticas diferentes: a roteirista com cara de rato pressiona o dedo indicador e o polegar na ponte do nariz; o produtor se joga para trás na cadeira gamer; e até a internet do coitado do estagiário de produção trava, no momento em que ele dá um sorriso amarelo e memoriza a reunião catastrófica para contar aos amigos da faculdade de cinema mais tarde: "Autores de livro são um pesadelo!" — Eu sei que, se não tivesse a aprovação final do roteiro, vocês já teriam feito o filme de qualquer jeito, mas esse é justamente o problema: eu não quero que seja feito "de qualquer jeito". Eu prefiro que não seja feito. Vocês me excluem do processo por meses, aparecem com um roteiro que não tem nada a ver com o livro e esperam que eu sorria, acene e aprove?

— Verônica, você precisa compreender que uma adaptação passa por mudanças...

— E você precisa compreender que, se essas mudanças afetam absolutamente tudo o que faz o livro ser querido pelos leitores, não é uma adaptação, é um tiro no pé. E eu sinto muito, mas preciso sair, tenho outra reunião agora.

Não espero ninguém responder e clico no "sair" vermelhinho do Zoom, sentindo o coração bater violentamente dentro do peito.

Eu não costumo ser tão assertiva assim, fujo de conflitos e prefiro comer vidro a falar o que realmente penso, mas cheguei no meu limite. Estou de saco cheio de toda essa situação. Das reuniões intermináveis, dos roteiristas me explicando de forma condescendente o que é um "ponto de virada", dos roteiros sem alma, dos produtores mais sem alma ainda.

A minha psicóloga diria que eu preciso parar de guardar os meus sentimentos e pensamentos, porque, quanto mais eu guardo, maior a explosão quando eles finalmente escapam, como acaba de acontecer na reunião. Ela está certa — talvez por isso ela seja a psicóloga e eu a paciente que não consegue deixar os velhos hábitos morrerem.

Afundo na cadeira e procuro algum consolo em um dos meus cinco cachorros, mas nenhum deles parece muito interessado na minha crise de ansiedade, até que me levanto e pego uma das coleiras de cima do aparador; aí sim eles correm na minha direção, abanando o rabinho, animados.

— Tóxicos — resmungo, começando a prender a coleira na Capitu, minha vira-lata mais velha.

Não tenho outra reunião. Que outra reunião eu teria? Sou uma escritora de romances, os únicos momentos em que interajo com outros seres humanos são os lançamentos e feiras literárias, ou quando estou próxima de lançar um livro e entro em uma sala com quatrocentos profissionais de marketing discutindo qual é o brinde ideal que vai fazer com que as pessoas queiram comprar o livro *também*.

No restante do tempo, passo os meus dias solitária na frente de um computador velho, 1% do tempo escrevendo, 95% do tempo passando raiva no Twitter e 10% do tempo sentindo pena de mim mesma.

Também nunca fui muito boa em matemática.

Mas eu preciso que o produtor entenda que não vou ceder à pressão. Dois anos atrás, sim, muito provavelmente, mas a vida me ensinou de uma forma muito dura que é importante me agarrar àquilo que amo, porque tudo pode ser arrancado da noite para o dia, sem aviso prévio.

2.

Um só passo em falso acarreta uma série de desgraças sem fim...
— *Orgulho e preconceito*, escrito por Jane Austen

PASSEAR COM OS MEUS cachorros é uma das poucas formas eficazes que eu conheço de colocar os pensamentos em ordem, e eu estou precisando da distração depois da reunião desastrosa com a produtora. Preciso tirar a mente do calabouço de autopiedade em que ela gosta de se esconder quando as coisas começam a dar errado.

Não vai dar certo, Por que você ainda se importa?, Por que não desiste? É a sua especialidade, Faz sentido insistir nesse filme se ele não está aqui para vê-lo ganhar vida?

Não que seja uma tarefa fácil, porque cada um dos meus cachorros tem uma agenda própria a cumprir. Capitu gosta de comer tudo o que vê pela frente, e eu tenho que ficar de olho, porque pode só ser uma florzinha inofensiva, mas pode ser também uma bituca de cigarro. Mr. Darcy adora mijar em absolutamente todos os postes da cidade, mesmo que nem tenha mais xixi para fazer, e tenho que parar de cinco em cinco segundos para esperar por ele enquanto os outros cachorros me puxam para seguir viagem. Dom Quixote caga nos momentos mais inoportunos: no meio de um cruzamento quando o farol acabou de abrir ou na frente de um supermercado movimentado. Julieta anda dez passos e já se joga no chão, exausta, e se recusa a continuar a não ser que eu a pegue no colo. E Frankenstein simplesmente não pode ver outro cachorro que parte para cima latindo e tremendo (mesmo sendo um bostinha de três quilos e mandíbula prognata).

Mas pelo menos é uma distração. Alguns minutos de uma paz forjada, pelos quais eu anseio todos os dias quando sinto que posso explodir se ficar mais um segundo que seja presa dentro de mim mesma.

E eu estou no meio de uma dessas operações delicadas, pegando o saquinho para recolher o cocô de Dom Quixote enquanto tiro uma sacola plástica da boca de Capitu e impeço Frankenstein de ir para cima de um pitbull, quando acontece: um cara distraído ao celular se aproxima, caminhando com determinação e falando rápido.

— ... não é meu estilo, cara, não tem nenhum outro projeto? Não é possível que não tenha nenhuma sala, porra, faz quinze anos que eu tô nesse mercado. E o argumento do suspense, nada ainda do canal?

Eu tento avisar. Tento mesmo, porque só gosto de fazer roteiristas sofrerem, não a humanidade como um todo. Mas ele não me percebe ali, agachada, muito menos ouve quando eu exclamo:

— Olha o cocô!

Ele só... pisa nele.

Por alguns instantes, é como se o tempo congelasse, e as diversas possíveis consequências desse desastre passam voando na minha frente. Estamos em São Paulo, lar das reações inesperadas. Ele vai me dar um tiro? Começar a chorar? Pegar um pedaço de cocô e passar na minha cara?

— Puta que pariu! — É a reação branda e normal que ele tem, e, de baixo para cima, com o sol na cara, não consigo enxergá-lo muito bem; a única coisa em que reparo é sua camiseta, que diz: "Escrito e dirigido por Quentin Tarantino".

Se eu não estivesse tão constrangida com a situação, teria revirado os olhos.

Ele olha para baixo, para a minha insignificância agachada, com um saquinho de cocô em uma mão, cinco guias na outra e uma vontade imensa de desaparecer, e fala ao celular:

— Pera aí, pisei na merda. — E então para mim: — Não dava pra recolher, não?

Sinto quase como se o "pisei na merda" fosse menos sobre o cocô e mais sobre mim.

— É, eu tô agachada no meio da rua segurando um saquinho de cocô porque estava meditando! — respondo, irritada, levantando e assoprando metade do cabelo que caiu na cara.

Consigo dar uma olhada melhor no sujeito e, por um milésimo de segundo, penso que estou falando com o Wagner Moura e sou tomada pelo pânico.

Eu sou muito fã do Wagner Moura.

Eu faria loucuras pelo Wagner Moura.

E agora o Wagner Moura pisou no cocô do meu cachorro e vai me odiar para sempre. Acabei com o dia do Wagner Moura, talvez com a semana. Serei a inimiga número 1 do Wagner Moura, e ele vai falar de mim em entrevistas e me mencionar no seu discurso do Oscar: "Tudo começou quando eu pisei no cocô do cachorro de uma mulher detestável e decidi mudar de vida".

Mas então vejo que não. Não é ele. Por que seria ele? Ele não mora nos Estados Unidos ou alguma coisa assim?

Não. Apesar da semelhança e dos óculos de acetato preto moderninhos, não é o Wagner Moura. É só um cara aleatório: alto, esguio, cabelo ondulado quase na hora de cortar, olhos castanhos com olheiras de uma noite maldormida ou do ódio que está tentando controlar.

— Eu tentei te avisar.

— Percebi — ele dispara e não olha mais para mim, e sim para o tênis cheio de bosta, desolado. — Puta que pariu...

A voz do outro lado do celular fala algo que não consigo entender, e ele suspira, respondendo de forma distraída:

— Te ligo daqui a pouco, mas por enquanto é não.

Ele desliga o celular e olha para mim, uma mulher de vinte e nove anos, com todos os traços brasileiros e japoneses parecendo exaustos e cinco cachorros rodeando os seus pés, e ainda tem a pachorra de adicionar:

— Da próxima vez, medita em casa.

E então se afasta sem dizer mais nada, pisando apenas com a ponta do pé cagado para longe da bagunça que é a minha vida, mesmo nos momentos mais tranquilos.

E eu quero responder algo à altura, algo como "E dá próxima vez, vê se olha por onde anda", ou ainda "Se você soubesse o tamanho da pressão que estou sentindo, pensaria duas vezes antes de falar assim comigo, ou você vai ter que consolar uma estranha que começou a chorar no meio da rua", mas Mr. Darcy mija em um carrinho de bebê e Julieta deita no chão, como quem diz "Pra mim já deu", e a única coisa que consigo falar é:

— Nunca mais tiro vocês de casa!

3.

> A vida é como uma caixa de chocolates,
> você nunca sabe o que vai encontrar...
> — *Forrest Gump*, escrito por Winston Groom,
> adaptado por Eric Roth e Robert Zemeckis

ASSIM QUE CHEGO EM casa, exausta de uma caminhada de menos de meia hora e humilhada pelo incidente do cocô, minha agente literária começa a ligar.

Eu suspiro. Já sei o que está por vir, mas atendo mesmo assim, porque tenho consciência de que ignorar é pior — ela provavelmente apareceria na minha porta em menos de quinze minutos com um mandado de busca e apreensão.

— Você é maluca? — a voz estridente exclama do outro lado da linha.

Eu sorrio.

Gio tem o superpoder de me fazer rir mesmo quando está puta comigo.

— Ah, Gio, que fofo! Isso ainda era uma dúvida? — pergunto, colocando o celular no viva-voz em cima da mesa e tirando a coleira dos cachorros.

— Verônica, você é alérgica a dinheiro, é isso? — ela continua, e eu sei que está irritada porque me chamou de "Verônica" e não de "Best", diminutivo de "best-seller", seu apelido carinhoso para mim.

— Eu sou alérgica a gente que não entende nada de como adaptar uma história e acha que eu sou uma idiota que não sabe do que está falando — respondo, libertando o último cachorro e me sentando à escrivaninha, uma mesa improvisada no meio da sala, já que faz dois anos que não tenho coragem de entrar no segundo quarto do minúsculo apartamento de cinquenta metros quadrados onde moro e trabalhar em um escritório decente.

— Isso ainda é sobre o beijo nos primeiros cinco minutos?

— Claro que ainda é sobre o beijo nos primeiros cinco minutos. E é também sobre mudarem o nome dos personagens, e também sobre todo aquele plot absurdo do Rodrigo jogar golfe. Quem joga golfe no Brasil, Gio? O meu livro conta a história de duas pessoas que, separadas, estão na merda, mas juntas despertam a melhor versão uma da outra. Não é um romance erótico sobre um herdeiro jogador de golfe envolvido com a máfia italiana e uma mulher de trinta anos que age como adolescente, "olha como eu sou destrambelhada, por favor me coma!", porque Deus me livre uma protagonista de romance ter personalidade, né?

Gio suspira do outro lado da linha.

Até ela, minha maior apoiadora, e muito provavelmente única amiga, já está começando a ficar de saco cheio.

Não a culpo. Não existe uma só pessoa envolvida nesse filme que não quer que eu magicamente desapareça e deixe por escrito: "Todos os direitos do meu livro estão disponíveis para que vocês façam o que quiserem, mesmo que o que vocês queiram fazer seja um grande lixo radioativo".

— Verônica, a gente tá perdendo o canal. O produtor me ligou desesperado, disse que se o próximo roteiro não for aprovado vão cancelar o projeto. Eles precisam confirmar a pré-produção, e eu posso ser honesta?

— Vai adiantar se eu disser que não?

— O seu livro foi, sim, um sucesso de vendas — ela continua, ignorando o comentário —, mas todo mês aparecem dezenas de novos romances de novas autoras loucas para vender os direitos por duas coxinhas e um Guaraná, e daqui a pouco a gente vai perder o timing para que esse filme aconteça. A porta tá fechando.

— Mas toda vez que Deus fecha uma porta ele abre uma janela, não? — tento.

— Sim, pra gente se jogar dela — Gio responde, irritada.

Solto uma risada pelo nariz.

Lembro de uma das últimas conversas que tive com Henrique: "Você vai fazer esse filme acontecer, porque você tem uma coisa muito rara: ambição sem maldade".

Esse momento parece ter acontecido há um milhão de anos...

— Tá todo mundo fazendo com que eu me sinta uma megera. — Permito que um segundo de fragilidade escape, como areia por entre os dedos. — E não é nada disso, eu só...

Paro de falar, porque tenho medo de começar a chorar, e Gio não é paga para aguentar as minhas lamúrias.

Bom, na verdade, ela é. Fica com 20% de tudo o que eu ganho, e, se eu não estou bem da cabeça, 20% de nada é nada.

— Eu sei o que essa história significa pra você, Best, sei mesmo — ela cede e usa o meu apelido, porque Gio tem todas as qualidades de uma ótima agente literária: é forte como um touro, ambiciosa como um homem branco e empática como a psicóloga de formação que é. — Mas não acha que ele iria querer mais pra você? A realização do seu sonho?

Suspiro, porque, infelizmente, ela está certa. Mas, mesmo assim, tudo parece tão... penoso. Difícil. Arrastado. Pesado. Desconectado de quem eu fui um dia.

Me olho no espelho da sala e não vejo mais a Verônica que cedeu os direitos do livro, que sonhava com mais, que trabalhava por mais. Vejo uma mulher drenada pelo luto. Vejo uma casca translúcida, oca por dentro.

Me sinto a coadjuvante da minha própria vida. O alívio cômico e trágico.

— Essa roteirista não dá — mudo de assunto, porque não quero entrar na espiral de pensamentos que eu sei muito bem para onde vão me levar: remédio para dormir e uma semana de merda.

— Eu sei, li o roteiro, e realmente...

— É...

— Mas eles estão sondando um nome grande agora. Não me disseram quem, mas alguém que já fez muitos hits nos streamings.

— Não sei se isso me acalma, Gio. Você tem assistido a muitos filmes ultimamente? Porque eu assisto. E são todos... sofríveis.

— Eles marcaram uma reunião amanhã, presencial, às três da tarde.

— Presencial? Como faziam os incas?

— Não sei por quê — Gio me ignora mais uma vez —, uma reunião para alinhar expectativas, talvez.

— Ou pra me matarem e colocarem outra no lugar, como fizeram com a Avril Lavigne?

— É a nossa última chance, Vê. — Gio não está com paciência para as minhas piadinhas, o que é preocupante, porque ela costumava ter um estoque de paciência ilimitado para as minhas bobagens. — Eles deixaram isso bem claro. Se você realmente me disser que não quer mais, eu respeito sua decisão, por mais que discorde. Mas... é isso mesmo?

Olho para o único porta-retratos que tenho, pousado tranquilamente em cima do aparador, perto de onde deixei as coleiras. Eu, Henrique, cinco cachorros, muitos sorrisos.

Meu coração aperta tanto que, por um instante, acho que estou infartando. Respiro fundo e consigo afastar a sensação por tempo o suficiente para clarear a mente.

— Você sabe que não é.

Quase posso ver sua expressão de alívio.

— Perfeito. Vamos alinhar o nosso discurso então. A nossa estratégia. O que você quer?

— Outro roteirista — respondo.

— Isso já está certo. O que mais?

— Não quero ser alienada do processo. Quero ler o argumento, a escaleta, todas as versões do roteiro. Quero fazer comentários, ser ouvida para variar.

— Ótimo. Mais alguma coisa?

— Quero que você dê uma cadeirada no Paulo.

— Que nem o Datena deu no Marçal?

— Isso, exatamente. Se a gente puder transmitir ao vivo, melhor ainda.

Gio ri, e sinto uma onda de alívio; ela está rindo das minhas bobeiras. Estamos bem.

— Então eu te vejo amanhã?

— Posso mandar uma Inteligência Artificial no lugar? — tento. — É o maior sonho deles. Produz o que você quer, é de graça e não tem crises existenciais.

— E que graça teria isso? Inteligência Artificial não faz produtor executivo mijar nas calças.

4.

> Não importa se as pessoas vão se decepcionar. Se você não for verdadeira consigo mesma, a vida perde o sentido.
> — *Conectadas*, escrito por Clara Alves

A PRODUTORA FICA EM um casarão reformado, com colunas brancas e janelas em arco, no coração de um bairro misto, metade residencial, metade comercial.

Há algumas décadas, essa foi uma das regiões mais ricas de São Paulo, mas agora é só... decadente. Várias pequenas empresas prestes a falir e idosos que não têm para onde ir, presos em mansões que ninguém mais visita.

É triste e glamouroso, exatamente como a minha situação.

Eu já estive aqui algumas vezes, mas todas elas fizeram eu me sentir exatamente como da primeira vez: pequena. Com a sensação de ser frágil demais para esse mercado. De não ser suficiente, invisível entre todas as pessoas modernas e descoladas, com piercings no nariz, cabelos coloridos, franjas veganas, sotaques paulistanos muito carregados e agendas lotadas.

Mas, na primeira vez, eu ainda tinha a mão de Henrique para segurar a minha, e um sonho quase infantil dentro do peito. Dois anos depois, só me resta... ceticismo.

A verdade é uma só: sou apenas uma escritora de livros. Não faço parte do seleto grupo de gênios que produz a sétima arte, não frequento festinhas na Santa Cecília, muito menos tenho amigos famosos. Só quero contar histórias em um formato obsoleto, para um público restrito de pessoas com quem eu me identifico. Leitores solitários como eu, ávidos por sentirem algo como eu, que trocariam qualquer atividade por uma tarde preguiçosa lendo um livro na varanda, como eu.

Eu deveria saber que sair da minha zona de conforto e sonhar com algo maior só me traria problemas, frustrações e ansiedade. "Verônica, você sonha alto demais", meus pais diziam, de novo e de novo, ao longo de toda uma vida, e eu não deveria ter sido tão teimosa. Não deveria ter tentado provar que eles estavam errados. Deveria ter ouvido.

Eu deveria ter mantido a cabeça enfiada nos livros e seguido assim, na minha zona de conforto, mas a esperança é algo muito difícil de conter. Quando ela se instala dentro de alguém, não tem razão que a faça ir embora.

E agora eu estou aqui, sentindo na pele que a vida real não é como nos livros que eu leio e escrevo. Se fosse, Henrique ainda estaria aqui, o filme ficaria perfeito e nós viveríamos o nosso felizes para sempre.

Respiro fundo e toco o interfone. Me identifico e entro, esperando constrangida na recepção, enquanto a recepcionista no começo dos seus vinte anos me olha com uma mistura de dó e desinteresse: "Quem é essa zé-ninguém?"

— Verônica! — É Gio quem vem me receber, como se trabalhasse na produtora; o produtor executivo, Paulo Salles, a acompanha, os dois com pequenas xícaras de café coloridas na mão. — Chegou na hora do cafezinho!

Sorrio, desconfortável.

Sei que Paulo me odeia com todas as forças, e odeia mais ainda o fato de que caiu em uma armadilha e assinou um contrato segundo o qual a autora do livro teria "aprovação final do roteiro".

Sei também que ele demitiu todo o time jurídico que deixou esse desastre acontecer, e que nunca mais assinou nenhum contrato parecido.

— Oi, pessoal. — Dou um beijo no rosto de Gio, e em seguida em Paulo, que estremece um pouquinho ao toque da megera.

— Verônica. — Ele sorri, um sorriso nervoso, que está ali a duras penas. — Vamos lá?

"Aonde?", quero perguntar. "Para os fundos da produtora, onde serei fuzilada?"

Em vez disso, vou como um cordeirinho atrás dos dois, que conversam entre risadinhas, íntimos — Gio é ótima em parecer a melhor amiga de todo mundo —, imaginando se ele nos atraiu para uma armadilha para finalmente admitir que não aguenta mais e que vai devolver os meus direitos. Que não tem dinheiro no mundo que pague a dor de cabeça que eu estou causando.

Não sei como me sentir se esse realmente for o desfecho dessa dramédia. Triste? Aliviada? Com raiva? Tranquila? Tudo isso ao mesmo tempo?

Acho que vou me sentir mais pobre também. Não recebi um real pela cessão dos direitos do livro, prática comum no mercado, mas, se o canal der greenlight para a produção, ou seja, aprovar a produção do filme, recebo o valor integral dos direitos autorais, que é suficiente para quitar meu financiamento imobiliário. Se o canal cancelar tudo por conta da minha teimosia, foram dois anos disponibilizando tempo, força criativa e saúde mental a troco de nada.

De fora, as pessoas acham que o mercado audiovisual é muito glamouroso e chique — sei disso porque, antes de conhecer a verdade, eu também tinha essa ilusão. *Mágico*, onde os sonhos se realizam, onde as pessoas são bonitas, ricas, politizadas e artísticas, farfalhando para lá e para cá em um frenesi de inspiração e arte.

Porém, conforme fui me envolvendo mais, descobri que o buraco é bem mais embaixo; não são todos ricos e amigos de celebridades, vivendo em grandes casas de praia, esperando a inspiração chegar com a brisa do mar

A realidade é mais dura do que isso. A maior parte das pessoas trabalha como PJ em projetos que sempre têm metade do tempo que deveriam ter, cumprindo uma quantidade absurda de horas, sem saber se terão dinheiro para pagar o aluguel até o final do ano. Elas pegam dois ou três trabalhos ao mesmo tempo, tentando fazer um pé de meia para quando as coisas esfriarem e nenhum projeto novo entrar, o que às vezes pode durar meses ou até anos.

Os criativos só são pagos quando o projeto de fato recebe investimento, o que pode nunca acontecer, trabalhando de graça pela "oportunidade de entrar na indústria" ou pela "chance de ganhar um crédito". Autores de livros cedem suas obras com a promessa de um dia receberem direitos autorais, e roteiristas trabalham nessas mesmas obras com a promessa de um dia serem pagos por isso, caso algum canal ou streaming se interesse. E o ciclo se repete, de novo, de novo e de novo.

É uma grande máquina de moer gente, com meia dúzia de pessoas enriquecendo e o restante afundando em dívidas, perseguindo uma carreira na indústria que é conhecida por realizar sonhos, menos os daqueles que fazem esses sonhos acontecerem.

Não tem nada de mágico ou glamouroso como se faz parecer. São só pessoas muito reais, de carne e osso, tentando pagar suas contas e sonhando com o dia em que serão reconhecidas pelos seus talentos ou cairão no gosto do público com algo que criaram, saindo da eterna tentativa e entrando no hall dos vitoriosos, no hall daqueles que não precisam mais se preocupar com dinheiro. Até esse dia chegar, *se* ele chegar, é um eterno jogo de "insisto ou procuro outro emprego, em uma área mais estável?"

Pelo menos na literatura eu não almejo nada disso. Que escritor brasileiro enriquece, pelo amor de Deus? Não... Eu só quero contar as minhas histórias, passear com os meus cachorros e esperar a morte chegar.

Foi-se o tempo em que desejei mais do que isso.

Nesses dias, eu percorria o mesmo caminho que estamos fazendo agora, de mãos dadas com Henrique, rindo e confabulando, e acreditava que a nossa vida estava prestes a mudar. Agora, eu só me deixo ser levada para a mesma sala de paredes de vidro, desejando estar em qualquer outro lugar que não aqui, onde as lembranças me esmagam de forma quase insuportável. Nossa vida mudou, sim, mas não para melhor.

Quando entramos na sala, porém, há algo de diferente. Sim, o estagiário entediado continua lá — suspeito de que ele durma em um quartinho nos fundos na produtora, preso em cativeiro —, assim como a mesa comprida de reuniões, uma grande TV na parede e o cheiro quase enjoativo de café.

Mas, no fundo da sala, sentado de forma despreocupada, está o Cara do Cocô.

Minha cunhada costuma dizer que sofre de "incontinência facial", e penso nela na hora, porque não consigo impedir que as minhas sobrancelhas quase toquem o céu.

— Pessoal, o Hugo vocês já conhecem, e esse — Paulo aponta para o Cara do Cocô — é o Daniel. Nossa arma secreta para *finalmente* fazer esse filme sair do papel!

Daniel, como agora eu sei que se chama o Cara do Cocô, olha para mim como se fosse a primeira vez, com um olhar neutro, um quadro em branco, então é seguro imaginar que ele não se lembra de mim.

E, se ele não se lembra de uma interação memorável que aconteceu há menos de vinte e quatro horas, como pode ser uma arma secreta para qualquer coisa?

— Oi. — Ele dá um aceno rápido com a mão, parecendo entediado antes mesmo de a reunião começar, sem o menor interesse de levantar e nos cumprimentar direito.

— Então é você que vai fazer a mágica acontecer? — Gio pergunta, animada, e eu tenho a suspeita de que ela fez algum curso de coach para ser tão amigável, alguma coisa do tipo "Como conquistar amigos e influenciar pessoas".

— É o que estão dizendo por aí — ele graceja, e, conforme ocupamos os nossos lugares, posso olhar melhor para ele, sem cocô no tênis e sol na cara.

Daniel está sentado na cadeira de forma bastante relaxada, inclinado para trás e de braços cruzados, quase como se fosse colocar um dos pés em cima da mesa a qualquer momento. O cabelo dele precisa *mesmo* de um corte, mas talvez seja uma declaração para o mundo: "Eu não me importo tanto assim com quase nada".

Ele tem um rosto jovial. Usa roupas descontraídas, uma calça jeans gasta e uma camiseta da série *Stranger Things*, e pode ter entre vinte e quarenta anos, eu realmente não saberia dizer.

Sou obrigada a admitir que ele é *bastante* agradável aos olhos, de um jeito que não se esforça demais para ser notado; talvez até queira passar despercebido. Seus olhos são castanhos, quase pretos, e a boca parece estar congelada em um sorrisinho irônico — me remete a um mocinho de comédia romântica que faz contraponto com o cara perfeito que os roteiristas querem que a gente acredite que é o verdadeiro mocinho, preparando o terreno para o plot twist: pessoas aparentemente perfeitas em geral são muito chatas. Pode entrar, *Vestida para casar*.

Ele não é doce, não tem a aura gentil que sempre me atraiu nos homens. Parece... áspero. E, mesmo assim, há algo de magnético nele.

Apesar de tudo, ele não passa a segurança de ser a pessoa que vai resolver todos os nossos problemas. Ele é o que, o novo executivo do canal? Muito improvável, esses nunca saem das suas tocas corporativas. O novo produtor de desenvolvimento? Talvez... Um hipnólogo pronto para me fazer esquecer que quero dar a palavra final? É o meu maior chute.

— Quer começar, Daniel? — Paulo insiste, fazendo um movimento quase imperceptível em minha direção, como quem diz: "Agrada ela, pelo amor de Deus".

Às vezes Paulo esquece que eu sou escritora, e que um dos meus — poucos — talentos é perceber intenções no ar.

— Gostei do livro — ele diz, simplesmente. E, por mais que pareça um pouco condescendente, é sempre bom ouvir elogios de... produtores? Executivos? Hipnólogos?

Paulo parece decepcionado e resolve tomar as rédeas da situação.

— O Daniel é um dos melhores roteiristas em atividade hoje, escreveu *O mistério da...*

Eu paro de ouvir.

"Roteiristas." Os meus maiores inimigos. O "grande nome" que Gio havia mencionado na ligação de ontem. Ele já está aqui, em carne e osso, pronto para começar. Conseguiram laçar o cara na velocidade da luz, provavelmente pagando o dobro do que ele vale, se isso for suficiente para me convencer.

Então essa é a última tentativa. Um homem "genial" para adaptar um romance "de mulherzinha".

Interrompo Paulo no meio do monólogo:

— Mas ele já escreveu algum filme de romance?

Paulo fica vermelho. O estagiário se remexe na cadeira, e tenho certeza que, se ele pudesse rir sem ser demitido ou chicoteado, teria gargalhado. Gio me olha como se quisesse me matar, sem tirar o sorriso do rosto; é impressionante e assustador ao mesmo tempo.

— *Ele* nunca escreveu — Daniel responde, os olhos com um brilho de desafio.

— Então como vocês esperam que saia alguma coisa decente disso? — pergunto para Paulo e Gio, porque sinto que entrar em um embate direto com o Cara do Cocô vai fazer com que eu tenha uma crise histérica.

— Você acha que todo escritor de thriller ou terror já assassinou alguém? Se sim, é melhor a gente prender o Stephen King logo — Daniel comenta, parecendo achar graça no meu questionamento.

— Eu não perguntei se você já se apaixonou...

— Por uma personagem de quadrinhos serve?

— ... perguntei se já escreveu romances. — Ignoro sua piadinha.

— Não parece ser tão difícil assim. — Ele dá de ombros, e eu tenho vontade de subir em cima da mesa e voar no seu pescoço.

Em vez disso, olho para Gio, "Me salva disso pelo amor de Deus!", mas ela só mexe a boca um pouquinho: "Última chance".

Afundo na cadeira.

Estou em uma encruzilhada. Passar raiva com esse cara pelas próximas semanas só para ter certeza de que o meu filme não vai mesmo sair do papel, ou acabar com tudo de uma vez por todas.

É realmente uma armadilha, mas não a que eu estava esperando.

"Você vai fazer esse filme acontecer." As palavras de Henrique ecoam pelo meu cérebro, tão vívidas nessa sala, onde ele as disse pela primeira vez. Onde me acompanhou nas reuniões de negociação dos direitos e segurou minha mão embaixo da mesa, para me dar força e coragem. Onde me defendeu de cláusulas leoninas e vendeu o meu livro com uma paixão que nem eu mesma tinha. "Você merece realizar esse sonho, Vê."

— Tenho certeza que ele vai fazer um ótimo trabalho, Verônica. Tentamos antes, mas ele nunca tinha agenda. A gente tem que aproveitar que uma mente dessas está disponível! — Paulo comenta, com seu sorriso plástico.

"Deve estar disponível porque ninguém quer trabalhar com esse babaca", penso em responder, mas só devolvo o sorriso falso, esperando que transmita o recado.

— Livre por um mês — Daniel adiciona, olhando para mim como quem diz: "Você só tem um mês para se deliciar com a minha genialidade".

Nesse momento, eu desejo que ele pise em um tolete de bosta todos os dias, pelo resto da vida.

— Um mês dá tempo? — pergunto para Paulo, porque não quero mais me dirigir ao incrível senhor roteirista.

Quando *Paulo* é a minha melhor opção, as coisas realmente estão chafurdando na merda.

— Um mês para a escaleta. Se tudo der certo e o canal aprovar, mais dois meses para abrir roteiro. Não é ideal, mas estamos ficando sem tempo. Vamos mandar o Daniel para a cidade onde se passa o livro, sem distrações, ele vai viver e respirar essa história. — Paulo assente, provavelmente mais para *se* acalmar do que para *me* acalmar. — Não vai sair barato — ele acrescenta, querendo colocar um pouquinho mais de pressão nessa panela borbulhante prestes a explodir.

— Também não vai sair uma fortuna, é Atibaia, não é Paris — Daniel comenta, com aquele sorrisinho irônico no rosto.

Se fosse outra pessoa, eu teria rido. Mas não é, e estou tão irritada que é quase como se saísse do corpo e me ouvisse falar:

— Se eu tenho que aprovar o roteiro final, seria melhor ir também.

Eu me arrependo das palavras assim que elas saem da minha boca, principalmente porque Gio aproveita o gancho.

— Isso, eu já ia chegar nesse ponto, mas já que a Vê se adiantou... — Ela passa o braço por trás da minha cadeira. — Andamos conversando, e acho que nossas tentativas deram errado até agora porque a autora do livro estava sendo excluída do processo.

Paulo se ajeita na cadeira. Ele olha para Daniel, que tem uma expressão indecifrável no rosto.

Aproveito a deixa para chutar Gio por debaixo da mesa, mas ela não entende como um "Abortar missão!" e continua:

— Se essa é nossa última chance, sugiro mudarmos um pouco a forma como as coisas estão sendo feitas.

Paulo suspira. Um pouco contrariado, começa a responder de forma lenta e parcimoniosa.

— Posso garantir que nós sempre ouvimos as suas... *sugestões* com muito cuidado, Verônica.

Ele vai negar. Inspiro profundamente, pronta para soltar o ar quando o alívio da sua negação preencher a sala de reuniões. Só que Paulo diz as quatro palavras mais absurdas que já saíram da sua boca.

— Mas você tem razão.

Eu pisco, atônita. Eu tenho... *razão*?

— Acho que está na hora de te envolver mais no processo. Quem sabe não é o que precisamos para avançar de uma vez por todas? O Airbnb já está alugado... Uma pessoa a mais não faz diferença no orçamento, mas vai fazer no projeto — ele finaliza, em parte triste por ceder aos meus caprichos, em parte feliz por me despachar para outra cidade, bem longe dele.

E Daniel fica apenas me olhando, incrédulo.

Se eu não estivesse tão mortificada com tudo, ficaria feliz por ter conseguido arrancar o sorrisinho presunçoso do seu rosto. Abalar a sua máscara de indiferença.

Mas o meu rosto é, muito provavelmente, um espelho do dele, transparecendo o mesmo sentimento: não tem como isso dar certo.

Onde eu estou com a cabeça? Não quero conviver um mês inteiro com outro ser humano, um *roteirista* ainda por cima — as únicas criaturas vivas com quem quero dormir e acordar são os meus cachorros, pelo resto da vida.

Eu ainda ensaio adicionar: "Ha ha ha, brincadeirinha", mas ninguém mais me olha; estão todos encarando Daniel, esperando a resposta da Vossa Genialidade.

Ele abre e fecha a boca algumas vezes, aparentemente em *pane no sistema alguém me desconfigurou*, mas então consegue formular uma frase coerente, de forma quase estrangulada:

— Eu prefiro trabalhar sozinho.

— E eu prefiro que não passem um mês escrevendo algo que vai ser completamente diferente do livro, é desperdiçar o tempo de todo mundo — disparo, mais uma vez sem conseguir me conter.

Cala a boca, cala a boca, cala a boca, deixa ele recusar, deixa ele pedir demissão antes mesmo de começar, meu cérebro apita e vibra e formiga.

Por que estou fazendo isso? Por que não posso simplesmente calar a boca? Se eu não gosto desse cara e sei que ele não vai fazer um bom trabalho, não é mais prazeroso deixá-lo escrever e aí só... negar o roteiro?

Mas então não teremos mais filme. E eu vou decepcionar Gio, e a mim mesma. E Henrique.

No fundo, ainda estou presa a essa ideia. Só continuo aqui porque o filme é o último elo que me liga a ele.

O último sonho que sonhamos juntos.

Só que eu não tenho condições emocionais nem psicológicas de passar um mês com esse desconhecido, um mês de frustrações e embates que não vão nos levar a lugar nenhum.

Eu conheço essa novela. Cinco roteiristas já passaram pelo projeto, e nenhum deles chegou nem perto do que eu considero ideal.

Eu não sou uma diva, ou uma artista brilhante que se acha melhor do que os outros e quer as coisas do seu jeito. Eu entendo que adaptações passam por, bem, *adaptações*. Mas o que os roteiristas não entendem, ou não querem entender, é que existem determinadas passagens no livro e peculiaridades dos personagens que são muito queridas entre os leitores, e muito importantes para mim. Coisas que fazem o livro funcionar, em que eu coloquei muita pesquisa, dedicação e esforço para criar, e que são descartadas sem nenhum tipo de consideração, com base em algum manual de roteiro que dita uma lógica quase matemática para a arte.

O livro não vendeu quase cem mil cópias só pela premissa "garota encontra garoto". Essa premissa se repete aos milhões, todos os anos. É um romance, sim, mas também aborda assuntos como se sentir absolutamente sozinho no mundo até encontrar aquela *uma* pessoa, e o medo de perder essa pessoa que mudou tudo na sua vida. É sobre insegurança, mas também sobre dar uma nova chance ao amor. É um romance de férias, que se passa em Atibaia, com uma mocinha que nunca conseguiu se abrir para o amor e um mocinho recém-saído de um divórcio, com medo de se machucar de novo.

Escrevi a história quando tinha vinte e seis anos, depois de uma série de livros que bateram na trave, vendendo "na média", mas sem me destacar no competitivo mercado literário. *A trilha do coração* é o meu primeiro best-seller, e também o que mais significa para mim. O mais pessoal. O que dediquei ao meu noivo, meu próprio "felizes para sempre", arrancado de mim prematuramente.

Então o meu problema não é mudarem a cor do cabelo dos personagens, o carro velho que a mocinha dirige ou até mesmo os cenários, diálogos e cenas; o meu problema é estrutural. O meu medo é que a história se transforme em algo que não é mais meu e dos meus leitores, que não represente mais a minha alma. A alma de quem eu era quando a escrevi, e que nunca mais vou voltar a ser. Porque eu sinto falta dessa Verônica. E só posso ter um vislumbre dela nas páginas desse livro.

No fundo, o meu medo é que ele deixe de ser uma declaração de amor a Henrique. Que, quando eu assista ao filme, não veja mais nada dele na história. Eu já perdi Henrique na vida real. Não quero perder no faz de conta.

— Não sei, eu nunca escrevi em dupla. — Daniel olha com muita intensidade para Paulo, como quem diz: "Pelo amor de Deus, cara, não dá pra conviver com essa mulher por muito tempo", mas o produtor não se intimida; ele é o tipo de pessoa que está acostumada a ter o que quer, e não seria diferente agora.

— Ela não seria roteirista com você, claro, apenas uma consultora.

Daniel morde o lábio inferior, se impedindo de falar o que realmente quer.

Pelo menos um de nós consegue segurar as palavras dentro da boca.

— Preciso pensar — ele diz por fim e se levanta de supetão, demonstrando que a reunião chegou ao fim. — Meu agente te liga, Paulo.

Todos nós levantamos também, porque o que mais vamos fazer além de esperar a estrela se decidir?

— Sextou então, pessoal! — Paulo faz uma tentativa de levantar os ânimos, mas ninguém acompanha a sua empolgação boomer.

Caminhamos em um silêncio sepulcral até a porta da produtora, um silêncio de inquietude, cada um com um incômodo gerado pela reunião: eu com a dificuldade de ser ouvida, Daniel com a autora chata de romance chato querendo encher o seu saco por um mês, e Paulo e Gio com o dinheiro que podem perder caso esse combinado não dê certo.

A situação toda pende por um fio. Um fio que os dois escritores envolvidos querem cortar com um machado bem afiado.

E na calçada, conforme damos os nossos "tchaus" protocolares e eu aguardo o Uber e Gio acende o cigarro pelo qual esperou ansiosamente a reunião inteira, Daniel usa a chave para abrir o seu SUV novinho em folha estacionado no meio-fio e passa por mim, comentando baixinho, para que só eu consiga captar:

— E eu tinha ouvido dizer que pisar no cocô dava sorte...

5.

> Parece que faz questão de me fazer sentir uma completa idiota. E realmente não precisa se incomodar. Já me sinto uma idiota na maior parte do tempo.
> — *O diário de Bridget Jones*, escrito por Helen Fielding, adaptado por Andrew Davies, Richard Curtis, Helen Fielding e Sharon Maguire

NÃO TENHO MAIS NOTÍCIAS pelo resto do dia, muito menos no sábado. No final do domingo, quando estou no meu lugar feliz — deitada na cama, rodeada de cachorros, comendo yakissoba e assistindo a um reality show ruim —, já considero a reunião de sexta-feira um pesadelo há muito esquecido. Uma falha na Matrix.

Na segunda-feira, porém, acordo com a campainha tocando. Olho no relógio do celular: 7h45 da madrugada.

Sou um ser humano vespertino, não costumo acordar antes das nove, menos ainda ser acordada por uma pessoa na minha porta. Nem sei se alguém além de Gio tem o meu endereço.

Se eu morrer aqui, com certeza vou virar notícia, não pelo legado que deixei para o mundo, mas por alguma manchete do tipo: "Mulher solitária é descoberta morta no próprio apartamento, depois de três meses desaparecida — seus cachorros comeram parte do corpo".

Os cachorros, que dormem no quarto comigo, ficam malucos com o barulho, pulando e latindo e choramingando, e eu torço com todas as forças para que não seja alguma entrega errada do vizinho, porque eu seria capaz de cometer um crime de ódio.

Me arrasto até a porta e a abro, tendo meu apartamento invadido por Gio, eufórica; ela é o tipo de pessoa que preenche o espaço inteiro com a sua presença.

— Ele aceitou! — ela grita, acariciando todos os meus cachorros ao mesmo tempo, como um polvo. — E vocês saem em duas horas, bora arrumar a mala!

— Ele aceitou quem, quando, onde? — Coço os olhos. — Você sabe que horas são?

— Quase oito. Já fui na academia, fiz meu skin care e agora estou aqui, pronta, cheirosa e completamente empolgada. — Gio olha em volta, fazendo uma careta. — Tá precisando de uma faxina, hein?

— Você dorme, por acaso? — pergunto, desabando no sofá, porque o meu corpo ainda não entendeu que precisamos estar acordados.

— Bora, Best, o roteirista das estrelas aceitou o trampo. Você precisa arrumar as suas coisas pra passar um mês em Atibaia, e as coisas deles também. — Ela acaricia a cabeça de Dom Quixote, que pula de animação, exclusivamente com as patinhas da frente. — Ele mora aqui pertinho, acredita? Bom, eu acredito, tem algum bairro que grita mais "escritor" do que a Vila Madalena?

— Puta que me pariu. — Me jogo para trás. — *Isso*. Ele não respondeu nada na sexta, pensei que não fosse rolar. Cancela, eu não quero mais.

— Não vou cancelar, porque eu sei que, no fundo, você quer que esse filme dê certo, que seja um sucesso e você se torne a maior escritora que este país já viu!

— Você quer isso, Gio. Eu só quero dormir — resmungo.

Ela fica em silêncio e eu fecho os olhos, quase caindo no sono novamente, enquanto a ouço farfalhar pelo meu apartamento. Este é o problema de se tornar amiga demais da sua agente literária: os limites ficam borrados.

Estou caindo no limiar entre a vida real e os sonhos, me perguntando se o que acabou de acontecer foi fruto da minha imaginação, quando ouço a sua voz flutuar de dentro do meu quarto e me atingir como um soco:

— Você só tem calcinha de vó?

Pulo do sofá, contrariada, e marcho até ela; aí já é demais.

Quando entro, encontro meus cinco cachorros sentados no chão, muito comportados, olhando para ela como se fosse um grande petisco. *Falsos.*

E, na frente deles, Gio segura uma das minhas calcinhas grandes e sem costura, ótimas para dias de menstruação.

— Dá isso aqui. — Empurro Gio para o lado e começo eu mesma a selecionar as peças de roupa. — Acho que em outra encarnação eu fui uma pessoa muito ruim, chutava cachorrinhos na rua, chamava bebês feios de feios, só isso explica...

— Isso daria um bom livro, hein? — ela comenta, sentando na minha cama e dando dois tapinhas para que os cachorros subam; todos eles obedecem. — Aliás, e o livro novo...?

— Você sabe que eu já comecei — respondo, e é mentira, e ela sabe que é mentira, e eu sei que ela sabe que é mentira, mas nenhuma de nós toca no assunto.

Passo as mãos pelas peças de roupa penduradas, sem saber o que fazer. É julho, está frio, que tipo de roupa eu devo levar para Atibaia no frio?

Eu vivo exclusivamente de pijamas puídos, moletons cheios de pelos de cachorro e algumas camisetas velhas de Henrique que não tive coragem de doar. Minhas "roupas de sair" estão quase todas mofando e não parecem apropriadas, mas eu também não posso ficar de pijama ao lado do Cara do Cocô por um mês.

O Cara do Cocô... Só de lembrar que vou precisar lidar com ele por trinta dias, desisto de pensar em quais camisetas não estão furadas e apoio a cabeça na porta do guarda-roupa.

— Gio, sério, eu não consigo.

Gio suspira de maneira teatral e vem até mim, me abraçando pela cintura; ela é baixinha, então sua cabeça encosta no meu ombro direito.

— Best, eu tô preocupada com você — diz, e eu sei que é verdade. Faz dois anos que ela está preocupada comigo. Deus, faz dois anos que *eu* estou preocupada comigo. — Você não era assim, você sempre encarou tudo de peito aberto. Lembra daquela Bienal do Rio em que ninguém apareceu pra pegar autógrafo?

Rio baixinho, ainda de olhos fechados, concordando com a cabeça.

— Você foi até os corredores chamar as pessoas para conhecerem seus livros, e aí, meia hora depois, tinha até uma filinha de autógrafos?

— E quem estava comigo naquele dia?

Henrique parecia tão calmo, mesmo com o meu desespero — olhando para trás, percebo como fui ingênua. Como me importava com coisas tão pequenas. Como não imaginava que a vida me daria motivos reais para sofrer.

"Essas coisas são assim, Vê, você vai construir seu público aos poucos." Foi ele quem me deu a ideia de abordar as pessoas. Ele... Tudo o que eu tenho tem um pouco dele.

— E ele ficou tão feliz em te ver realizando os seus sonhos. Ele sempre incentivou que você sonhasse mais alto, sonhasse com tudo o que merecia conquistar — Gio me lembra, e eu sei que ela tem razão, mas nem sempre a razão surte efeito em um coração despedaçado.

Suspiro.

Por algum lapso de consciência, eu me enfiei nessa roubada, e faz dois anos que não sinto nada além de torpor. Ódio, desprezo e rancor não são os melhores sentimentos para se ter, mas pelo menos são sentimentos, e não um constante... nada.

Eu posso focar neles e entrar em combustão espontânea quando o Cara do Cocô disser que romance é um gênero inferior, ou quando quiser me fazer assistir a *O poderoso chefão* como uma "ótima referência".

— Juro por Deus que, se ele falar mais uma vez que romances são fáceis de escrever, eu boto fogo nas camisetas engraçadinhas dele e vou embora — resmungo, voltando a selecionar as roupas, contrariada.

— Tudo bem, ele deve ter um estoque em casa. — Gio cantarola, me ajudando na tarefa.

Duas horas depois, estamos paradas na frente do meu prédio, com uma pequena mala de roupas e outra gigantesca com todos os petiscos, potinhos, tapetinhos, brinquedinhos e roupinhas dos meus cachorros. Os cinco estão sentadinhos, obedientes, porque aparentemente Gio também é encantadora de cães, e logo o SUV do Cara do Cocô surge na esquina.

Preciso parar de chamá-lo assim, porque é a minha cara falar isso em voz alta em alguma das muitas discussões que eu sei que vamos ter.

O meu coração acelera dentro do peito, observando fragmentos dele através do vidro com insulfilm, movimentos de braço e cabeça ao realizar a manobra.

— E lá vamos nós... — murmuro.

— Ei, pensa pelo lado positivo: pelo menos ele é gatinho! — Gio comenta.

— Ele parece um cara pedante que acha que sabe mais do que eu porque fez faculdade de cinema — resmungo.

— Um cara pedante que acha que sabe mais do que você porque fez faculdade de cinema *bem gatinho*.

— A sua esposa tá sabendo que você anda por aí achando roteiristas gatinhos? — questiono.

— Sou casada, não estou morta. — Gio revira os olhos.

O carro estaciona no meio-fio e Daniel desce, de óculos escuros mesmo em um dia nublado de inverno.

Pedante.

— Ninguém me falou dos cinco cachorros. — É a primeira coisa que ele diz; nenhum "Oi" ou "Pronta para o pior mês da sua vida?" — O carro é novo.

— Eles são educados — digo entre dentes, no exato momento em que Mr. Darcy começa a mijar em uma das rodas.

Daniel respira fundo e coça a nuca, contrariado. Reparo na tatuagem em aquarela que ele tem no antebraço. Não sei o que é, talvez um símbolo da Ordem dos Otários, mas combina com ele.

— E eu tenho isso aqui. — Desvio os olhos da tatuagem e mostro a lona que usava para forrar o carro quando costumava levá-los para cima e para baixo em aventuras ao ar livre.

Em outro momento da vida, uma viagem para Atibaia seria uma dessas aventuras. Eu compraria mantimentos, Henrique faria planilhas de gastos e pontos turísticos. Mas agora é só... um grande erro que estou prestes a cometer.

— É uma viagem curta — Gio adiciona, tentando acalmar os ânimos.

Entrego as guias para ela, e Daniel abre a porta de trás do carro. Começo a prender a lona no encosto do banco e ele se aproxima por trás, bisbilhotando.

Um cheiro gostoso de banho tomado toma conta do ar, e eu reparo que o cabelo dele está molhado.

— Certeza que tá preso direito? — ele questiona, a voz bem próxima do meu ouvido.

— Se não estiver, vamos descobrir no primeiro mijo que algum deles der no seu banco — comento sem olhar para trás.

Daniel não diz nada, mas sinto falta do cheiro bom quando ele se afasta.

Depois que termino de prender a lona, coloco as caixinhas de transporte para os cachorros menores — Julieta, Frankenstein e Mr. Darcy — e prendo as guias dos maiores — Dom Quixote e Capitu — nos cintos de segurança.

— Pronto. — Volto-me para Gio, estendendo a mão para que ela devolva os cachorros, enquanto Daniel coloca o restante da bagagem no porta-malas. Aproveito que ele está longe para sussurrar: — Não posso desistir mesmo?

— Não. — Ela sorri. — Na pior das hipóteses, vai ser divertido.

Olho para o roteirista brincando de Tetris com as minhas coisas, uma ruguinha de concentração aparecendo por cima dos óculos escuros. Um cavalheiro ou só alguém tentando performar uma ideia de masculinidade?

— Vem comigo — peço para Gio, desesperada.

— Não posso, meu amor. Por mais que eu quisesse, você não é a minha única cliente.

— Você pode trabalhar de casa. Traz a Sofia! Vai ser incrível, vamos tirar umas férias, sério. — Pego a mão dela, que está quente, um contraste com a minha, gelada e rígida. — Vem comigo. Não vou conseguir fazer isso sozinha.

Gio suspira e passa a mão por cima da minha. Mas percebo que está cogitando.

— Posso me organizar para ir amanhã, ou quarta. Que tal?

— E se em vez disso você viesse comigo? *Agora?*

Ela ri e nega com a cabeça.

Daniel bate a tampa do porta-malas e eu estremeço.

— Você vem mesmo? — choramingo.

— Vou conversar com a Sofia. Faz tempo que a gente não sai de casa. Mas não estou prometendo nada!

— Tá sim! Se você não vier, eu conto pra Sofia que foi você que quebrou o prato da Rita Lobo.

— Você não é louca.

— Vamos? — Daniel aparece, interrompendo a minha súplica.

Termino de prender os cachorros no banco de trás no piloto automático, tentando me concentrar na tarefa e não no mês adiante. Um mês. Quatro semanas. Trinta dias. Setecentas e vinte horas. Quarenta e três mil e duzentos minutos.

Em seguida, me ajeito no banco da frente e coloco o cinto de segurança. Daniel liga o carro e começa a digitar o endereço no Waze quando Gio enfia a cabeça pela janela aberta.

— Divirtam-se, queridos, e nada de ficar acordados depois das dez!

Ela está adorando tudo isso.

— Com o tanto de coisa que a gente tem que fazer, duvido que vamos dormir — Daniel comenta.

— Cuidado, privação de sono faz a gente tomar decisões de que podemos nos arrepender — Gio cantarola.

Sinto o rosto esquentar, sem saber exatamente o porquê.

Daniel olha para mim, e tem algo nos seus olhos que me deixa desconcertada. Uma ambição que algum dia eu também tive. É como voltar no tempo. É como olhar em um espelho partido em mil pedaços.

— Pronta?

— Aham. — A palavra sai engasgada da garganta, demonstrando que eu estou tudo, menos pronta.

Olho para Gio uma última vez, desejando que ela grite "Eu me ofereço como tributo!" e vá no meu lugar, mas ela só faz dois joinhas com as mãos e acende outro cigarro.

E logo Daniel sai da vaga, e nós partimos rumo ao desconhecido.

6.

> Não sei por que o mundo tem de ser tão povoado por tanta gente desagradável. Não sei mesmo. Realmente é preciso um esforço para ser grosseiro. Algumas vezes me espanta a quantidade de energia que as pessoas gastam sendo escrotas.
> — *A mediadora*, escrito por Meg Cabot

OS PRIMEIROS MINUTOS SÃO desconfortáveis. Eu não sei o que falar, Daniel muito menos. De tempos em tempos, olho para ele de soslaio, os óculos de sol moderninhos, a camisa de linho de mangas compridas, o jeito como ele franze o cenho a qualquer sinal de raios solares.

A forma como ele descansa a mão no câmbio automático quando paramos em algum sinal.

O jeito como ele tamborila os dedos no volante, impaciente.

A maneira como ele morde o lábio inferior para segurar um xingamento toda vez que alguém faz alguma cagada no trânsito.

Não sei por que estou reparando nessas coisas, absorvendo detalhes que não são importantes, e coloco na conta da minha única habilidade: transformar seres humanos em personagens. Daniel seria um vilão. Não um vilão inteligente. Um vilão patético, o pau-mandado do vilão de verdade. Aquele que, na verdade, só é muito burro para entender que o que está fazendo é errado. Que, no fundo, só quer ser valorizado. Amado.

Preciso me segurar para não rir sozinha. Não gosto dele, mas também não quero que ele sinta que precisa trancar a porta do quarto à noite.

Cansada do silêncio, decido quebrá-lo assim que entramos na Marginal Tietê, tentando distrair a minha mente, que parece estar em pane.

— Quer ouvir alguma coisa? — pergunto. — Tem uma playlist do livro. Talvez seja legal pra entrar no universo?

— Ah, é? E o que tem na playlist, música celta?

Reviro os olhos discretamente.

— Não é um livro de época.

— Eu sei, eu li.

— Então por que a piada?

— Por que não?

Suspiro, sem saber o que responder, e Daniel me entrega o celular.

— Coloca aí pra tocar.

Pego o aparelho e, por mais que não queira bisbilhotar, reparo que a sua imagem de fundo é uma foto dele segurando um vira-lata caramelo lindinho, com olhinhos de sapeca.

O cachorro tem olhinhos de sapeca, não Daniel. Daniel tem olhinhos de pedante.

— Por que não trouxe o seu cachorro? — questiono, consciente de que estou admitindo ter invadido a sua privacidade.

— Ele não está mais comigo — Daniel responde, sério.

— Ah, nossa, desculpa, eu...

— Eu e a minha ex temos guarda compartilhada. Esse mês ele tá com ela.

Ele sorri, maligno, e tenho vontade de virar o volante e capotar o carro só para arrancar o sorrisinho malicioso da cara dele.

Um flash do acidente de Henrique.

Um aperto no coração.

Desvio os olhos.

— Você é engraçadinho, né?

— O seu livro também é — Daniel responde, e sinto que ele gostaria de ter adicionado: "Então por que você é assim?"

Tento abstrair a insinuação de que sou uma chata sem graça e acho a playlist de *A trilha do coração*, dando play na primeira música: "Breakeven", The Script.

Daniel solta uma risadinha pelo nariz, negando discretamente com a cabeça, e eu o ignoro, bloqueando o celular e colocando de volta no carregador por indução.

Aparentemente, tudo o que parte de mim é ridículo.

Ouvimos a música sem falar nada, e, no refrão, é ele quem quebra o silêncio.

— Por que Atibaia?

— Cresci lá. — Dou de ombros. — Queria uma cidade pequena para o romance, achei que funcionaria.

Não conto toda a verdade. Não admito que a minha infância foi horrível e que eu queria ressignificar de alguma forma a minha cidade natal. Não digo que eu nunca mais voltei para casa desde que saí para fazer faculdade, e que, nas vezes que visitei Atibaia, fui e voltei como uma sombra. Não explico que os meus pais ainda moram lá, mas eu não os vejo há anos, e que estou nervosa com o fato de que posso trombar com a minha mãe no mercado, ou com o meu pai no Centro.

De forma artística, romântica e torturada, porque nunca fumei na vida, penso: *Um cigarro cairia bem agora,* depois que deixo parte do meu passado morto e enterrado me assombrar por um instante.

— E o que te fez mudar de ideia? — disparo.

— Hã? — Daniel não entende a mudança brusca e calculada de assunto.

— Sobre aceitar esse trabalho.

— Quem disse que eu não queria aceitar? — ele pergunta, surpreso.

— Você estava falando ao celular quando pisou no cocô do meu cachorro, distraído... — Deixo bem claro que foi ele quem cometeu o erro, não eu. — Alguma coisa sobre não ser o seu estilo. Imaginei que fosse sobre a proposta.

Daniel suspira, dando de ombros e tamborilando o ritmo da música no volante.

— Grana. O mercado tá uma merda. A gente precisa pegar alguns trampos que não gosta.

Fecho os olhos, contando até dez para não ser desagradável.

O meu livro conta a história de uma mulher desiludida passando férias em Atibaia, tentando encontrar algum propósito que não "nascer, trabalhar e morrer", sem nunca ter se apaixonado verdadeiramente por ninguém. Essa mulher, Juliana, conhece um homem, Rodrigo. Ele está passando o que deveria ter sido uma comemoração de cinco anos de casado no hotel que havia escolhido com sua agora ex-mulher.

Os dois se encontram no bar do hotel, em um meet cute meio destrambelhado, e, depois de se provocarem e beberem além da conta, fazem uma aposta: quem conseguir subir primeiro na Pedra Grande em um evento de aventureiros fitness que acontece no final do mês paga as diárias do hotel dos dois.

É bobo e engraçado, e tem muitas cenas quentes. Mas é também sobre a conexão profunda de encontrar sua alma gêmea no pior momento da vida e descobrir que um relacionamento pode ser leve e divertido, não precisa ser pesado, não precisa ser uma montanha-russa de emoções, não precisa ser penoso. É sobre encontrar a sua família, quando esse conceito parece não fazer mais sentido.

E nenhum dos roteiros entregues até agora conseguiu transmitir isso. Recebi uma sucessão de cenas que tentavam ser engraçadas, em uma estrutura quadrada e preguiçosa de manual de roteiro, sem levar em consideração nada além de pontos de virada engessados e uma conclusão preguiçosa.

E, para o novo roteirista do projeto, é apenas... grana. Um trabalho chato, com o qual ele tem que lidar se quiser fazer o que de fato gosta.

Obviamente eu entendo o conceito de precisar trabalhar por dinheiro. Venho fazendo isso há anos. Não sou ingênua, sei que artistas precisam *comer*, precisam, às vezes, entregar o que as pessoas querem consumir e nada mais.

Mas, da forma como ele falou, parece que não existe nada no livro que o faça querer escrever o filme. Nada que o empolgue, que faça os seus olhos brilharem, nada que o faça pensar: *Tem alguma coisa aqui* ou *É pela grana, mas eu também quero contar essa história*, nada que me dê a impressão de que ele quer e vai fazer o melhor trabalho possível.

Não vai dar certo. O projeto, a viagem... Está tudo condenado, fadado ao fracasso desde o primeiro instante.

Eu não vou ceder no que é preciso para mim, e ele vai tentar encaixar o enredo em um modelo de streaming que não funciona para esse tipo de romance, e vamos passar um mês sofrido, só para chegar à conclusão de que essa história nunca vai sair das páginas do livro.

Suspiro, tendo perdido a batalha antes mesmo do início da guerra, e comento:

— Espero que a grana valha a pena, então.

— Eu também — Daniel murmura em resposta, e, pelo resto da viagem, ficamos em silêncio.

7.

> Perdedor é alguém que tem tanto medo de não vencer que nem mesmo tenta.
> — *Pequena Miss Sunshine*, roteiro por Michael Ardnt, Valerie Faris e Jonathan Dayton

CINQUENTA MINUTOS DEPOIS, CHEGAMOS A ATIBAIA.
E o problema de fingir que o passado não existe é que uma hora ele volta para te assombrar.

Passamos por cenários muito conhecidos, como a minha antiga escola, onde sofri bullying, racismo disfarçado de "apelido", e tive minha autoestima destruída, e pelo shopping que costumava frequentar sozinha, passando horas na livraria e comendo besteira escondida da minha mãe, que era obcecada por manter o meu corpo magro.

Mas também passamos por lugares novos, lojas que não conheço, ruas que mudaram de sentido e restaurantes charmosos, então é como se o tempo tivesse parado e andado muito rápido, tudo ao mesmo tempo.

Os meus cachorros ficam impacientes no banco de trás, choramingando e bufando, e eu pego Daniel rindo discretamente das minhas tentativas de acalmá-los.

Quando chegamos ao condomínio fechado onde fica o Airbnb que a produtora alugou, suspiro aliviada; é um cenário novo, distante da cidade, e, na pior das hipóteses, vou viver um mês em um ambiente diferente, não vou cruzar com os meus pais e, pensando de forma muito otimista — talvez até demais —, vou ter a ideia perfeita para o meu livro novo. Não vai ser tudo em vão.

É o que eu fico repetindo para mim mesma, como um mantra, para não surtar e pegar um Uber de volta, o que me custaria um valor exorbitante que eu não tenho como pagar.

Daniel se cadastra na portaria usando uma voz profissional e dando seu nome completo e RG. E, assim que passamos pela catraca e pelas árvores e muros que escondem a guarita, é como se estivéssemos entrando em um portal para outra dimensão.

O condomínio parece ter saído de um conto de fadas. Ipês-amarelos floridos dão a sensação de que não está quinze graus lá fora. Pequenos lagos naturais permeiam uma trilha de caminhada bem conservada, que se perde entre as árvores. As casas, distantes entre si, são modernas, mas não impessoais; são mais do que casas de arquitetura moderna de consultório odontológico, são lares. Os grandes terrenos, distribuídos como tapetes de grama, abrigam famílias, histórias e cachorros correndo pelo quintal.

Então é dessa forma que vivem os ricos? Se sim, eu também quero ser um deles.

Abro a janela do carro, curtindo o ar gelado e o cheiro de inverno, uma mistura de madeira queimada com grama molhada de orvalho.

Deslizamos pela rua principal, contornando uma grande área de quadras poliesportivas, de tênis, beach tennis e vôlei de areia. Reparo também nos parquinhos para crianças e na área destinada aos cachorros.

No final da grande estrutura de lazer, há também uma lojinha de conveniência e um restaurante com vista para as montanhas, com suas mesas rústicas elegantemente posicionadas em um deque de madeira que se estende em direção ao vale. Ao longe, dá para ver a Pedra Grande.

Até os meus cachorros param de choramingar, e suspeito de que eu esteja de boca aberta, mas não consigo conter o encantamento.

— Acho que a produtora quer mesmo que esse filme aconteça — Daniel comenta, e lembro da sua presença dentro do carro.

Quando olho em sua direção, percebo que ele também está boquiaberto.

— Não foi você que escolheu o lugar?

— Você acha que eu sei que esse tipo de lugar existe? — ele pergunta, surpreso.

— Sei lá, você que é o "roteirista das estrelas". — Uso o apelido que Gio deu a ele.

— As únicas pessoas ricas nessa profissão estão na Globo escrevendo novela. — Ele nega com a cabeça. — Não, não fui eu que escolhi o lugar. Eu só pedi que fosse quieto e sem nada que pudesse me distrair.

E Frankenstein escolhe esse exato momento para começar a latir adoidado para um homem que passeia com seu cachorrinho na rua.

Tento segurar a risada, mas ela sai mais rápido do que a minha tentativa de contê-la. Daniel também deixa escapar um sorriso irônico; cinco cachorros vão lhe dar tudo, menos paz.

Continuamos o trajeto indicado pelo GPS e chegamos à rua onde vamos passar o próximo mês. Conforme nos aproximamos, o meu coração encolhe no peito: a casa número 13 parece ter saído diretamente dos meus sonhos mais inspirados.

É uma construção de esquina, em um terreno diferente dos demais, inclinado, largo na frente, estreito dos lados. Ela se espalha como um contêiner, com os ripados de madeira da fachada misturando-se ao revestimento de tijolos vermelhos, e grandes janelas de alumínio pretas que permitem que a luz natural entre.

Ao lado da imensa porta de entrada, de madeira maciça — por que os ricos gostam tanto de portas gigantes? —, há uma janela gigantesca também de alumínio preto, e, através dela, consigo ver uma piscina de ladrilhos verde-água com borda infinita nos fundos da casa, dando vista para a mata, muito bem preservada.

Um caminho pavimentado de concreto na lateral da casa nos leva até a garagem subterrânea, e Daniel estaciona, substituindo o som do motor pelo dos passarinhos, grilos e sapos.

Faz frio quando abro a porta, mas o sol tímido banha o jardim e traz uma sensação gostosa; não esquenta, mas se esforça.

Espreguiço-me um pouco, estalando as costas, e abro a porta de trás, já começando a soltar os cachorros, que choramingam, ansiosos pela liberdade (e pelos matinhos, onde vão mijar contentes).

Assim que termino de colocá-los no chão, Daniel vem em minha direção.

Ele é alto. Mais alto do que eu, que já sou bastante alta. Eu não tinha reparado nisso antes.

Ele apoia uma mão no capô, se inclinando um pouco para a frente. Eu perco o ar por alguns instantes, provavelmente por algum mau jeito que dei na coluna.

— Quer ajuda?

— Não, valeu. Vou dar uma voltinha com eles, e aí... começamos? — tento, porque não sei como ele gosta de trabalhar.

— É, vamos ver — ele responde de forma vaga.

E, porque eu não estou no clima para embates depois de ter entrado em um mundo de faz de conta, dou meia-volta e subo pela rampa sem dizer nada, sentindo os seus olhos nas minhas costas.

A rua da casa é bem inclinada, mas curta, e, assim que faço a curva para a direita, ofegante pelo esforço, estou no plano novamente.

Caminho com os cachorros pelos canteiros charmosos e postes recém-pintados. Eles parecem felizes com o novo cenário, cheirando e mijando como se não houvesse amanhã, e desejo um dia poder dar a eles todo esse espaço. Por mais que eu seja uma boa mãe e os leve para passear todos os dias, seria diferente se tivesse um quintal para que eles pudessem correr, e ruas arborizadas, sem bitucas de cigarro e lixo espalhados pelo chão, para que os nossos passeios fossem mais tranquilos.

Eu amo São Paulo de uma forma "Esse foi o lar que me acolheu depois que eu não fui aceita no meu", mas não posso negar que esta vida, este lugar calmo, pacato e muito verde, seria mais do que ideal.

Era algo sobre o qual eu e Henrique conversávamos constantemente. "Seria muito bom morar em uma casa com quintal...", seguido de "Quantos cachorros a gente seria capaz de colocar dentro de uma casa com quintal?".

Pensar nele, nesse contexto, é brutal. A constatação de que os nossos sonhos ficaram congelados no tempo, de que nunca vão deixar de ser apenas isso. Sonhos. Planos. Objetivos. Enterrados com ele.

Frankenstein, o último cachorro que adotamos juntos, para de cheirar um canteiro e me olha. Percebo que os meus olhos estão cheios d'água. Sorrio para ele, que caminha para perto de mim e lambe o meu tornozelo exposto.

Engulo as lágrimas e afasto os pensamentos.

E caminho por cerca de um quilômetro, observando as casas modernas e imensas, deixando a mente vagar pelos cenários imaginários onde ela se sente mais confortável, tentando enxergar algum movimento pelas janelas, histórias que vale a pena contar. Histórias otimistas, e não as tragédias da vida real.

Estou distraída com um casal de idosos que caminha pela trilha de mãos dadas, criando toda uma narrativa para o relacionamento, quando Julieta decide se jogar no chão; essa é a deixa para que eu retorne. Pego-a no colo e volto para a casa onde vamos viver por um mês.

Paro na frente da fachada e travo no primeiro degrau, apesar das tentativas dos meus cachorros de entrarem para tomar água.

Eu sei que preciso encarar isso de frente, que sou uma mulher crescida e independente em uma viagem de trabalho, mas, ao mesmo tempo, todas as células do meu corpo gritam de medo e ansiedade.

Inspiro e expiro, tentando me acalmar.

A sensação é de que há uma constante na minha vida. Ela parece me obrigar a tomar decisões difíceis, quando o que eu mais quero é procurar um atalho, tomar a rota mais fácil. Sair de casa para fazer a faculdade que eu quero e perder o apoio dos meus pais ou escolher esse apoio e ser infeliz? Me assumir bissexual e viver a minha verdade ou esconder quem eu realmente sou para ser aceita? Escrever como profissão e ter uma vida financeira instável ou comprometer a minha saúde mental em um trabalho "normal"? Cremar o corpo ou enterrar? Doar as coisas ou me apegar a elas como um bote salva-vidas? Tomar remédio para dormir ou ter pesadelos todas as noites?

Me deixar afundar de vez na tristeza ou tentar seguir em frente? Desistir do filme ou insistir nele?

Pego o celular no bolso da calça com a mão tremendo. A conversa com Henrique está fixada no topo do WhatsApp, um lembrete cruel, um alento para o meu coração. Dou play no último áudio que ele me enviou, como faço todos os dias antes de dormir.

"Tudo tranquilo na estrada, amor, chegando lá eu te aviso. Te amo! Daqui a pouco eu tô de volta."

Respiro fundo e subo o segundo degrau, e então o terceiro.

Quando chego na porta pivotante, passo por ela sem pensar muito, porque sei que, se analisar a situação, vou desistir. E eu não quero mais desistir. Estou cansada de jogar a toalha, de deixar que as minhas cicatrizes guiem a minha vida.

E então estou dentro da casa.

Não tem mais volta.

8.

Aparentemente, o mundo não é uma fábrica de realização de desejos.
— *A culpa é das estrelas*, escrito por John Green

DEPOIS QUE RETIRO A coleira dos cachorros e espalho potes de água pelo chão, olho em volta, me familiarizando.

A sala principal tem o pé-direito duplo. Na parede da fachada, a grande janela de alumínio preto permite que quem passa pela rua veja tudo o que acontece aqui dentro, através dos ripados de madeira do lado de fora — o que gente rica tem contra privacidade?

Na parede da direita, uma lareira a gás com revestimento de ardósia ferrugem, que vai até o teto, dá uma sensação de aconchego, ainda mais porque está rodeada de sofás que parecem muito confortáveis e uma mesa de centro de tronco de árvore.

À esquerda, uma TV imensa toma conta de toda a parede, e há mais sofás, que aparentam ser menos confortáveis e mais chiques. Julieta ameaça pular, mas eu bato palmas para que ela não faça isso; um sofá desses deve custar um semestre de direitos autorais.

Há corredores dos dois lados da sala, fechados por portas de correr em estilo celeiro, e vejo minhas malas apoiadas na parede da direita. Talvez esse corredor leve aos quartos.

E, transformando uma casa linda em um espetáculo arquitetônico, a porta-balcão sequencial logo à minha frente está inteira aberta, permitindo a integração da sala com a área de lazer, composta por deque de madeira, churrasqueira embutida, piscina com borda infinita e, ao lado, uma fogueira de jardim.

Os meus cachorros cheiram tudo, se familiarizando com o ambiente, e eu pareço uma idiota de boca aberta, observando a casa que nunca vai ser minha, quando um cheiro gostoso de café me alcança e ouço utensílios de cozinha serem manuseados.

Fecho a porta-balcão para que os cachorros não se aventurem em um mergulho fatal, e também porque faz frio, e sigo o barulho e o cheiro, encontrando a grande cozinha planejada no final do corredor à esquerda.

Daniel passa o café de costas para mim, e me pego observando conforme ele coloca o pó no filtro e despeja a água fervendo.

Ao contrário da sala, a cozinha está quente, e ele enrolou as mangas compridas da camisa de linho até os cotovelos, e reparo em algo além da tatuagem: ele tem braços bonitos; não são grandes, só... definidos. Resultado de academia ou de digitar furiosamente no teclado do notebook, destruindo sonhos de escritores ingênuos?

Enquanto divago sobre a origem dos braços definidos do Cara do Cocô, ele repara em mim, parada no batente da porta.

— Café? — Daniel estende a garrafa térmica em minha direção, em um sinal de trégua.

— Por favor — concordo, sentando-me na banqueta da ilha.

— Açúcar? Leite?

— Leite. Sem açúcar.

A cozinha tem estilo provençal, com armários verdes, uma pia branca do tipo farm e uma grande ilha também de quartzo branco, enfeitada com prateleiras de madeira e muitas plantas, de todos os tamanhos e tipos.

Aparentemente, o dono desta casa invadiu o meu Pinterest.

Daniel despeja café com leite em duas canecas de vaquinha e entrega uma para mim. Percebo que ele toma o café do mesmo jeito que eu.

O único jeito possível.

— Tem quatro quartos, deixei as suas coisas no corredor pra você escolher o seu. Pra mim tanto faz. — Ele dá de ombros.

— Pra mim também — concordo, tomando um gole e sentindo a cafeína passar pelo meu corpo, acordando tudo o que está adormecido pelo frio e pelo torpor.

Olho para Daniel por cima das orelhas da vaquinha, e ele me olha também, com os óculos de grau um pouco embaçados pela fumaça do café.

É uma cena um pouco ridícula, e eu decido que preciso dizer algo, mas, aparentemente, ele tem a mesma ideia:

— Sobre o livro...

— Sobre o filme...

Paramos de falar ao mesmo tempo. Faço sinal para que ele continue e tomo mais um gole.

— Eu acho que a gente pode fazer no esquema de consultoria: eu vou te enviando alguns blocos de escrita, você avalia, faz comentários... O que acha?

— Acho que eu poderia fazer isso de casa — comento.

Daniel parece tomar um susto com a minha assertividade.

— É, mas eu não...

— Não escreve em dupla, você já disse, *algumas* vezes. Mas esse é um momento atípico do projeto, ou vai ou racha, e eu acho que, se a gente mantiver o mesmo estilo de trabalho que todos os outros roteiristas já tentaram, vai rachar.

Já estou um pouco cansada de trabalhar dessa forma, como se não fosse capaz de contribuir em nada para o processo do roteiro, sendo relegada ao papel de leitora de luxo. Além disso, eu e meus cinco cachorros estamos aqui, longe de casa. Eu já venci todos os meus medos e ansiedades para tentar fazer esse filme acontecer, e, por mais que acredite que no final de tudo vamos nadar, nadar e morrer na praia, isso não vai me impedir de tentar.

Pelo menos eu posso dizer isso na terapia quando a minha psicóloga me repreender por ter me sabotado de novo: "Como assim? Eu fui até outra cidade com o cara, eu tentei!!!"

Mas Daniel parece bastante na defensiva em relação ao meu plano.

— Vai me atrasar — ele insiste.

— Por que você aceitou que eu viesse, então?

— Porque eu preciso desse trabalho, e você fazia parte do pacote.

— Sim, mas não como um enfeite de prateleira.

— Cara, não complica as coisas. — Daniel pressiona a ponte do nariz, logo acima dos óculos de grau, negando discretamente com a cabeça. — Eu vou fazer um bom trabalho. *Sozinho.*

— Você que tá complicando as coisas, *cara*. — Minha irritação com Daniel volta com tudo, apesar do café e das canecas de vaquinha. — Eu não estou pedindo nada que não seja razoável.

— Se algum roteirista quisesse escrever o seu próximo livro com você, você deixaria? — ele tenta.

— Claro, se fosse ele que tivesse criado toda a história do livro, e se fosse ele que tivesse vendido a ideia para a editora, com certeza eu aceitaria que ele escrevesse comigo — rebato.

— Não é assim que as coisas funcionam. Você entende de livros, eu entendo de roteiros. São mundos completamente diferentes — Daniel insiste.

— É uma história, e a gente precisa contar essa história, e a gente sabe *como* contar uma história. Não pode ser tão diferente assim. — Preciso ignorar um pensamento intrusivo que me pede para jogar a caneca de vaquinha nele. — E, se for, eu aprendo rápido. Sou inteligente.

— Você é inteligente o suficiente para saber que temos um mês para escrever essa escaleta, e que, se eu precisar parar para te ensinar conceitos básicos de roteiro, não vamos sair do lugar. — Ele começa a perder a compostura.

— Olha, Daniel, eu não vim até aqui pra ler o que você escreve e bater palmas. Se fosse para isso, era melhor ter contratado uma líder de torcida. — Apoio a caneca na ilha com mais força do que o necessário, estremecendo no processo, porque provavelmente teria que vender o meu apartamento para comprar outra. — Já entendi que você não vê muito valor no que eu escrevo, talvez não veja muito valor no que eu tenho a oferecer...

— Eu nunca disse isso...

— ... mas esse filme foi o nosso sonho por muito tempo — interrompo-o no meio da sua interrupção —, e eu já deixei que outros cinco roteiristas cagassem na minha cabeça. Não vou deixar que isso aconteça mais uma vez. Infelizmente, você chegou em uma parte do processo em que eu sinceramente não me importo mais em ser agradável. Vai ser assim, ou vai ser assim.

Daniel para onde está, demonstrando certa confusão.

— Nosso sonho? "Nosso" quem? Mais alguém escreveu o livro com você? — ele pergunta, ignorando todo o restante do meu pequeno discurso apaixonado, e eu percebo o ato falho, sentindo o rosto esquentar.

— Só... Ah, esquece — murmuro, dando as costas e saindo da cozinha como uma criança contrariada que ainda não tem as ferramentas sociais necessárias para conseguir argumentar.

Saio, mas então retorno e pego novamente a caneca de vaquinha, olhando fundo nos seus olhos, tentando parecer mortífera.

Tentando passar um recado: *Não mexe comigo.*

9.

> Não gosto de fazer o que os outros esperam. Por que devo satisfazer as expectativas alheias e não as minhas?
> — *10 coisas que eu odeio em você*, roteiro por Karen McCullah e Kirsten Smith

DANIEL NÃO VEM ATRÁS de mim, e eu aproveito para levar as minhas coisas para o quarto, acompanhada dos cachorros, que parecem sentir que tem algo errado.

Três dos quartos são bem parecidos: suítes grandes, mas sem personalidade, com camas confortáveis, armários embutidos e banheiros espaçosos. A porta no fim do corredor, porém, me agracia com a suíte master — assim como os outros quartos, também parece nunca ter sido usada, mas é maior, com um closet de princesa, hidromassagem no banheiro e uma linda varanda, com a mesma vista verde e impressionante da piscina.

Só de raiva, escolho ficar nela.

Coloco os tapetinhos de xixi na varanda, os potes de ração e água no chão e espalho os muitos brinquedos mastigados, que têm cheiro de baba, mas pelo menos fazem com que eu me sinta em casa.

Depois que termino de deixar os cachorros confortáveis, olho em volta.

O que eu vou fazer nessa casa por um mês, sem poder participar do processo criativo do qual me voluntariei para participar — e sem receber nada por isso, aliás?

Penso em mandar uma mensagem para Gio. "Já está vindo?" Mas conheço a minha agente, sei que ela come pressão no café da manhã, e de nada vai adiantar. Se ela quiser vir, vai vir. Se não, nada vai fazer com que mude de ideia.

Suspiro, tirando da mochila o notebook velho de guerra.

Nunca fui o tipo de escritora que precisava de inspiração ou novos ares para escrever; contar histórias fazia parte da minha rotina, assim como tomar banho, escovar os dentes e passear com os cachorros. Se eu não escrevesse, sentia que estava faltando algo no meu dia.

Lancei um livro por ano desde que consegui publicar o primeiro; foram cinco até estourar com *A trilha do coração*. E, nesses cinco anos, escrever sempre foi um alívio. Um propósito. Uma necessidade.

E então eu perdi Henrique, no auge do sucesso, e nada mais pareceu fazer sentido. Escrever por quê, se não posso compartilhar com ele? Sucesso para quê, se não posso comemorar com ele?

Agora, escrever se tornou uma tortura. Eu não consigo terminar nada que começo, não consigo nem passar do primeiro capítulo. A editora já desistiu de pedir "atualizações do novo romance", porque minhas desculpas começaram a ficar menos criativas e mais óbvias.

Pelo menos recebo bons direitos autorais a cada três meses, que me ajudam a pagar as contas, mas sei que em breve o fôlego do livro vai acabar, e eu preciso lançar o filme para manter o livro na boca das pessoas, ou lançar o próximo romance.

Mas, atualmente, não consigo fazer nem um, nem outro.

E todos ao meu redor já perceberam que não tem "romance novo".

Sei que as pessoas tentam ser empáticas e estão dando tempo para que eu me cure. Agradeço por isso. Mas sei também que empatia tem limite em um contexto capitalista e cruel, e, em breve, esse tempo vai chegar ao fim. Um ano é aceitável. Dois anos é demais.

Daqui a pouco os leitores também vão esquecer que eu existo. Eles esquecem até escritores que nunca pararam de publicar, que dirá uma autora de livros românticos em hiato eterno?

Eu sei de tudo isso. E sei também que estou longe de estar recuperada.

Com tudo isso em mente, tento aproveitar que estou aqui e penso que talvez os "novos ares" possam me ajudar. Talvez eu não tenha que ser o mesmo tipo de escritora pelo resto da vida. Talvez eu possa ser do tipo que viaja em busca de inspiração. Em busca da minha musa, observando a paisagem e sentindo o vento no cabelo.

Talvez sol e vitamina D resgatem o meu cérebro do calabouço e me ajudem a escrever uma história de amor que pareça verdadeira, mesmo que todo o amor que existia em mim tenha evaporado.

Não é isso que os bons escritores fazem? Transformam dor em arte? Usam a técnica quando não conseguem mais usar o coração?

Pego uma toalha na mala e vou até a piscina, estendendo-a em cima de uma das espreguiçadeiras. Faz frio, mas não venta, com resquícios de um sol morno, condições ideais para uma sessão de escrita ao ar livre.

Abro o computador e acesso o arquivo em branco que me encara há meses. Respiro fundo, estalo os dedos e digito uma frase.

Quando o amor termina em tragédia, a vida parece perder a cor, espiralando em tons terrosos rumo a uma rotina sem propósito.

Nego com a cabeça, apagando tudo.

Sou uma autora de comédias românticas. Ninguém vai querer ler um texto cínico, deprimido.

Desvio os olhos do notebook para ver onde estão os meus cachorros e percebo que nenhum deles me acompanhou até a piscina.

Estranhando, me contorço na espreguiçadeira e olho para dentro da casa, encontrando os cinco sentados perto de Daniel, que acabou de se instalar na mesa de jantar.

Ele surgiu com uma lousa branca e prende papeizinhos coloridos nela, compenetrado, enquanto acaricia distraído a cabeça de Dom Quixote e toma um gole de café na caneca de vaquinha.

Eu não consigo enxergar o conteúdo dos post-its, mas imagino que sejam os beats da história e começo a me coçar de curiosidade. Quando cedi os direitos do livro, não entendia nada de roteiro. Dois anos e cinco roteiristas depois, entendo o suficiente para saber que essa é uma parte essencial do processo.

Meu corpo formiga. Como ele vai estragar tudo? De forma singela ou apoteótica?

Volto-me para o computador.

Quando o amor termina em tragédia, o mais sensato a fazer é trancar o coração em uma masmorra e nunca mais deixá-lo ver a luz do dia.

Ainda é triste. Mas tem um fundinho de comédia.
Mesmo assim, apago a frase inteira.
Curiosa, espio Daniel novamente, que agora está sentado no chão entre os meus cachorros, observando os beats que colou na lousa, uma ruguinha de concentração entre as sobrancelhas.
No computador, escrevo:

O que caralhos ele está fazendo?!

Suspiro.
Não vou conseguir me concentrar desse jeito.
Fecho o computador e fico observando a mata, as folhas indo de um lado para o outro, dançando com a brisa que eu mal sinto.
Não sei quanto tempo fico presa nesse transe; só volto a mim quando sinto o estômago roncar. A única coisa que consumi o dia inteiro foi uma caneca de café com leite.
Levanto-me, animada por ter algo para fazer que não escrever o livro novo ou ler o roteiro do menino de ouro. Se não posso contribuir com o filme, posso pelo menos contribuir com o almoço. A feminista em mim se contorce com esse pensamento.
Quando volto para a sala, Daniel está na mesma posição, analisando a lousa em branco. E eu pretendo passar reto com uma austeridade orgulhosa, pretendo mesmo, mas leio "beijo?" escrito em um quadradinho vermelho no décimo beat do filme e não consigo segurar a língua.

— Você sabe que o livro é um slow burn, né?
Daniel parece acordar de um transe e me olha, franzindo o cenho.
— Quê?

— Slow burn. Histórias em que o casal demora o livro inteiro para ficar junto, em que a tensão sexual é o mais importante — explico, apontando para o post-it escrito "beijo?". — Um beijo na cena 10 vai matar essa construção. A última roteirista tentou fazer isso. Já sabemos como terminou, né?

— Isso é uma ameaça? — ele pergunta, sustentando o meu olhar.

— É apenas um comentário.

Daniel ri, contrariado porém atento, e nega com a cabeça.

— E você sabe que o canal espera um "ponto de virada" a cada cinco minutos, né? — ele me imita, e preciso apertar a unha do dedão contra a almofada do indicador para não xingar em voz alta. — Os streamings têm um tempo bem diferente dos livros.

— Deve ser por isso que tem tanta coisa boa saindo pra gente assistir ultimamente, né? — rebato.

— Eu não estou dizendo que concordo. Estou dizendo que é assim que eles trabalham.

— E por que a gente precisa se render a isso?

— Se você quiser que o filme seja feito e que eles nos paguem, é melhor se render. — Ele suspira.

— E onde fica a alma da história nisso tudo?

— Se você paga as suas contas com "a alma da história", me ensina, por favor.

Daniel me encara, e eu não desvio os olhos.

Já entendi que ele só está fazendo isso pela grana, mas me irrita que ele fique me relembrando disso em toda e qualquer oportunidade.

— Deve ter como fazer outro ponto de virada que não seja um beijo — insisto.

— É por isso que "beijo" está em vermelho e com um ponto de interrogação. — Ele aponta para o quadro, como se fosse a coisa mais óbvia do mundo. — E é por isso que eu não trabalho em dupla. Só... me deixa pensar.

— Te deixei pensar a manhã inteira e foi isso que saiu? — deixo escapar, mas, ao contrário da reação irritada que estou esperando, Daniel cruza os braços na frente do corpo e pergunta:

— Tá bom, *Verônica*, qual é a sua sugestão?

— A minha sugestão, *Daniel* — uso o seu nome também, porque, aparentemente, a nossa relação é a de dois adolescentes de quinze anos —, é que, em vez de se beijarem, Juliana e Rodrigo dancem juntos no bailinho da terceira idade que o hotel organiza, e, quando pintar um clima, começa a tocar a música que Rodrigo dançou com a ex-mulher no dia do casamento. Isso tira ele do eixo e ele se afasta.

Daniel fica me olhando, processando a informação. E então um sorrisinho tímido toma conta da sua boca, que ele logo faz questão de esconder.

Em seguida, ele anota em um post-it — vermelho, não posso deixar de notar — a minha sugestão e coloca abaixo de "beijo?".

— Viu como eu posso contribuir? — comento, mas Daniel só abana o ar com a mão, voltando-se para o quadro.

— Ou você pode atrasar todo o meu processo com ideias que vão me levar a quinhentas outras opções, e nós só temos um mês para fazer essa história parar de pé — ele resmunga, e é a minha deixa para sair.

Mas não posso evitar de notar, pouco antes de entrar no corredor, que Daniel retira o post-it com "beijo?" da lousa, o amassa e joga no lixo.

10.

> Eles apenas transformaram uma situação incômoda em diversão pessoal.
> — *Vermelho, branco e sangue azul*, escrito por Casey McQuiston

FUÇO NAS SACOLAS DE compras que Daniel trouxe de São Paulo e deixou em cima do balcão e encontro o que preciso para fazer o almoço. Vamos precisar ir ao mercado em breve, mas consigo improvisar com o que temos à disposição.

Não sou excelente na cozinha, mas sei me virar com pouco, e, meia hora depois, o macarrão ao alho e óleo está pronto.

Arrumo tudo o que precisamos para comer e levo para a mesa de madeira de dez lugares da sala, me sentindo a quarta esposa de um milionário ausente quarenta anos mais velho.

A essa altura, Daniel já quase terminou de preencher o quadro com beats e perguntas como "briga?" ou "cena do livro", e eu mordo a parte interna da bochecha para não perguntar o que tudo aquilo significa.

Ele demora para perceber a minha presença, e eu farfalho de um lado para o outro, ajeitando pratos e copos e panelas, mas, assim que sente o cheiro da comida, deixa o quadro de lado e vem se sentar.

— Por que o hotel? — ele solta de repente.

Só isso. Não "Obrigado pelo almoço" ou "Você precisa de ajuda?"

Começo a perceber que Daniel vive muito mais na sua cabeça do que na vida real, uma característica que só observei em outros escritores de livros.

Henrique era engenheiro. Queria saber a lógica por trás das ideias, aonde eu queria chegar e por que os personagens estavam tomando decisões ruins.

Não adiantava explicar o conceito de conflito e de personagens tridimensionais. Para ele, era tudo preto no branco — um personagem não tinha o direito de tomar uma decisão burra, mesmo que nós as tomemos todos os dias ao longo de toda uma vida. Ele me ajudava a estruturar as histórias de forma que elas não tivessem furos, mas, às vezes, me irritava quando não conseguia compreender que os personagens deveriam mimetizar o comportamento humano, e não atuar a serviço da história.

Me sinto mal por ter um fragmento de pensamento negativo em relação a ele e retorno para a conversa.

— O que tem o hotel? — pergunto, começando a me servir.

— Por que Rodrigo escolhe passar as férias no hotel que iria com a ex-mulher? — Daniel me encara, parecendo ansioso pelo que eu tenho a dizer.

— Porque já estava tudo pago. — Entrego o pegador para ele, que coloca o macarrão no prato sem prestar atenção, derrubando um pouco na mesa; seus olhos estão presos em mim e na minha resposta. — E ele é mão de vaca.

— Não compro. — Daniel morde o lábio inferior, como se estivesse metade presente, metade pensando na história. — Ninguém passaria por essa tortura só pelo valor da diária. Eu acho… Acho que ele estava esperando que ela fosse aparecer. De forma inconsciente.

Olho para ele por cima da garrafa de refrigerante.

— É… Faz sentido.

Daniel segura um risinho de satisfação.

— Hm, então parece que eu sei o que estou fazendo?

— Eu disse que faz sentido, não que você é um gênio da dramaturgia. — Seguro a ânsia de revirar os olhos.

— Não sou. Mas vou ser, quando escrever a ex dele aparecendo no hotel.

— Só por cima do meu cadáver.

Daniel se apoia na cadeira, sério.

— Por que os escritores de livros ficam tão na defensiva quando vão adaptar pro audiovisual? Nós queremos adaptar a história da melhor forma possível, não estragar. Ninguém quer escrever um filme ruim ou receber a fúria dos leitores que esperavam outra coisa. São mídias diferentes — ele dispara, e é até engraçada a sua falta de tato ao dizer coisas que têm o potencial de ofender.

Mas, para a minha surpresa, não ofendem. Só fico curiosa.

— Você já trabalhou com muitos?

— Você é a primeira. — Daniel começa a colocar refrigerante no copo e aproveita para me servir também.

— Então que conclusão é essa?

— É uma opinião geral do mercado. Não conheço um só roteirista que tenha adaptado um livro na santa paz de Cristo, nem quando o autor já morreu, porque aí tem que lidar com a família, que muitas vezes é até pior. — Ele me entrega o copo.

— Se você me ouvir um pouco, talvez não entre para essa triste estatística. — Apoio o copo na mesa, sorrindo com veneno.

Daniel sustenta o meu olhar.

— Então tá. O que você espera desse filme?

Essa é uma ótima pergunta e me fez pensar: *O que eu espero desse filme?*

Mordo um pouco a unha do dedão antes de responder, porque existem dois caminhos. O diplomático, "Espero que faça sucesso e que os meus fãs gostem", e o verdadeiro, "Espero realizar o último sonho que sonhei com o meu noivo, e que ele consiga ver, onde quer que esteja, se é que está em algum lugar, que tudo o que eu escrevi e escrevo é sobre ele".

Como um direitista disfarçado de isentão, opto pela terceira via.

— Espero que a leitora que vai assistir veja seus personagens favoritos ganhando vida, que o que ela imaginou sozinha, enquanto lia o livro deitada na cama tarde da noite, sonhando acordada, seja melhor do que o esperado. Que ela vibre nas cenas de beijo e veja verdade nas cenas de briga, e que o final feliz faça ela ganhar um pouquinho mais de esperança e otimismo na vida. Quero que ela saia pensando: *Uau, por incrível que pareça, o filme é melhor que o livro.*

— Ela? — Daniel pergunta, sem nenhum tipo de ironia.

— Meu público é majoritariamente feminino.

— Não quer que o filme atinja outros públicos?

— Não preciso agradar quem vê as minhas histórias como inferiores. Preciso agradar quem vê valor nos meus livros.

Se ele percebe a indireta, não diz nada. Apenas concorda com a cabeça.

— E quem não leu o livro? Por mais sucesso que ele tenha feito, o público do cinema e do streaming é de milhões, não de milhares.

— Quem não leu, espero que assista e pense: *Acho que eu vou ler o livro, quero saber mais a fundo quem são esses personagens* — respondo.

— Você não acha que um filme pode ser profundo?

— Nunca vai ser profundo como um livro.

— A adaptação perfeita não existe, então? — O macarrão esfria em ambos os pratos, mas nenhum dos dois toca na comida.

— Existe. *O silêncio dos inocentes* — respondo.

— Uau. Por essa eu não esperava. — Ele sorri. — Por quê?

— O livro é excelente, o filme sabe disso e não tenta ofuscar o brilhantismo da história. — Não desvio o olhar. — E você? Tem alguma adaptação favorita? Ou só lê roteiro, manuais de roteiro e livros sobre roteiro?

Sei que estou cutucando mais do que deveria, mas sei também que todos os roteiristas que passaram pelo projeto só sabiam falar do método Save the Cat, e, quando eu perguntava se haviam lido o livro que iriam adaptar, as respostas variavam de "Li o argumento" a "O que importa é a logline" e "Li resumos na internet".

— *Adoráveis mulheres*, da Greta. Casting excepcional e mudanças com propósito. Uma aula de adaptação.

— Você leu *Mulherzinhas*? — pergunto, genuinamente chocada.

— Por que a surpresa?

— Pensei que você passasse os seus dias assistindo aos filmes do Tarantino de novo e de novo e de novo — ironizo.

— Assim como você criou uma playlist de músicas celtas para o seu romance que não é de época? — ele rebate, e eu sou obrigada a sorrir um pouco.

Estou com fome, mas o pingue-pongue de provocações parece mais importante.

Talvez a evolução do nosso relacionamento profissional de "indiferença" para "provocação movida pelo desprezo" traga algo de positivo para o processo criativo.

— Pior adaptação? — ele continua.

— *O diário da princesa 2*.

— Uau. Uma crítica a Shonda Rhimes. Eu não twittaria isso se fosse você.

— Pra que utilizar todo o universo rico e divertido criado pela autora se a gente pode colocar o Chris Pine em um castelo, não é mesmo?

— O Chris Pine em um castelo era o maior sonho de toda uma geração. — Daniel dá de ombros. — A Shonda sempre sabe o que faz.

— E a sua? Ou roteiristas são incapazes de fazer más adaptações? — provoco.

— *Percy Jackson.*

Nós dois negamos com a cabeça, em sincronia e decepção, concordando pela primeira vez desde que nos conhecemos.

Em seguida eu abaixo a cabeça, rindo; não quero dar a ele o prazer de saber que estou me divertindo.

— Um clássico do que não fazer em uma adaptação — ele continua. — E, se você não me deixar trabalhar em paz, vou fazer igualzinho.

Ergo o rosto, horrorizada.

— Você não ousaria!

— Me testa.

Ele sorri. Eu sorrio também.

— Qual é o seu filme favorito? — ele pergunta.

— Acho que o filme que eu mais assisti na vida foi *Moulin Rouge* — respondo.

— Fã de musical?

— Fã de ver o Ewan McGregor e a Nicole Kidman se pegando. — Dou de ombros. — E o seu? — pergunto, e acrescento correndo: — Se você falar *O poderoso chefão* eu juro que...

— *E.T.*

Ele não diz mais nada, mas algo na forma como admite isso faz com que eu segure a risada que estou prestes a dar. A forma como os seus olhos brilham. Como ele perde a eterna expressão de cinismo.

Em vez de rir, então, eu levanto o dedo indicador.

— *E.T. phone home.*

E aí Daniel ri. Em voz alta, uma gargalhada rápida e áspera, que talvez esteja segurando desde o começo da nossa conversa.

O som me causa arrepios.

— Então você *é* engraçada — ele comenta. — Por um momento, achei que tivesse contratado um ghostwriter para escrever as cenas de comédia do livro.

Uma hora atrás, isso teria me ofendido, assim como o papo de que "escrever romance parece fácil" me ofendeu, assim como admitir que havia aceitado o trabalho puramente pela grana me ofendeu. Mas agora, começo a perceber que Daniel não diz as coisas com o intuito de provocar, só tem um compromisso muito sério com a honestidade.

Casualmente cruel, em nome da verdade, Taylor Swift diria.

E me dói admitir, mas ele tem razão. Não tenho sido a melhor versão de mim mesma ultimamente, a Verônica divertida, espirituosa e ácida que sempre fui. Principalmente com roteiristas pedantes que querem destruir o meu livro.

— Só sou engraçada com quem merece — respondo.

— Então agora somos eu e as cem mil pessoas que leram o livro?

— Presunçoso da sua parte acreditar que você merece. — Dou de ombros. — Às vezes, é mais forte do que eu. Mesmo com quem *não* merece.

— Vou continuar tentando entrar para esse grupo seleto, então — ele comenta e passa a língua pelo lábio inferior, sorrindo em seguida.

Isso faz com que um arrepio suba pela minha coluna. Olho para baixo, quebrando a conexão visual, e cutuco a comida com o garfo.

— Eu não sou a melhor cozinheira do mundo, mas nada fica bom gelado. Melhor a gente comer.

Daniel concorda com a cabeça, e ficamos em silêncio, mastigando, enquanto ouvimos as patinhas dos meus cachorros para lá e para cá no piso de madeira.

11.

> Ô, promessa desgraçada. Ô, promessa sem jeito!
> — *O auto da compadecida*, escrito por Ariano Suassuna, adaptado por Adriana Falcão, João Falcão e Guel Arraes

PASSAMOS O RESTO DA tarde trabalhando, Daniel na sala, eu na varanda e os cachorros zanzando pela casa, até que cansam e se deitam ao meu redor, parecendo felizes e exaustos de tanto explorar.

No começo, é difícil conter a vontade de bisbilhotar os beats e ideias que Daniel anota no quadro, mas, em determinado momento, meu plano dá certo e mergulho em um início promissor para um livro novo. Preciso aproveitar a pequena fagulha de inspiração que surge, depois de meses e mais meses de um completo e aterrorizante branco.

Ainda não sei que história quero contar, mas sinto que ela precisa começar com uma protagonista de luto. Claro, o luto não costuma ser muito engraçado (e, com "muito", quero dizer "nada"), mas parece ser o que o meu coração está pedindo, então decido embarcar.

Uma ideia ruim é melhor do que ideia nenhuma.

Perto das sete horas da noite, porém, sinto a barriga roncar mais uma vez; aparentemente, uma xícara de café com leite e um prato de macarrão não são o suficiente para me saciar.

Com os olhos vermelhos de tanto encarar o Word e as costas rígidas da posição desconfortável na espreguiçadeira, decido fechar o notebook e esticar o corpo. Em seguida, olho para trás e vejo Daniel ainda trabalhando, não mais na lousa e sim no notebook, uma sombra quase fantasmagórica no breu da sala.

Me levanto e entro, fechando a porta-balcão para amenizar o frio e acendendo uma das luzes. Daniel toma um susto, como se estivesse preso em um universo próprio.

— Acho que a gente precisa ir ao mercado — comento.

— É algum método de escrita? — ele questiona.

— Não, é método de sobrevivência, não tem mais comida.

Daniel parece enfim retornar ao planeta Terra e abaixa a tela do computador, coçando os olhos.

— Vamos usar o cartão da produtora — ele sugere. — Deixa só eu pegar uma blusa.

Cinco minutos depois, estamos novamente no seu carro, rumo ao supermercado mais próximo.

Daniel dirige distraído, parecendo distante, e eu aproveito para responder às quatrocentas mensagens que Gio me enviou durante o dia, desde "Como estão as coisas por aí, já temos um filme?", passando por "Alô? Best? Vocês se mataram?", até "Corro o risco de encontrar uma cena de crime amanhã? Preciso contatar os meus advogados?"

Respondo apenas com a minha figurinha favorita ("A vida é uma sopa e eu tô de garfo"), para que ela saiba que estou viva, e começo a digitar uma elaborada mensagem sobre como eu estar aqui mais atrapalha do que ajuda, quando a voz de Daniel me traz de volta para o carro.

— E se o primeiro encontro deles já fosse na Pedra Grande?

Levanto os olhos do celular; em menos de vinte e quatro horas de convivência, já começo a me adaptar ao jeito de Daniel — como sua cabeça nunca parece estar 100% presente —, e nem preciso perguntar do que ele está falando.

— A Pedra Grande é o grande final, com perdão do trocadilho. Os dois lá em cima, sem se importar com quem ganhou a aposta, realizados pelo que acabaram de conquistar, chapados de endorfina e maravilhados pela vista. Vamos entregar essa visão logo de cara?

— Eu sei, mas esse encontro no hotel é muito distante da nossa história central.

— Claro que não, o hotel significa algo para ele.

— Mas não para ela. E ela é a nossa protagonista, certo? A Pedra tem significado para os dois, e é uma imagem de abertura melhor. Mais cinematográfica.

— Discordo completamente.

O uso da palavra "discordo" parece acordar o monstrinho da argumentação dentro de Daniel. Embarcamos em uma discussão acalorada, que permeia todo o trajeto até o mercado. O debate aumenta, esfria, vai e volta, como a maré; em determinado momento, nem sabemos mais por que estamos discutindo, só queremos continuar discordando.

É uma questão de vida ou morte.

— Qual o sentido de uma mulher que odeia exercício físico estar subindo a Pedra Grande na primeira cena do filme?! — exclamo, conforme pegamos o carrinho de compras e entramos no mercado.

— Todo o sentido! Ela está em uma jornada de mudança, fazendo algo diferente...

— Ela já fez, ela já foi para outra cidade...

— Uma viagem para Atibaia não é uma grande mudança de vida...

— Atibaia é literalmente o cenário do livro...

— ... e o cartão-postal da cidade precisa estar na primeira cena...

— O hotel é o cenário da maioria das cenas e...

— Verônica?

Fico em silêncio no mesmo instante, parando de andar abruptamente. Daniel ainda dá mais alguns passos, mas então me olha, esperando a continuação, sem entender a súbita mudança de comportamento.

Eu me viro e encontro Vinícius estático no corredor dos pães.

Vinícius, meu irmão mais velho. Meu único irmão. A única pessoa que compreende o que foi ter crescido na casa dos Nakamura Silva. A única pessoa que cresceu no mesmo ambiente que eu, e escolheu *ficar*.

Meu coração não afunda no peito. Eu não abro os braços e corro na sua direção. Não. Em vez disso, sinto a adrenalina inundar minhas veias, preparando o meu corpo para o ataque. Para a sobrevivência. Olho de um lado para o outro, e depois por cima dos seus ombros.

E, porque ele me conhece há vinte e nove anos, sabe exatamente o que estou fazendo.

— Estou sozinho.

Respiro, pelo que parece a primeira vez desde que ouvi o meu nome sair da sua boca, e finalmente consigo enxergá-lo. *Realmente* enxergá-lo.

Vinícius deixou o cabelo crescer, um contraste com o terno muito bem alinhado e passado que está usando. Ele parece cansado, mas não de um jeito que me preocupa. De um jeito que demonstra que ele vive uma vida bastante real, mas que o deixa feliz.

— Oi — consigo dizer.

— Oi.

— Oi — Daniel diz também, e é tão singelo, tão ingênuo, que eu deixo uma risada escapar.

Vinícius também ri. O clima se ameniza.

— Oi — digo novamente e, dessa vez, caminho até ele e o abraço.

Vinícius retribui, encostando o queixo no topo da minha cabeça, exatamente como fez da última vez que nos encontramos.

Mas agora não estou mais em prantos, sentindo o chão ruir sob os meus pés, tendo que ser dopada pouco depois que o caixão desapareceu na terra.

Não significa que eu esteja muito melhor. Só estou... medicada.

— O que você está fazendo aqui?

— Vim a trabalho. — Me afasto dele e decido fazer as apresentações. — Daniel, esse é o Vinícius, meu irmão. Vinícius, esse é o Daniel.

Vinícius estende a mão, e Daniel a aperta.

— Você não me contou que estava namorando — meu irmão comenta, e tenho vontade de me enfiar na prateleira e viver eternamente como um lindo pão de forma sem casca.

— Ah, não, somos colegas de trabalho, é só trabalho, ele não é meu namorado, estamos trabalhando juntos. — Me enrolo inteira.

— Explica melhor, acho que ele ainda não entendeu que a gente trabalha junto — Daniel ironiza.

— Foi mal, é que desde o Henrique... — Vinícius começa a falar, mas eu o interrompo.

— Cadê a Paula? E os meninos?

— Em casa. — Vinícius mostra as frutas, as latas de leite em pó, os danoninhos e as caixinhas de suco dentro do carrinho. — Estou em uma missão. Que trabalho vocês estão fazendo em Atibaia?

— Pesquisa pro filme — respondo, o que não é mentira, mas também não é toda a verdade.

— Ah, é? Vai rolar o filme ainda? Você não contou mais nada.

O comentário de Vinícius não é magoado nem acusatório. Mesmo assim, percebo como tenho negligenciado o nosso relacionamento, que um dia foi tão próximo e íntimo.

Abro a boca para responder, mas é a voz de Daniel que escuto.

— Ela matou todos os outros roteiristas, eu sou a nova vítima.

Reviro os olhos, e Vinícius nos observa com curiosidade.

— Vocês ficam até quando?

Eu quero mentir, responder que vamos embora amanhã. Não, daqui a meia hora. Nossa pesquisa seria apenas conhecer este mercado em específico, já fizemos o que viemos fazer.

Quero impedir que esse encontro ao acaso se transforme em algo mais, porque é mais fácil não sentir nada quando afastamos da nossa vida tudo o que nos causa dor, mas Daniel é mais rápido, alheio aos meus sentimentos, alheio a toda a história que nos envolve, alheio ao que todo bom escritor nunca deveria ignorar: contexto.

— Vamos ficar o mês inteiro.

— Ótimo! Então vocês vão lá em casa no sábado, a gente faz um jantar, faz muito tempo que você não vê os meninos.

Forço um sorriso.

— Beleza, a gente vai sim.

O celular de Vinícius começa a tocar, e ele mostra a tela com o nome "Amor" brilhando.

— O dever me chama. Sábado, às oito. Você lembra o endereço, né? — Vinícius nem me espera responder e dá as costas, atendendo o celular. — Já, já peguei, amor, tô indo pro caixa agora...

Fico parada no mesmo lugar, observando Vinícius desaparecer entre os corredores.

— Você não me contou que tinha um irmão que morava aqui — Daniel comenta.

— Você também não me contou se tem irmãos — respondo, me esquivando.

— Não. Porque eu não tenho. — Ele dá de ombros.

— Você tem jeito de filho único mesmo. — Caminho lentamente até o final do corredor, encontrando a sessão de vinhos. Pego dois em uma mão, e mais dois na outra. — Vamos? *Logo?*

Terminamos as compras em tempo recorde, e Daniel ainda tenta retornar à discussão de antes, mas eu não ouço direito. Está tudo abafado, distante, distorcido. Respondo com "uhums" e "ahams" a toda e qualquer provocação, e, quando passamos no caixa, ele desiste de continuar.

O caminho para casa é silencioso. Assim como a organização das compras na despensa. Não penso mais em filme, ou em livro.

Só penso no velório.

— O que você quer jantar? — Daniel pergunta, e percebo que estou parada na frente da pia, olhando pela janela, sabe-se lá há quanto tempo.

— Ah... Acho que perdi um pouco a fome...

— Beleza. Vou voltar a trabalhar, então. Preciso enviar a V1 da escaleta na segunda.

Daniel pega um pedaço de queijo brie, um pote de geleia, um dos vinhos que escolhi e volta para a sala.

Gosto da forma como ele não se importa.

Depois de dois anos de pessoas constantemente querendo saber como eu estou, o que estou sentindo, o que estou pensando, sem que eu possa dar a elas alguma resposta positiva ou otimista, ser ignorada e provocada pela classe de ser humano que eu mais desprezo (roteiristas) é revigorante.

E talvez seja por isso que eu faço o que faço.

Pego uma taça de vinho e vou atrás dele.

Daniel já está sentado à mesa novamente, digitando no notebook, compenetrado. Me sento ao seu lado, sem pedir autorização.

— E se a primeira imagem do filme fosse Juliana olhando para a Pedra Grande, da base, com roupa de trilha, e desistindo de subir?

Ele ergue os olhos da tela.

— Um meio-termo. Uma tentativa de fazer algo diferente, mas com raízes muito profundas na mesmice — explico.
— Hm.
Só isso.
Só "hm".
Mas não me deixo abalar. Abro o vinho que Daniel levou para a sala e coloco um pouco na minha taça, enchendo a dele em seguida.
— Você sabe que é uma ideia boa.
— É uma ideia razoável — ele diz, voltando a olhar para a tela. — Mas pode ser que funcione.
— Um brinde a ideias razoáveis? — tento, levantando minha taça.
— Por que ser brilhante se podemos ser razoáveis? — ele diz, e nós brindamos.

12.

Mas descansa se precisas de descansar. No entanto, não percas toda a esperança. O amanhã é desconhecido. O conselho vem muitas vezes com o nascer do sol.
— *O senhor dos anéis*, escrito por J. R. R. Tolkien

UMA GARRAFA DE VINHO depois, ainda estamos discutindo.

O queijo brie já foi embora, assim como a frágil máscara de educação que usávamos um com o outro até então.

— Péssima, essa ideia é péssima. Como fomos de ideias razoáveis pra isso? — pergunto, pegando o post-it em que Daniel escreveu "presos no elevador".

— O quê? É um clichê de filmes de romance, os protagonistas presos em algum lugar. — Daniel recupera o post-it, prendendo-o na lousa.

— Não é porque é uma comédia romântica que precisa ter todos os clichês do mundo. Eles acabaram de cair na piscina, o que já é um grande clichê do gênero. Agora é o momento de reflexão — argumento.

— Isso. Dentro do elevador. Presos.

— Se você fizer isso, eu me mato na frente da produtora e deixo um bilhete explicando que foi por causa dessa cena.

— Sua morte não será em vão.

Rio, porque estou bêbada, mas também porque Daniel é engraçado, principalmente quando não está tentando ser.

— Vamos fazer assim? Cada um de nós tem três "nãos". Três vetos que podemos dar a ideias um do outro. Meu primeiro veto é a ideia merda do elevador.

— Ótimo. — Ele sorri com malícia. — Então eu veto toda a sequência merda do segundo ato, dos dois no restaurante do hotel, que você me obrigou a colocar na lousa.

— Ótimo.

— Ótimo.

— Ótimo — digo entre dentes, querendo ter a palavra final.

Daniel não adiciona outro "ótimo", mas pega o post-it com "restaurante do hotel", amassa e joga no lixo, sem quebrar o contato visual.

— Você só tem mais dois vetos, use com sabedoria — ele adiciona.

— O mesmo vale pra você.

O processo é caótico. Mas, entre brigas, discussões e desentendimentos, já temos o esqueleto de um primeiro ato, no primeiro dia de trabalho.

— E isso aqui — ele aponta para mim e depois para si próprio — é exatamente o que eu não queria.

— Ter uma noite agradável bebendo vinho ao lado de uma mulher interessantíssima?

— Escrever em dupla.

— Eu não vou tirar o seu crédito. — Reviro os olhos.

— Não é pelo crédito. Isso eu já vou perder quando algum diretor decidir alterar um diálogo e se creditar como roteirista junto comigo. — Ele mata o restinho de vinho que tem na taça, tão ácido quanto o líquido. — Eu só não queria que esse projeto virasse um Frankenstein.

Nessa hora, Frankenstein levanta a cabeça do meu pé, como quem pergunta: "É comigo?"

— Nem todo trabalho a duas mãos se torna uma colcha de retalhos. — Pego a outra garrafa de vinho, que nem lembro de ter trazido da cozinha, e a abro.

— Quando as duas pessoas têm estilos parecidos, não mesmo.

— Nós temos estilos parecidos. Nós dois odiamos a adaptação de *Percy Jackson*.

Daniel ri e se reclina na cadeira, enquanto nos sirvo de mais vinho. Ele olha de soslaio para a tela do notebook.

— São duas da manhã.

— O tempo voa quando estamos nos divertindo, não é mesmo? — provoco.

— Vamos encerrar por aqui. E amanhã eu continuo no roteiro, e você continua no seu livro.

— Ah, ótimo, tudo o que eu mais queria — deixo escapar.

— Quer ajuda? Posso ficar em cima do seu ombro dizendo tudo o que você está fazendo de errado. — Ele aproveita a deixa.

— Quer se juntar ao time? Tem umas quarenta e sete vozes na minha cabeça fazendo a mesma coisa.

— Sobre o que é? — Ele pega a taça que eu ofereço.

— Por enquanto, sobre nada.

— Um livro sobre nada. Vai bombar no TikTok.

Ele espera que eu conte mais e, quando não o faço, insiste:

— Não tem nem uma ideia geral? Uma logline? Uma sinopse?

— Tenho uma protagonista.

— É um bom começo, geralmente livros precisam de protagonistas.

— Você é sempre assim?

— Assim como? Charmoso?

— Irritante?

Daniel ri, tomando um gole do vinho.

— Minha ex te diria que sim. Minha mãe te diria que não.

Ficamos em silêncio tomando o nosso vinho. Julieta aproveita a deixa para pular no meu colo, e eu acaricio as suas orelhinhas.

— E essa protagonista, qual é a dela? — Daniel tenta mais uma vez.

— Por que você quer saber? — Entro na defensiva, sem saber muito bem o porquê.

— Por que você não quer me contar? — ele rebate.

Suspiro. Daniel é o tipo de pessoa que te vence pelo cansaço. E eu estou. Cansada, quero dizer. Fisicamente, emocionalmente, psicologicamente. Então apenas... cedo.

— Ela está de luto.

Não sei por que digo isso. Não quero conversar sobre isso. Não quero conversar sobre um livro que mal existe, e que é perigosamente autobiográfico.

Mas Daniel parece perceber algo no meu rosto, porque abandona o sorrisinho sarcástico.

— Quem ela perdeu?
— O marido.
Ele assente. Talvez o vinho tenha derrubado as minhas barreiras. Ou talvez colocar para fora o meu processo criativo possa me ajudar de alguma forma.
— E por que você quer falar sobre luto?
Nesse momento, percebo o que fiz. A armadilha em que caí. Como qualquer resposta que eu der nos fará entrar em um assunto que eu mal quero abordar com a minha psicóloga, que dirá com esse desconhecido na minha frente.
Me levanto, exasperada, quase derrubando a cadeira atrás de mim.
— Tá tarde, e a gente ainda tem muito trabalho pela frente. O foco aqui é o filme, o livro não importa. — Pego minha taça e a tábua de queijo vazia, cambaleando em direção à cozinha.
Lá dentro, segura depois de ter fugido da conversa difícil que eu não quero ter, me apoio na pia, respirando fundo. Minhas mãos estão tremendo, e quase derrubo a taça.
Conto até dez, lentamente. Depois que consigo me acalmar o suficiente, coloco a louça na pia e abro a torneira, jogando um pouco de água no rosto.
Por que eu quero falar sobre luto?
Porque eu gosto de me torturar? Isso já ficou claro, dada a minha atual situação. É uma resposta perfeitamente passível de ser verdadeira.
Mas, no fundo, talvez seja porque esse é o sentimento predominante na minha vida há dois anos. Talvez eu não consiga mais escrever sobre temáticas otimistas ou românticas. Talvez eu já saiba o que acontece depois do "felizes para sempre", e não é bonito. Talvez eu já tenha tentado de tudo para me sentir melhor — terapia, ioga, meditação, medicação, astrologia, constelação familiar, coach, igreja e hipnose —, e escrever seja a minha última chance.
Se não der certo, sei que vou precisar viver para sempre presa nessa angústia, nesse estado constante de estar, mas não ser. E vou ter que fazer as pazes com isso. Não seguir em frente nem reconstruir minha vida, apenas... admitir derrota. Me acomodar no purgatório.
Sem pressão.

Depois que me recomponho um pouco, volto para a sala. Daniel ainda encara o notebook, mas suas mãos estão nas laterais do corpo, cada uma acariciando um cachorro diferente.

Eu sorrio, porque Henrique costumava fazer o mesmo quando estava compenetrado no trabalho, fazendo carinho no piloto automático.

E essa lembrança me enche de saudade, na mesma medida em que dilacera o meu coração.

Sinto que posso começar a chorar a qualquer instante. Por isso, digo a primeira coisa que me vem à mente:

— Boa noite, então.

Daniel levanta o rosto e, se percebe a angústia no meu, tem a decência de não dizer nada.

— Boa noite, então.

Parto em direção ao quarto. Por algum motivo, sinto que Daniel não tira os olhos de mim durante todo o trajeto.

E, quando me deito na cama, não consigo dormir.

13.

> Nunca conheci alguém como você. É enlouquecedor
> o quanto você consome o meu ser.
> — *Bridgerton*, escrito por Julia Quinn,
> adaptado por Chris Van Dusen

ACORDAR NO PARAÍSO NÃO foi exatamente como eu esperava.

Eu esperava passarinhos cantando, barulho de água corrente e os tímidos raios solares de inverno preenchendo o quarto aos poucos, até que eu despertasse com a claridade morna e tranquila, completando o meu ciclo circadiano natural. Então eu colocaria um robe de mulher rica (não tenho um, mas, pelo bem da fantasia, vamos fingir que sim), passaria um café moído na hora e o tomaria com leite de aveia, sentada na espreguiçadeira da varanda, observando os cachorros correrem para lá e para cá ao redor da piscina, enquanto a brisa gelada acariciaria o meu rosto e eu pensaria: *Posso me acostumar com isso.*

Mas, depois de duas garrafas de vinho e muitas emoções nas últimas vinte e quatro horas, esqueci completamente o pedido desesperado que fiz a Gio.

Já ela não esqueceu.

Claro que não.

E, às 6h34 da madrugada, minhas cortinas são abertas, e, antes que eu possa abrir os olhos e encarar a claridade repentina, sinto o quentinho do cobertor ser substituído pelo frio da manhã.

— BOM DIA, FLOR DO DIA! — Gio segura o cobertor nas mãos como se fosse a cabeça decapitada de um dos seus inimigos.

— Arrrrrgh.

— Já está arrependida de ter me convidado?

— Hmmmmmmm.

— Vamos, que daqui a pouco a gente vai sair para caminhar, espairecer, ajudar as ideias a fluírem!

— Hm-hmmmm.

— Sim, senhora. — Gio abre a porta do quarto e os cachorros saem correndo para a liberdade. — Você tem dez minutos!

E, por mais que eu odeie Gio nesse momento, fico grata por ela estar aqui e honrar sua promessa, então me arrasto para fora da cama mais quente que já existiu e me arrumo no exato oposto da velocidade da luz. Na velocidade de uma idosa andando na sua frente quando você está com pressa.

Meia hora depois, chego na sala e encontro Daniel sentado no sofá, o cabelo todo desgrenhado, um cobertorzinho nos ombros e a caneca de vaquinha nas mãos, o vapor do café embaçando os óculos. Ele não se mexe. Ele mal respira. Seus olhos estão vermelhos, amassados e fixos em um ponto no tapete.

— Bom dia — cantarolo, porque agora já acordei, e acho extremamente divertido encontrá-lo nessa situação deplorável.

— Eu ainda estou na cama — ele diz, a voz arrastada. — Isso aqui é uma experiência extracorpórea.

Nesse momento, Gio e Sofia saem da cozinha, ambas com roupas de trilha na mesma paleta de cores. Gio é negra, usa o cabelo raspado, é baixinha e corpulenta. Sofia é branca, pinta o cabelo de vermelho, é tão alta quanto magra e cheia de tatuagens. E, de alguma forma, elas exalam tanto a mesma energia que parecem irmãs.

— Canirove! — Sofia exclama e vem me abraçar; ela adora chamar as pessoas pelo nome ao contrário. Alguma gracinha de quem é doutora em linguística.

— Bom te ver, Fiaso. — Eu a abraço de volta e tenho uma visão privilegiada de Gio. Usando mímica labial, digo "Rita Lobo", e ela estreita os olhos, "você não seria capaz".

— Vamos lá, um cafezinho e pé na estrada! — Ela bate palmas, querendo sair do perigoso terreno da louça de estimação quebrada. — Vocês viram que tem duas quadras de beach tennis? O que mais tem aqui dentro? Um quiosque da Stanley? Uma loja da Lacoste?

O que acontece em seguida é o furacão Giofia, como apelidei carinhosamente. As duas tomam conta do ambiente, ditam as regras, e quem está por perto decide se segue numa boa ou se segue contrariado.

Eu opto por seguir numa boa.

Daniel escolhe seguir contrariado.

E elas decidem que vamos dar uma volta no condomínio para conhecer as casas e exercitar "O Segredo", ou seja, botar defeito em mansões que nunca vamos comprar.

Aproveito para colocar a coleira nos cachorros, e é engraçado como, depois de só um dia em uma casa com quintal e piscina, alguns deles já não têm mais aquela ânsia quase doentia de sair para passear. Julieta, por exemplo, me dá as costas quando vê a guia, e Dom Quixote se chacoalha todo enquanto tento prender a coleira.

Dizem que os humanos são os seres mais adaptáveis que existem; isso porque não viram os meus cachorros depois de apenas um dia vivendo como ricos.

Às sete da manhã, a brisa ainda está bastante gelada, mas o sol e a caminhada, aos poucos, descruzam os meus braços e descongelam as minhas pernas.

Ninguém diz nada pelos primeiros cinco minutos, a não ser Gio e Sofia, que caminham uns bons cinquenta metros na frente, empolgadas e treinadas, quase num ritmo de marcha atlética. Mas só ouvimos sons, não palavras ou frases inteiras, porque elas falam baixinho uma com a outra, em uma sintonia muito particular.

Daniel, ao meu lado, ainda não parece feliz, mas perdeu o aspecto de passarinho que caiu do ninho.

— Como estão as ideias para o filme? Fluindo como nunca nesta caminhada revigorante? — cutuco.

— Estou pensando em desistir da carreira e prestar concurso — ele responde, me arrancando uma risada genuína.

— Aí você teria que acordar cedo todos os dias — comento.

— Não se o concurso for pra segurança noturno — ele rebate.

— Você tem um bom argumento.

— Ela é sempre assim? — Ele está olhando para Gio.

— A Gio? Ela é pior. Isso é ela respeitando os limites dos outros. Acho que ela não dorme, ela se congela todas as noites, e aí de manhã se descongela e toma banho com sangue de virgens. Só isso explica toda essa energia.

É a vez de Daniel rir.

— E isso é mentira.

— Sempre ouvi dizer que sangue de virgem rejuvenesce.

— Não. Todo esse negócio de acordar cedo para oxigenar a cabeça e ter mais ideias. — Ele gesticula ao redor. — A gente é escritor justamente porque não quer acordar cedo. Não quer *viver* a vida. A gente quer imaginar uma vida bem vivida, porque viver é uma tortura.

— Beleza, Edgar Allan Poe — gracejo.

— Por isso a gente imagina em vez de fazer — ele continua. — Fazer as coisas deixa a gente apavorado. E cansado.

— Uau. Essa é a coisa mais deprimente que eu já ouvi sobre a nossa carreira — comento.

— Mais deprimente do que saber que daqui a cinco anos seremos todos substituídos pelo ChatGPT?

— É, isso é mais.

Caminhamos mais um pouco, em silêncio. Ouço a respiração de Daniel ao meu lado, profunda. Inspira, expira. Com o canto dos olhos, percebo que ele começa a suar um pouco na testa. O cabelo, antes amassado de travesseiro, agora está bagunçado pelo vento.

Ele está rabugento. Sinto que pode começar a resmungar a qualquer momento. É ridículo. É fofo.

A maneira como ele caminha, como se quisesse estar em qualquer lugar, menos ali, é ridícula e fofa.

A forma como ele franze o cenho para qualquer raio solar que ouse acertar o seu rosto é ridícula e fofa.

O jeito como ele passa as mãos pelo cabelo para tirá-lo do rosto é ridículo e fofo.

E eu não deveria estar achando nada disso fofo.

Apenas ridículo.

Daniel é o inimigo.

O inimigo número 1.

Até ontem, eu o odiava com todas as fibras do meu ser. Não tem como achar algo fofo, vindo de alguém que odiamos. Vindo de alguém que é ridículo.

E então ele olha para mim, com uma mão na frente do rosto, incomodado pelo sol. E sorri.

Simplesmente sorri.

Ridiculamente fofo.

E eu sinto uma necessidade urgente de voltar a falar de trabalho.

— No que a gente vai trabalhar hoje?

— *Eu* vou trabalhar no segundo ato, *você* eu não sei — ele responde.

— Segundo ato então. Beleza, perfeito.

— É sério, Verônica, vou trabalhar sozinho hoje. — A forma como ele diz "Verônica" parece incendiar o meu estômago.

— Pode me chamar de Vê — corro para sugerir, porque não sei se vou ser capaz de ouvir o meu nome inteiro saindo da sua boca novamente.

O que está acontecendo comigo?

Foi o café. Tomei muito café. Estou hipersensível. E vou menstruar? Talvez. Estou me sentindo um pouco inchada. É. Café e menstruação. É só isso.

— É sério, *Vê*, vou trabalhar sozinho hoje — ele repete, me desafiando, e meu nome encurtado surte o mesmo efeito.

Parece que vou entrar em combustão espontânea.

Será que isso é uma reação por eu estar fora de forma? O problema é que eu não estou fora de forma. Caminho todos os dias com os meus cachorros, pratico ioga dia sim, dia não.

Ontem, as provocações pareciam saudáveis.

Hoje, parecem… deslocadas.

— Se quiser, pode ficar sentada do meu lado, trabalhando no *seu* livro — ele continua. — Vou tomar um banho depois dessa tortura. Vou estar cheiroso.

Meu Deus do céu.

— Tem um restaurante aqui dentro?!

O grito agudo vem de Sofia, logo à frente, e dou graças a Deus pela distração.

Caminho a passos largos para longe de Daniel — quase arrasto Julieta, que já não quer se engajar em qualquer esforço físico — e paro ao lado delas.

— Tem. Vamos conhecer? Nós quatro? Juntos?

Gio me olha, sobrancelha levantada.

— Acabou de bater um quilômetro, Verônica. — Meu nome na sua boca não me causa nada, a não ser a sensação de que estou tomando uma bronca. — A meta são dez quilômetros.

— *Dez quilômetros?!* — A voz esbaforida de Daniel nos alcança antes dele, mas logo ele está ao meu lado, indignado, a respiração rápida batendo na minha orelha e pescoço.

Sua proximidade me faz estremecer. Eu me afasto um pouco, tentando respirar.

O que está acontecendo comigo?!

— Meus cachorros não aguentam andar dez quilômetros, Gio — consigo me forçar a dizer; alguns deles provavelmente aguentariam, claro. Quem não aguenta sou eu, porque estou tendo algum tipo de choque anafilático.

— E eu também não. Não às três da madrugada — Daniel exagera, apontando ao redor, querendo nos fazer acreditar que o sol não está ali na nossa cara. — Vamos parar no restaurante, a gente come alguma coisa, aí eu e a Verônica voltamos juntos para a casa e vocês continuam.

Eu e a Verônica.

Voltamos juntos.

Para a casa.

— Ou o Daniel leva os cachorros e eu vou com vocês! — quase grito.

— Pode ser — Daniel concorda, e isso, de alguma forma, me deixa decepcionada.

— Essa está sendo a nossa primeira experiência com filhos? — Sofia pergunta para Gio.

— Não, nossos filhos não vão ser tão mimados.

Dez minutos depois, estamos no deque do restaurante do condomínio, onde posso entrar com os cachorros.

Escolhemos uma mesa de madeira rústica, ainda molhada pelo orvalho da manhã e com vista para a montanha, e fico feliz quando Gio decide se sentar de frente para Sofia, o que significa que não vou precisar ficar tão perto de Daniel.

Mas então ele tira a blusa, ficando só de camiseta, e me olha, sentado bem na minha frente.

E, como uma adolescente de quinze anos, sinto as bochechas corarem. Desvio o rosto, fingindo estar muito interessada em uma capivara perto do lago.

O garçom chega, o que me dá alguns minutos de distração. Pedimos água, cafés elaborados e torradas com avocado, a palavra que substituiu o bom e velho abacate, e, quando ele se afasta, Gio já está com o seu olhar empresarial no rosto.

— E como estamos? Com o filme?

— Só trabalhamos um dia — digo, não querendo dar o braço a torcer e admitir que foi um dia bem proveitoso.

— Eu provavelmente já teria terminado, se não fosse a inspetora Verônica — Daniel comenta. — Mas hoje ela vai escrever o livro dela, que pelo que eu entendi é a história de uma *protagonista*.

Sei que ele está tirando uma com a minha cara. Tenho um milhão de respostas malcriadas para dar. Mas Gio é mais rápida.

— Livro, é? Vamos sair daqui com um livro e um filme? Uau, vão sair mil almas do purgatório!

— Não eleve demais as expectativas, também podemos sair sem nada.

Ou com uma consulta marcada no neuro, penso, porque não estou agindo como uma pessoa normal hoje.

Será que tomamos vinho estragado?

Quero pegar meu celular e digitar: "Efeitos de beber vinho estragado", mas Daniel continua falando.

— Ou com apenas uma linda amizade. — Ele pega a minha mão de brincadeira, e eu sinto que vou desmaiar.

— Eu prefiro um livro e um filme, amizades acabam. Dinheiro também, mas compra viagens e carros e casas antes disso — Gio responde.

— Quanto você acha que vai ganhar fazendo um filme nacional? — Daniel ri, negando com a cabeça.

Ele ainda não soltou a minha mão, e eu fico em uma encruzilhada entre soltar e ser desagradável, ou não soltar e sentir os meus órgãos derretendo dentro do corpo.

Por sorte, o garçom retorna com as águas que pedimos, e eu tenho a desculpa perfeita para desentrelaçar os nossos dedos.

Se Daniel está sentindo a mesma coisa, disfarça muito bem. Se ele percebe que eu estou agindo de forma estranha, disfarça melhor ainda. Parece alheio à pequena crise de identidade que aparentemente estou vivendo.

Tomamos um café da manhã agradável, mas, a todo momento, eu me pego percebendo demais a proximidade de Daniel, como se ele estivesse ocupando todo o espaço disponível. Não sei o que aconteceu de ontem para hoje. Ontem eu estava incomodada com a presença dele, hoje estou incomodada com o quanto me sinto incomodada.

Mas pelo menos tenho Gio e Sofia para me distraírem da presença dele, e nisso elas são boas, emendando um assunto no outro, rindo alto, me mostrando que a vida pode ser leve.

No final da manhã, elas querem continuar a caminhada, e Daniel diz que precisa voltar a trabalhar. Cumpro com a minha palavra e anuncio que vou com elas.

Não tenho nenhuma vontade de continuar caminhando; as minhas panturrilhas estão doendo e quero voltar a escrever, desejo que não sinto há muito tempo. Por outro lado, preciso entender o que está acontecendo comigo, e não vou conseguir fazer isso sozinha com Daniel.

Daniel, com a tatuagem em aquarela no antebraço. Daniel, com os lábios cheios e os olhos curiosos. Daniel, mais alto do que eu, tão mais alto do que eu. Daniel, com os braços definidos e a voz áspera. Daniel, o *roteirista*.

Quando entrego as coleiras dos cachorros para ele, roçamos as nossas mãos no processo. A mão dele é bonita, grande, firme, e lembro do *tec tec tec* dos seus dedos no teclado. Dedos rápidos, que precisam acompanhar a mente. Dedos que eu imagino o que podem fazer se ordenados a realizar outros tipos de tarefa. Dedos que podem abrir calças, e passear por dentro de calcinhas, e...

— Todos eles já cagaram! — eu me ouço gritar para ele.

Daniel até toma um susto, depois sorri.

— Não vou pisar em nenhum cocô, então?

— Não sei, eles são uma caixinha de surpresas, e você não costuma olhar por onde anda. — Largo as guias e me afasto, ofegante, muito ciente de que não é pelo exercício físico. — Boa sorte.

— Boa caminhada. — Ele dá as costas para mim, com cinco cachorros enrolados entre as pernas, e caminha em direção à casa.

Depois que ele já se afastou o suficiente, Sofia chega perto de mim, observando.

— Ele parece o Wagner Moura, né?

— Aaaaah, *por isso* que eu achei ele gato. — Gio chega à conclusão óbvia. Em seguida, se vira para mim. — Não foi você que passou um mês tendo sonhos eróticos com o Wagner Moura?

— Bora, gente, que esses dez quilômetros não vão se andar sozinhos! — eu exclamo, saindo na frente, porque não posso deixar, de jeito nenhum, que elas me vejam corada.

14.

> Nunca teve pretensões a amar e ser amada, embora sempre nutrisse a esperança de encontrar algo que fosse como o amor, mas sem os problemas do amor.
> — *O amor nos tempos do cólera*, escrito por Gabriel García Márquez

SE ARREPENDIMENTO MATASSE, EU já estaria em decomposição.

Dez quilômetros não são oito, muito menos nove. São *dez*.

Mas, de alguma forma, acho a tortura de colocar um pé dolorido na frente do outro melhor do que ficar sozinha com Daniel. Coisa que eu sei que vai acontecer no domingo, depois que as meninas forem embora.

Só o pensamento já embrulha o meu estômago.

— Mas vocês precisam mesmo ir? A produtora está pagando pela casa, vamos aproveitar, por que não ficam o mês inteiro? — eu me ouço choramingar, sem fôlego, suada, vermelha, irritadiça.

— Nós acabamos de chegar e você já tá pensando na hora de ir embora, Best? O que é isso, ansiedade de separação? — Gio brinca.

— Eu preciso voltar, tenho que dar aula, já foi um milagre conseguir essa semana — Sofia explica.

— EAD tá aí pra isso, gente! Ninguém mais assiste aula presencial, isso é coisa do passado! A moda agora é ficar com a câmera desligada no Meet enquanto vê TikTok. — Tenho plena noção do quão desesperada estou soando, mas minha aflição fala mais alto.

— A gente até poderia ficar mais… — Gio começa.

— Isso! Ótimo! Uma eterna festa do pijama…

— ... mas, sinceramente? Acho que só vamos atrapalhar. A gente pensou que ia encontrar um cenário de guerra, mas até que você e o Daniel estão se dando bem. Não sei o que rolou ontem, mas deu certo, continuem assim. Acho que o mês vai passar rapidinho e o filme vai ficar ótimo, estou *sentindo*. — Gio termina de falar e me olha de um jeito que eu sei que está buscando informações que não estão na superfície.

Então viro o rosto para o outro lado e sigo os dez quilômetros de penitência que me infligi por estar sentindo tesão.

Porque é isso. Não sou idiota. Não é menstruação nem insolação, cafeína ou hipotermia, é tesão.

Pura e simplesmente.

E fazia dois anos que eu não sentia isso. Logo, é *muito* tesão.

Minha teoria é que passei tanto tempo me escondendo das pessoas e em um torpor quase aconchegante que sentir qualquer coisa que não indiferença fez o meu corpo despertar, e agora ele quer transar com a primeira pessoa que viu pela frente.

E essa pessoa é Daniel.

O *roteirista*.

É por isso que não somos nada além de bichos, mesmo que gostemos de bater no peito para dizer que somos seres humanos providos de inteligência. Assim que o meu corpo percebeu a mínima fagulha de interação social, coisa que me neguei por dois anos, já quis procriar.

Mas ele não contava com o meu ódio pela profissão do objeto de interesse nem com a minha ética profissional, muito menos com o meu sugador potente, companheiro de momentos como este.

A última coisa que eu vou fazer neste mês é transar.

Posso cometer um assassinato movida por *emoções intensas* e ser absolvida no julgamento por isso.

Mas transar eu não vou.

Mesmo porque, para transar com outra pessoa, essa outra pessoa precisa querer, e tenho quase certeza de que a) Daniel não está interessado em nada além da escrita do roteiro e b) ele não viveu em uma caverna emocional nos últimos anos e tem controle sobre seus impulsos.

Estou repetindo o mantra "É só tesão reprimido, é só tesão reprimido" quando volto para casa, cansada, destruída, acabada, moída.

E, assim que abro a porta, vejo Daniel dentro da piscina, digitando no notebook que apoiou em um banquinho na beirada. Ele segura uma taça de plástico com o que parece ser gim-tônica, e está sem camisa.

Daniel não é trincado, ele é só... o meu tipo de cara. Os músculos estão lá, mas nenhum chama mais atenção do que o outro. Ele é esguio e uniforme. É um lindo conjunto esculpido por Michelangelo.

Pelo amor de Deus, que pensamentos são esses, Verônica? É só um cara sem camisa.

Quando ele nos percebe chegar, levanta a taça em nossa direção.

— Como foi a tortura? Por aqui, descobri que a piscina é aquecida!

Daniel faz força contra a beirada, os braços ficando mais definidos, e se impulsiona para fora da água, e aí eu posso ver a estrela do show.

Aqueles músculos que descem até a virilha, entradas para o paraíso.

Sinto como se pudesse desmaiar a qualquer instante.

— Vou tomar um banho — me ouço dizer, mas não tenho certeza se disse mesmo ou se foi a minha alma fora do corpo, e praticamente *corro* até o quarto.

Lá dentro, tranco a porta e me apoio na parede, respirando fundo diversas vezes. E, apesar do frio, tomo um banho gelado.

Quando volto para a sala, todos estão dentro da piscina, com drinques nas mãos, conversando e rindo.

Evito olhar diretamente para Daniel e me sento em uma das espreguiçadeiras, acariciando a cabeça de Capitu.

— Entra aí, Vê! — Gio exclama.

— Eu vou trabalhar. — Arrisco um olhar para Daniel, mesmo sabendo que isso pode trazer consequências severas. — Não era esse o plano?

— Eu escrevi bastante enquanto vocês estavam explorando a savana. Só coisas que você vai odiar — ele provoca, apontando com a cabeça para o notebook, que agora está protegido da água em cima da mesa. — Aí fiquei sem saber para onde ir no final do segundo ato e fui dar uma caminhada para espairecer. E a minha caminhada me levou até a cozinha, onde eu achei uma garrafa de gim fechada.

— Cadê o cara que disse que iria trabalhar? *Sozinho?* — insisto.
— Eu afoguei ele. Nesse copo aqui. — Ele levanta o drinque para mim, e sou obrigada a rir.
Esse é o problema de pessoas engraçadas.
Você vai rindo, vai rindo.
E, quando vê, está pelada.
Chacoalho a cabeça.
Preciso controlar meus pensamentos intrusivos. Daniel não está interessado, e essas imagens mentais são só consequências de uma necessidade fisiológica.
Sou capaz de controlá-las.
Não sou irracional.
Eu o detesto. Agora percebo que não necessariamente ele, mas o que pessoas como ele me fizeram passar nos últimos dois anos. Então o sentimento se estende da pessoa jurídica para a pessoa física.
Além disso, ele é prepotente, arrogante, irônico, se acha muito inteligente e detesta romances. Ele nem é o meu tipo. O meu tipo é amável, doce, alguém que me deixa *confortável*. Não alguém que me tira do sério.
É só o meu corpo *humano demais* falando.
Só isso.
— Tá muito frio — disparo, levantando-me. — Vou tentar escrever um pouco. Aproveitem!
Saio da área da piscina sob vaias e protestos, mas não olho para trás. Pego meu notebook esquecido na mesa da sala e sento no sofá.
Tento escrever, mas o mesmo corpo *humano demais* me trai. Vejo Gio, Sofia e Daniel na piscina, conversando e rindo, e quero estar lá com eles. Percebo que Daniel tem duas risadas, uma por educação, baixa e contida, e uma verdadeira, como uma criança em um parque de diversões, e quero comentar sobre isso. Observo a forma como ele presta atenção no que as meninas falam, faz perguntas, se interessa, e queria não ter armazenado essa informação.
Mudo de posição, mas parece que tem um formigueiro na minha bunda. Decido fazer um gim-tônica também para tentar relaxar, mas isso só piora a situação: se sóbria não quero trabalhar, que dirá bêbada.

Depois de uma hora me torturando, sem escrever uma só palavra, abaixo a tela do notebook e vou me trocar. Por sorte, Gio enfiou um biquíni velho na minha mala, e vou para a área da piscina com um camisetão por cima.

Sei que não deveria estar fazendo isso. Sei que é um erro. Mas não sou uma personagem. Sou humana. Humana demais. Não vou agir em consequência de todos esses sentimentos. Só quero sentir mais um pouco. Faz tanto tempo que eu não sinto nada.

Gio e Sofia gritam de animação ao me verem, e Daniel sorri daquele jeito presunçoso, como quem diz: "Eu sabia". Tenho vontade de afogá-lo na piscina. Tenho vontade de sair correndo.

Pelo amor de Deus, eu tenho quinze anos de novo? Preciso colocar aparelho e lidar com uma crise de acne também?

— Ti-ra a ca-mi-sa! Ti-ra a ca-mi-sa! — Gio e Sofia gritam em coro e espalham água com as mãos. Gio cutuca Daniel. — Vem, Dani, com a gente! Ti-ra a ca-mi-sa!

"Dani." Eles já são íntimos. Claro que são. Gio é o ser humano mais sociável que eu conheço. Não sei como ela consegue.

Daniel ri, mas não entra na cantoria. Não sei se devo me sentir ofendida ou lisonjeada. Pressionada pelas meninas, tiro a camiseta e me jogo na água, sem me dar tempo de pensar direito.

A piscina está bem quente, o que é um contraste delicioso com o ar frio que nos golpeia.

Quando emerjo, estou bem próxima de Daniel. Ele me olha por alguns segundos, com uma expressão indecifrável coberta por gotas d'água, e se afasta em seguida. Eu vou para a beirada da piscina para tomar um gole do meu drinque.

— Deixa a produtora ver que transformamos um local de trabalho na casa do *BBB* — comento.

— Saindo com esse filme pronto e aprovado, a gente pode até transformar em uma casa de swing — Gio responde.

— O que você escreveu hoje? — Mudo bruscamente de assunto, porque não quero continuar uma conversa sobre casas de swing.

— *Fun and games* — Daniel responde.

— E isso é...?
— Os dois se apaixonando.
Daniel pisca para mim.
Simplesmente pisca para mim.
Eu ofego e tento continuar o assunto de maneira profissional.
— Você usou a cena dos dois...
— Presos no elevador? Não. — Ele toma um gole do gim antes de continuar. — Um veto é um veto.

Sorrimos um para o outro, um sorriso de provocação. E, com o canto dos olhos, percebo que Gio nos observa atentamente enquanto acende um cigarro.

Por isso, mato minha taça de gim e anuncio que vou fazer mais uma rodada.

Algumas horas depois, para a surpresa de ninguém, estamos bêbados, sentados na parte rasa da piscina, quentinhos demais para ter coragem de sair para o ar gelado. Estou de frente para Daniel, nossos pés embaixo da água, próximos, boiando.

O sol começa a se pôr, pintando o céu de laranja e rosa, e estamos afundados em uma conversa sem sentido.

— Mas, se você parar para pensar, o Jota Quest é o Foo Fighters brasileiro — eu comento.
— E o Coldplay é o Jota Quest do Reino Unido? — Daniel tenta.
— Isso faz do Skank o Nirvana do Brasil? — Sofia tenta.
— Não. Paralamas do Sucesso — respondo com convicção.

Caímos na risada.

— Acho que depois dessa eu vou me retirar. — Gio levanta a taça de gim.
— Não, senhora, faz vinte anos que a gente não sai de casa, a gente vai ficar aqui até enrugar. — Sofia abaixa a taça da esposa. — Conta mais sobre você, Daniel.

Daniel, que está matando o restinho de gim na taça, fica confuso.

— O que você quer saber?
— Casado? Enrolado? Solteiro? — Gio pergunta e me olha com décimas sétimas intenções.

Quero chutá-la por debaixo da água, mas isso chamaria muita atenção.

— Eu estava pensando mais em história de vida, mas pode começar por aí mesmo que é mais interessante — Sofia concorda, captando as intenções da esposa.

Ardilosas.

Eu enfio a cara inteira dentro da taça, mas os meus ouvidos estão aguçados.

— Casado com o trabalho. — Daniel dá de ombros. — Divorciado da ex-mulher.

Divorciado. A ex que está com o cachorro não é namorada. Não foi um relacionamento curto, simples, leve, despretensioso. Foi um *casamento*. Perante Deus e o Estado brasileiro.

Eu quero saber mais. Por que divorciaram? Onde se conheceram? Por quanto tempo ficaram juntos? Ele ainda é apaixonado por ela? Ele guarda uma camiseta com o perfume dela para cheirar quando fica com saudade?

Mas Gio tem perguntas mais... diretas.

— Divórcio, é? Amigável? Litigioso?

— *Gio!* — eu exclamo.

— O quê? Eu já passei dos trinta, meu amor, me interesso por fofoca e burocracia.

Daniel ri. Ele não parece desconfortável, mas pode ser a barreira da vergonha que o álcool já derrubou.

— Não foi amigável. Mas também não foi uma briga judicial. Vendemos tudo, dividimos tudo. Temos guarda compartilhada do nosso cachorro.

— Ah, millennials... — Sofia suspira.

Algo me vem à mente. A pergunta de Daniel sobre o porquê de Rodrigo ir justamente para o hotel no qual estava combinando de se hospedar com a ex-mulher. Sua fala sobre não comprar, sobre sentir que ele esperava que ela fosse aparecer.

Será que Daniel se identifica com o meu personagem? Será que ele ainda está esperando que a ex-mulher volte? Será que ele sentiu alguma coisa lendo o meu livro? Saudade? Identificação? Nostalgia?

— E vocês? — ele pergunta.

— A gente o quê?

— Estão juntas há quanto tempo?

— Dez anos juntas, oito anos casadas, e contando. — Sofia abraça Gio.

— Fomos morar juntas duas semanas depois que nos conhecemos — Gio adiciona.

— O estereótipo da lésbica emocionada. — Sofia revira os olhos de brincadeira.

— Fale por você, eu e a Vê somos time bi. — Gio levanta a mão e nós trocamos um high five molhado.

Daniel se volta para mim, curioso.

— Você é bi?

— Por quê, não parece? — Cutuco o limão dentro da minha taça.

— Eu deveria saber como uma pessoa bissexual se parece? Tem uma cartilha? Vestuário? Carteirinha?

— A gente só vai se comunicar com perguntas agora? — Levanto uma sobrancelha.

— Não sei, você quer? — Daniel provoca.

— Uau, então é assim que os artistas se comunicam... — Sofia observa. — Que horror.

— Deixa. Esse tipo de *tensão* é bom pra eles — Gio comenta, e tenho certeza absoluta de que ela quase adicionou "sexual" depois da palavra "tensão".

Lanço um olhar que eu espero que ela entenda, e Gio dá de ombros com uma expressão angelical.

— E você, Verônica? Casada? Enrolada? Solteira? — Daniel repete a pergunta, quebrando minha comunicação telepática com Gio.

Um silêncio incômodo paira sobre nós.

De repente, toda a diversão morre. Os games já não são mais fun.

Gio e Sofia estão na minha vida há tempo suficiente para saber que essa não é uma pergunta simples de responder.

Por um lado, quero que elas respondam por mim, expliquem que o meu noivo faleceu. Quero acabar logo com essa agonia. Colocar para fora, porque eu não consigo reunir coragem para dizer essas palavras em voz alta, mesmo depois de tanto tempo.

Por outro, sinto que preciso tomar as rédeas da situação.

— Solteira — digo simplesmente.

Gio e Sofia trocam um olhar rápido, mas significativo.

— Vamos jantar? — Gio muda o foco, já começando a se levantar da piscina, e eu a abraçaria se não precisasse tirar o meu corpo da água quente. — Acho que já me enruguei o suficiente.

— Vamos! — Sofia a segue, ficando de pé e abraçando o próprio corpo. — Puta que pariu, que frio da porra!!!

As duas saem correndo da piscina, até suas toalhas, rindo e gritando como crianças, e eu e Daniel permanecemos.

Ele me observa por cima da taça.

— O quê? — pergunto.

— Nada. — Ele dá de ombros.

— Fala — insisto.

Daniel pensa por um instante. Mas então parece desistir do que está prestes a comentar.

— Melhor a gente ajudar a decidir o que vamos comer, se não elas vão inventar alguma atividade ao ar livre, e eu só quero dormir — ele diz, levantando-se.

De pé, parado na minha frente, a bermuda colada nas coxas e aquelas entradas gloriosas brilhando com as luzes da piscina, Daniel estende a mão. Parece uma miragem, um deus grego me chamando para um passeio pelo Olimpo. E eu aceito.

Quando levanto, porém, percebo que estou mais bêbada do que imaginei, porque quase caio em cima dele.

Daniel me segura, rindo. Eu também dou risada, sentindo suas mãos na minha cintura. Então a mesma expressão de antes toma conta do seu rosto, e ele me observa, e eu sustento o olhar. Dura alguns segundos. Dura uma eternidade.

— O quê? — repito, curiosa.

— Só estou me perguntando como uma mulher como você está solteira. Só isso — ele diz e dá de ombros, como se estivesse comentando sobre o clima, e não me incendiando inteira por dentro.

Fico sem reação por alguns instantes. Mas então me afasto, pegando a toalha em cima da cadeira, com medo de que o meu corpo me traia. Esfrego o rosto, tentando espantar a embriaguez.

— Sabe como é — digo, saindo da piscina, colocando a maior distância possível entre nós —, me sinto mais confortável vivendo com as pessoas que moram na minha cabeça.

Daniel ri e também começa a se secar.

O momento passou.

— Quem sabe um dia a gente não encontre alguém que seja melhor que a ficção? — ele comenta e passa por mim, entrando em casa.

15.

> O que é o luto, senão o amor que perdura?
> — *WandaVision*, criada por Jac Schaeffer

TER GIO E SOFIA com a gente durante a semana é, ao mesmo tempo, reconfortante e estressante.

Elas têm muita energia, e não viajavam nem paravam para descansar havia muito tempo, o que se mostra uma combinação explosiva. Por mais que não estejam tecnicamente de férias, diminuíram as atividades profissionais e focaram em tentar fazer absolutamente tudo o que há para fazer em Atibaia.

Não é tanta coisa assim, mas elas agem como se fosse.

Na maioria dos dias, eu e Daniel usamos o trabalho como desculpa para não participar das atividades, mas não conseguimos nos livrar das caminhadas matinais, de uma volta no lago do Major na quarta-feira e de um passeio noturno no centro de convenções na sexta.

Durante todo o tempo que estou *fora* da segurança da casa, caminho como uma fugitiva, olhando por cima dos ombros, imaginando encontrar os meus pais em um piquenique ou jantando na mesa ao lado do restaurante em que estamos, como se eles fossem pessoas extremamente sociáveis, e não dois idosos deprimidos enfurnados dentro de casa.

Durante todo o tempo que estou *dentro* da segurança da casa, estou ou discutindo com Daniel, ou sentindo falta de discutir com Daniel.

Pelo menos Gio e Sofia e suas atividades cronometradas de hora em hora me dão a desculpa perfeita para ficar a uma distância segura dele. Quando saímos, é uma interação em grupo. Quando estamos sozinhos, focamos no trabalho, falamos sobre trabalho, e nada além disso. Ele até tenta puxar outros papos, falar sobre outras coisas e, quando isso acontece, finjo que preciso tirar a mesa ou lavar a louça ou arrumar o quarto. Não sou uma dona de casa tão dedicada assim, mas, pelo bem do nosso relacionamento profissional, ajo como uma tradwife do TikTok. Em determinado momento, começo a pesquisar como fazer pão caseiro — isso com certeza me manteria ocupada.

Depois do nosso pequeno momento alcoolizado na piscina, não tocamos mais no assunto, fingindo que nada aconteceu. Na verdade, começo a me questionar se *realmente* aconteceu alguma coisa, ou se foi apenas a minha mente entupida de tesão e álcool pregando uma peça.

Por via das dúvidas, evito beber de novo.

Também evito pensar no que aconteceu. Na mão dele na minha cintura, no que ele disse: "como uma mulher como você está solteira", na bermuda colada nas coxas. Evito pensar em qualquer outra coisa que não o filme e embarco em discussões acaloradas sobre cenas do livro que precisam estar no roteiro e pontos de virada importantes; quando estamos discutindo, não penso em como ele é bonito, ou em como o seu perfume é doce e envolvente, ou ainda na maneira como a mente dele funciona, que me encanta na mesma medida em que me assusta.

Viemos aqui por um motivo, e apenas um: escrever um bom filme. Não tenho mais quinze anos, os hormônios não tomam mais conta de mim — porém, agradeço aos céus por ninguém ter tido a ideia de entrar na piscina de novo. Mesmo porque ficamos todos meio gripados no dia seguinte. Se Daniel de camiseta mexe comigo, Daniel sem camiseta é uma tentação muito pior.

Conforme vamos trabalhando juntos e entendendo os nossos processos, as provocações não diminuem, apenas... se transformam. A cada dia que passa, Daniel resmunga menos das minhas intervenções, mas isso não significa que ele aceite as minhas sugestões facilmente — é sempre uma batalha épica de "porquês" e "comos".

Só que não é algo de ego; ele está realmente buscando o que é melhor para o roteiro. Suas recusas e perguntas não fazem com que eu me sinta mal, insegura, fazem com que eu tente procurar a melhor solução, a melhor cena, a melhor história que podemos contar. Quando finalmente encontro a resposta para os seus questionamentos, ele se recosta na cadeira, com aquele sorrisinho cretino no rosto, e é como se eu tivesse ganhado na loteria. "Você venceu", ele costuma dizer, anotando a minha ideia na escaleta.

Depois de anos e anos mergulhada no solitário processo de escrever livros, é legal me sentir desafiada, estimulada. É legal ter alguém discordando das minhas ideias quando elas são frágeis, e embarcando na mesma medida quando são boas. Encontrar soluções em momentos difíceis da narrativa faz com que eu me sinta... energizada. Faz com que eu me lembre de por que gosto tanto do que escolhi como profissão. Às vezes, com os pagamentos risíveis e a competição sufocante, é fácil esquecer.

E, para a minha surpresa, as constantes batalhas e provocações também me ajudam com o livro novo. Ainda estou caminhando a passos de tartaruga, sofrendo para transformar sentimentos muito reais em ficção, mas, quando chega o sábado, tenho um primeiro capítulo que sinto que pode se tornar algo interessante.

O problema é que a chegada do sábado também traz à tona a promessa que fiz ao meu irmão, e que ele não esqueceu, porque passou a semana toda perguntando coisas banais, como se Daniel é alérgico a alguma coisa e se podemos levar bebidas.

É muito difícil não responder que eu quero levar ácido sulfúrico.

Quando chega o dia, o meu humor está péssimo. Mal consigo trabalhar, indo de um lado para o outro na casa, e Daniel se tranca no quarto, porque "não consegue trabalhar comigo arrastando correntes pela sala".

Estou uma pilha de nervos. Não consigo comer, não consigo me concentrar. Até que Gio me aborda em um canto, coloca as mãos nos meus ombros e diz, séria:

— Se você não quiser ir, se vai ser muito difícil, é só não ir. Você já é adulta, Vê.

E eu sei que sou adulta — mesmo que, às vezes, sinta que gostaria de não ser —, mas não é uma questão de *querer*. Eu quero estar com o meu irmão, com os meus sobrinhos, com a minha cunhada. Eu só não sei se *consigo*.

Sabendo ou não, às oito em ponto estamos na frente da casa de Vinícius.

Seguro uma garrafa de vinho como se a minha vida dependesse disso, os nós dos dedos brancos, a respiração curta.

Quem atende a porta é Paula.

E, Deus, como ela se parece com ele...

— Vê. — Ela sorri, um sorriso fácil, de quem já fez isso milhares de vezes. Mostro o vinho que trago em mãos, como uma oferta de paz.

— Oi, Paula — respondo, sentindo o coração bater na garganta. — Trouxe um vinho.

— Percebi.

Um segundo de uma estranheza que o nosso relacionamento não conhece.

Um segundo em que deixamos o que aconteceu ditar a nossa dinâmica.

Mas, ao contrário de mim, Paula não se acovarda; ela pega o vinho e nós trocamos um olhar de cumplicidade que mostra que sabemos que o dia de hoje é difícil para ambas.

Em seguida, ela olha para o restante das pessoas paradas ali, que não entendem o que este momento significa.

Nunca desejei tanto beber dessa doce ignorância.

— Vem, gente, tá frio. Vamos entrar.

A casa está igualzinha. A mesma decoração rústica chique, com muito bege e muito verde. O mesmo cheiro de bolo recém-assado. Os mesmos brinquedos jogados pelo chão. As mesmas fotos na parede.

Tento não olhar para elas, mas os meus olhos já estão ardendo. Vejo Daniel passar alguns segundos a mais em uma foto minha com Vinícius, Paula e Henrique, quando fomos juntos para Monte Verde. Estamos na área externa do chalé mal-assombrado que alugamos, abraçados para fugir do frio, mas também porque o amor que nos envolve nos aproxima com naturalidade. Lembro da primeira noite, de Henrique e Vinícius tentando acender uma fogueira. Lembro que rimos até a barriga doer. Lembro que jogamos cartas e tomamos vinho e compartilhamos medos e sonhos. Lembro de tudo, como se estivesse lá, mas também como se fosse um sonho, algo que nunca aconteceu.

Isso não foi uma boa ideia. Eu já sabia que não seria, mas constatar o fato só faz com que eu me sinta uma inútil que não sabe dizer "não".

— Ainda estamos colocando a mesa, vocês foram muito pontuais — Paula vai falando enquanto nos guia até a pequena sala de jantar.

Lá, Vinícius está vindo da cozinha com uma travessa nas mãos, e os meninos assistem à TV na sala de estar anexa. Quando percebem a comitiva que chegou, correm em minha direção.

— Tia! Tia! A gente ganhou um videogame!

Inácio e Igor me rodeiam e abraçam as minhas pernas e falam sem parar um segundo. Ainda sem noção de tempo-espaço, para eles não se passou um só dia desde a última vez que estive aqui. Para mim, se passou uma vida inteira.

Por um instante, um bem curto, efêmero, ao qual quero me apegar para sempre, me esqueço do coração partido e me sinto inteira novamente.

Sento no chão, ouvindo todas as novidades do tempo que passei longe. Tempo demais. São histórias desconexas, que se misturam em presente, passado e futuro, tão engraçadas, tão brilhantes. Quero ser soterrada pelos meus sobrinhos e nunca mais colocar a cabeça para fora, na superfície, na realidade.

— Vamos comer, galera, deixem a tia Vê respirar. — Vinícius me estende a mão depois de alguns minutos, sob protestos, e eu aceito.

Gio, Sofia e Daniel já estão entrosados com Paula, conversando sobre amenidades, e Vinícius pergunta, para que só eu possa ouvir:

— Tudo bem?

Concordo com a cabeça, o nó na garganta ameaçando se apertar mais.

— Tudo bem, não se preocupa — minto.

Nos sentamos à mesa, e uma sensação avassaladora de déjà vu me arrebata. Fiz isso muitas e muitas vezes, desde o começo do namoro com Henrique, desde antes de os meninos nascerem.

Quem me apresentou Henrique foi Paula, que já namorava o meu irmão. Henrique havia acabado de sair de um longo namoro desgastado, e eu tinha tomado um pé na bunda de uma garota por quem fui muito apaixonada. Nós dois estávamos na merda, céticos, pessimistas — eu só conhecia Henrique por nome e pelas histórias épicas da juventude deles na Bahia. A intenção era ser algo leve, um date, uma transa, uma distração. O primo da Paula com a irmã do Vinícius. Alguns encontros, algumas risadas e uma boa história para contar, "Lembra quando a Verônica pegou o Henrique?"

Mas nós nos apaixonamos à primeira vista, à primeira conversa, ao primeiro toque.

Perdidamente.

Foi um encontro de almas.

E, alguns anos depois, todo esse amor fez com que eu mal conseguisse sair da cama. Fez com que eu mal conseguisse olhar para a minha cunhada e para os meus sobrinhos. Pela similaridade, mas também porque as memórias não me traziam paz e tranquilidade e nostalgia, me deixavam transtornada. Tudo o que vivemos aqui, e que ainda iríamos viver, interrompido no meio do caminho. Um ponto-final, um que não me trazia nenhum tipo de alívio.

— Obrigada por receber os penetras — Sofia comenta, e a conversa continua naturalmente na mesa, alheia à cacofonia na minha cabeça.

— A Verônica e sua comitiva — Gio completa.

Todos estão sorrindo, mas o único que sorri sem forçar é Daniel, sem ideia do contexto e do que esta reunião significa.

Os meus sentimentos conflituosos em relação a ele parecem tão pequenos aqui.

— A Vê me disse que a Sofia é vegetariana, então eu fiz algumas coisinhas especiais — Paula comenta, apontando duas travessas coloridas, que combinam com a mesa delicadamente posta. — *Cacio e pepe* e risoto de cogumelos.

— "Coisinhas". — Vinícius revira os olhos, brincalhão. — Passou o dia inteiro na cozinha, surtando. Inclusive, não consegui limpar em cima do ar-condicionado, por favor não olhem, senão eu vou ouvir por um mês.

Eles estão com as mãos dadas por cima da mesa. No pulso, Paula tem a mesma tatuagem que Henrique tinha na canela: uma âncora. Além de primos, eles eram melhores amigos. O porto-seguro um do outro. A âncora que os mantinha firmes no chão.

— Caramba, não precisava disso tudo não, Paula, mas obrigada! — Sofia começa a se servir, e nós a acompanhamos.

A última vez que estive aqui, era aniversário de Inácio. Eu e Henrique compramos uma cama elástica para ele, gastando um dinheiro que não tínhamos nem poderíamos gastar, empolgados com o interesse da produtora em adaptar o meu último romance. Inácio pulou tanto que dormiu dentro do brinquedo.

Pela janela da cozinha, consigo ver a cama elástica do lado de fora, na churrasqueira, coberta, uma versão triste e sombria do que um dia foi. E quase consigo nos ver também, abraçados, rindo da alegria de Inácio. Estávamos muito felizes. Arrisco dizer que foi a última vez que me senti genuinamente feliz.

— Então, Daniel, você está escrevendo o roteiro do filme da Vê? — Paula pergunta, cortando a carne no prato de Igor.

— A tia Vê tem vários livros — Igor comenta, empolgado. — E disse que vai fazer um de dinossauro pra mim!

— Então eu vou transformar esse livro em filme também — Daniel responde, piscando para o menino, que fica tímido e enfia a cabeça no braço de Vinícius. Em seguida, Daniel se volta para Paula. — Estamos trabalhando juntos.

Não posso deixar de notar que ele me eleva a mais do que apenas uma leitora de luxo. Estamos trabalhando. *Juntos.*

Fico feliz com a constatação, mas dura pouco.

— É um livro muito importante pra Vê. — Eu sei o que Paula vai dizer em seguida, mas não quero ouvir, então fecho os olhos como uma criança contrariada, e gostaria de poder apoiar a cabeça em Vinícius, assim como fez Igor. — E para o Henrique.

— Henrique? — Daniel pergunta, perdido.

Abro os olhos. A mesa está em silêncio. Gio está com os lábios apertados, e Sofia encara o prato. Paula me olha, confusa.

— Meu noivo. — As palavras saem da minha boca com um sopro.

Quero ir embora. Quero me levantar e ir embora e voltar para São Paulo e fingir que nada disso existiu.

— Pensei que você fosse solteira. — Daniel levanta uma sobrancelha.

Ah, se isso fosse apenas um simples caso de traição.

— Acho que a gente não precisa... — Gio tenta me salvar, mas Paula a corta.

— Ele faleceu. Faz dois anos.

Assisto de camarote à expressão de Daniel mudar de confusão para compreensão total de partes das nossas conversas nos últimos dias. De como eu me apego a momentos do livro que, para ele, não fazem sentido. Do preciosismo com que eu trato essa história e o que ela significa.

Ele me olha. E eu estou morrendo de medo de ver pena ali, ou dó, ou, pior, algo que indique que ele não me acha mais capaz de ajudá-lo com a história do filme. Que é difícil demais para mim e, por isso, estou sendo intransigente e sabotando o projeto.

Mas não vejo nada disso. Só vejo… tristeza.

Os olhos dele provavelmente espelham os meus.

— Eu não sabia — ele diz em voz alta, mas está falando apenas comigo. — Sinto muito.

— O tio Henrique foi morar com a Sara, a nossa cachorra, sabia? — Inácio se intromete, em toda a sua inocência. — Mas eu fiquei triste, porque eu não queria que eles fossem embora. A mamãe disse que se a gente se comportar vai poder ter outro cachorrinho, mas não vai ser a Sara.

E então é demais para mim.

Deixo os talheres caírem no prato e me levanto.

— Preciso ir ao banheiro.

E saio sem esperar qualquer resposta.

16.

> Talvez amar fosse isso... Você e a outra pessoa entrarem numa roda-gigante, cheia de altos e baixos, mas tentando enfrentar as merdas do mundo juntos, de mãos dadas.
> — *Feitos de sol*, escrito por Vinícius Grossos

NÃO VOU AO BANHEIRO. Em vez disso, fico parada no hall de entrada, observando as fotos e tentando controlar a respiração.

Não penso em nada. Minha mente é um grande vácuo. Um grande vazio. Acho que já pensei demais. Pensei o suficiente para toda uma vida. E o meu cérebro não consegue mais continuar produzindo pensamentos.

Então só encaro as fotos.

Já faz dois anos que o Henrique morreu. A essa altura, de acordo com o que me aconselham parentes distantes, colegas de trabalho e se bobear até desconhecidos na rua, eu já deveria ter refeito a minha vida. Encontrado outra pessoa. Sou jovem. Ele ficaria feliz por mim. Vou viver para sempre triste? Vou viver para sempre de luto? Não acho que *ele* ficaria triste em me ver desse jeito?

Provavelmente. Mas foi ele quem morreu, não eu. Ele saberia lidar com o luto muito melhor do que estou lidando, com planilhas e terapias e exercícios físicos e metas. A parte racional do casal não está mais aqui. Não consigo olhar para isso por uma ótica existencial. Uma lição que eu precisava aprender, a passagem breve de Henrique pelo planeta Terra por algum motivo filosófico. Só sei que dói, emocionalmente, mas também fisicamente. E que nada mais parece fazer sentido. E que falar sobre isso é uma tortura. E que faz dois anos que eu anseio todos os dias por aquele momento logo depois do despertar, quando recobramos a consciência e, por alguns instantes, às vezes milésimos de segundo, tenho a impressão de que ele está dormindo ao meu lado. Tenho a nítida sensação de ouvir a sua respiração. Tenho a ilusão de que a minha vida é a mesma de antes do acidente. De que vou acordar, passar o café e vamos passear juntos com os cachorros, comentando sobre sonhos malucos que tivemos, ou sobre o filme que tentamos ver na noite anterior, antes de apagar nos primeiros cinco minutos.

Alguns dias vou dormir mais cedo, mesmo sem estar com sono, porque sei que no dia seguinte talvez eu possa aproveitar esses poucos segundos de ilusão. Esses poucos segundos de faz de conta, do conto de fadas que costumava ser a minha vida.

Não compartilho isso com ninguém. Quando ouço conselhos não solicitados de pessoas que acham que sabem o que é melhor para mim, concordo e digo: "Estou bem, está tudo bem, estou seguindo com a vida".

Mas não estou.

Estou estagnada. Criando raízes, e, cada dia que passa, fica mais difícil me mexer.

Acho que fico tempo demais encarando as fotos sem pensar em absolutamente nada, porque sinto uma presença atrás de mim. Quando me viro, vejo que é Daniel. Ele traz duas taças de vinho, como uma forma de se aproximar do inimigo, e me entrega uma. Eu aceito.

— Fui enviado para o resgate — ele comenta, parando ao meu lado, também olhando as fotos. — O Inácio acha que você está com caganeira.

Solto uma risadinha rápida pelo nariz.

— Caganeira mental — respondo, e é a vez de Daniel soltar ar pelo nariz.

É uma leveza artificial. Uma intimidade construída.

Ficamos alguns segundos em silêncio. Então ele aponta para a foto que observou atentamente mais cedo.

— É ele?

Concordo com a cabeça.

— Ele e a Paula...?

— Primos. Muito parecidos, né?

— Muito. — Daniel toma um gole do vinho, então continua: — O que aconteceu?

Não gosto de responder a essa pergunta quando sinto que quem perguntou está com certa curiosidade mórbida; além disso, ninguém nunca é tão direto. As pessoas ficam dando voltas e voltas para saber como ele morreu, como se fosse alguma fofoca de qual subcelebridade entrou para *A fazenda*.

Mas Daniel vai direto ao ponto. E não parece curioso. Ele parece querer entender. *Me* entender.

— Acidente de carro. Ele estava indo visitar os pais em Salvador. O trânsito parou. Um caminhoneiro dormiu no volante. Eu não... — Paro um pouco para recuperar o fôlego. Pensar no acidente sempre me deixa enjoada. — A menina que sempre ficava com os cachorros estava doente, e eu precisei ficar em casa com eles de última hora. Ele estava sozinho.

Sozinho.

Sozinho dentro do carro.

Me disseram que ele morreu na hora com o impacto. Não sentiu nada. Mas será que deu tempo de pensar? O que passou pela cabeça dele no último segundo de vida? Ele teve medo? Ele ficou em paz? Ele chorou? Ele lembrou de mim, e dos cachorros, e de Paula, dos sobrinhos, dos pais, dos amigos, e de tudo que deixaria para trás? Ele pediu pela própria vida? Ou aceitou seu destino?

Minha garganta fecha.

Daniel concorda com a cabeça.

— Eu sinto muito, Vê.

— Eu também.

Desvio os olhos das fotos e observo o perfil de Daniel.

— Esse filme precisa ficar perfeito — digo com a voz embargada.

Não sei se ele realmente compreende os motivos, mas também me olha, com um brilho diferente no olhar.

— Vai ficar.

Nós sorrimos um para o outro.

Não tem mais nada que possa ser dito.

E Inácio vem correndo em nossa direção.

— Tia, o papai tá te chamando!

Tento dispersar a sensação sombria que tomou conta de mim, pelos meus sobrinhos, que não vejo há tanto tempo, pelo meu irmão e pela minha cunhada, que amo tanto, e pelos meus amigos, que estão ali por mim, e voltamos para a mesa.

Ainda preciso manter o jogo de cintura, principalmente porque Paula é muito vocal sobre Henrique. Gosta de contar histórias, situações engraçadas que vivemos, manter sua memória viva.

E não é que eu não goste de ouvir — sinto saudade dessas histórias todos os dias, e revivê-las por outras óticas é ter mais um ponto de vista de uma imagem que nunca mais vai ficar completa, mas que pelo menos preenche algumas lacunas —, só que, para mim, falar não é uma terapia.

Falar é difícil, é receber facada atrás de facada no coração. Para ela, falar é tirar a dor do sistema. Se curar de uma infecção.

Toda vez que fica difícil demais, seguro a mão de Vinícius por baixo da mesa e ele muda de assunto, gentilmente, para não magoar Paula.

Ele é como eu. Foi criado pelos mesmos pais. Sabe como é penoso agir de outra forma que não engolir os sentimentos com uma dose de uísque. "Engole esse choro senão eu vou te dar motivo pra chorar de verdade" foi uma das frases que mais ouvimos conforme crescíamos.

Demonstrar fraqueza nunca foi uma opção.

Depois de algumas taças de vinho, porém, já estamos rindo à toa e criando novas memórias, sem precisar trazer as antigas à tona. Vinícius coloca os meninos para dormir e desce com um jogo de Jenga, e passamos as horas seguintes rindo do sadismo de Gio de sempre tirar as peças mais difíceis e da aparente inabilidade de Daniel de se concentrar sem morder a ponta da língua.

No final da noite, vou ajudar Paula a colocar a louça na máquina de lavar enquanto os outros ficam na sala, em uma discussão ferrenha sobre qual filme é melhor, *Barbie* ou *Oppenheimer*.

— Vai lá com eles, Vê, deixa que eu faço isso rapidinho — Paula resmunga, tirando os pratos da minha mão.

— Eu não, essa discussão não vai chegar a lugar nenhum. — Ouço a gritaria na sala, Vinícius exclamando: "*Oppenheimer* é uma obra de arte!", e Daniel rebatendo: "*Barbie* também!"

Pego outro prato da pilha e passo uma água antes de entregar para ela.

— Seus amigos são muito bacanas. — Paula, que estava agachada ao lado da máquina, se levanta, estalando as costas e fazendo uma careta.

— Muito "bacanas"? Tá bom, mãe — brinco.

— Bom, eu sou mãe mesmo. — Ela dá de ombros e volta a se agachar. — Por quê, como os jovens estão falando hoje em dia? Top?

— Não sei, não sou jovem faz tempo. — Entrego alguns copos para ela, que ri.

— E como estão as coisas com o filme? — Ela olha para cima, e eu dou de ombros.

— Caminhando. Passamos por alguns roteiristas péssimos, mas o Daniel... — Olho na direção dele, que gesticula e fala alto; coitado de quem está discordando dele. Já aprendi que é um erro, um que gosto de cometer, mas eu me odeio, então não faz diferença. — Ele é bom.

— Espero que ele seja bom para o filme. — Paula faz uma pausa e acrescenta: — E para você.

Ainda estou olhando para Daniel, mas, quando ela diz isso, percebo que há alguma intenção por trás, algo não dito e bastante óbvio, e faço uma careta de confusão.

— Como assim?

Paula dá de ombros, mas se concentra em encaixar os copos na máquina, sem me olhar. Ela parece pisar em ovos.

— Não sei... Se ele for legal com você... É que já faz tempo, não é, Vê?

Ela não consegue formular uma frase que faça sentido. Mesmo assim, eu entendo tudo, e é difícil de acreditar.

— Já faz tempo o quê?

Paula termina de colocar os copos na lava-louça e se levanta, secando a mão em um pano de prato. Agora ela me olha, parecendo sentida.

— Não me faz falar em voz alta.

— Você está viajando, Paula — comento, lavando as mãos, sem conseguir olhar para ela. Se conseguisse, ela veria que as minhas bochechas estão vermelhas. — Nossa relação é estritamente profissional.

— Tem certeza? Ele olha pra você de um jeito...

— De jeito nenhum — eu a interrompo, pegando o pano de prato que ela deixou em cima do balcão para secar as mãos.

Estou irritada e nem sei por quê. Ela não está falando nada de mais. Por mais que o meu corpo teime em discordar, eu e Daniel somos apenas colegas de trabalho. Eu posso apenas negar qualquer envolvimento, dar risada, seguir em frente com a noite, "Imagina, menina, eu e ele? Nunca! Já te contei como eu detesto roteiristas?"

Mas não é qualquer pessoa dizendo isso. É Paula. A *prima* dele. A *melhor amiga* dele. Como ela pôde?!

— Eu estou acostumada a ouvir esse tipo de coisa de desconhecidos, mas nunca imaginei ouvir de você... — acrescento, sem conseguir me conter.

— Ouvir o quê, Verônica? Que você merece ter uma vida? — Ela se apoia no balcão, cruzando os braços na frente do corpo.

É como levar um tapa na cara.

— Eu tenho uma vida. Tenho uma profissão, cinco cachorros, um apartamento financiado, remédios psiquiátricos para comprar todos os meses. O que é isso que eu tenho senão uma vida?

— Você entendeu o que eu quis dizer... — Paula parece cansada e pressiona as têmporas entre o dedão e o dedo indicador da mão direita.

— Eu entendi, são vocês que não entendem. — Começo a caminhar em direção à porta, pronta para colocar um ponto-final nesta conversa estúpida.

Mas Paula me segura pelo braço.

Me viro, surpresa, e seus olhos estão marejados.

— Então me explica. Porque eu... — Ela funga e limpa as lágrimas com as costas da mão antes de continuar. — Além de estar com o coração partido porque ele não está mais aqui, ele parte um pouquinho mais toda vez que eu vejo que você, o grande amor da vida dele, não está bem. Ele não iria...

— ... *querer isso*, né? — Meu coração diminui no peito com as palavras embargadas de Paula, sua preocupação, seu cuidado, mas eu já ouvi isso tantas vezes. Tantas e tantas vezes.

Todo mundo parece saber o que Henrique iria ou não querer. Ninguém compreende o que eu quero, e, como é impossível de ter, então é mais fácil não querer nada.

Eu abaixo o tom de voz, que saí ríspida e rasgada.

— Porque é *muito* fácil seguir em frente depois que a pessoa com quem você vai casar morre de repente. É *muito* simples tentar repetir os mesmos planos, só que com outra pessoa, substituir o personagem principal da grande sitcom que é a minha vida...

— Eu não...

— *Muito* tranquilo ir em encontros. "Oi, tudo bom? O meu noivo morreu, mas você aceita ser o plano B? Já tenho até a reserva do bufê!" É *muito* justo, comigo e com todos os envolvidos.

— Ele sempre me pedia pra cuidar de você, sempre — as palavras de Paula saem entre arfadas ofegantes —, e se ele me visse agora, se soubesse que a gente não se vê há meses, não se fala, o que ele...

— Ele *morreu*, Paula. Não tem como vir te cobrar essa promessa.

As palavras são mais duras do que Paula merece ouvir.

E são exatamente o que eu quis dizer.

— Tá tudo bem?

Nós duas nos viramos em direção ao som; Vinícius está parado na porta da cozinha, segurando taças de vinho vazias.

— Tudo, tudo bem. — Paula seca as lágrimas e funga, forçando um sorriso no rosto.

— Estávamos terminando aqui, e, nossa, quase uma da manhã, melhor a gente ir. — Também tento agir com normalidade.

Passo por Vinícius e aviso ao grupo que estamos indo. Gio e Sofia resmungam, mas Daniel parece feliz; seus olhos estão vermelhos, como se estivesse lutando contra o sono.

Nos despedimos na porta e dou um abraço rígido em Paula, que também não sabe muito bem como agir.

Quando nos separamos, ela respira fundo.

— Me desculpa. Eu só quero ver você feliz. Só isso.

— Eu estou feliz — digo.

E é uma mentira deslavada, mas, provavelmente, não é a maior que eu contei esta noite.

17.

> Você não pode perder o que nunca teve.
> — *Como perder um homem em 10 dias*, roteiro por Burr Steers, Kristen Buckley e Brian Regan

ACORDO OUVINDO MÚSICA ALTA.

Quando abro os olhos, Gio e Sofia estão no meu quarto, mexendo nas roupas penduradas no armário e cantarolando: "Tu vens, tu vens, eu já escuto os teus sinais".

— O quê?! — Minha voz sai embolada, e mal consigo terminar a frase.

Queria dizer: "O que caralhos vocês estão fazendo aqui?!"

— Bom dia! — Gio joga uma calça em cima de mim.

Olho para a janela. Ainda está escuro. Resmungo, coloco um travesseiro em cima da cabeça e tento voltar a dormir, mas, de algum jeito, a música fica mais alta.

— Tem caixinhas de som embutidas na casa inteira, conectadas ao celular. Rico sabe viver, né? — Sofia comenta.

— O que vocês querem de mim? — choramingo.

— Que você se troque. Vamos subir a Pedra Grande.

Dou risada, quentinha embaixo das cobertas, mas nenhuma delas ri de volta. Então percebo que a coisa é séria.

Tiro o travesseiro da cara, e Gio me acerta com uma camiseta.

Já está virando rotina.

— É o nosso último dia — ela diz.

— Graças a Deus — respondo.

— Bora, vai ser legal. Como no livro. Pesquisa de campo! O Daniel está fazendo café.

"O Daniel está fazendo café."

Significa que Daniel pretende embarcar nessa loucura? Ou foi forçado? Elas tiraram fotos dele pelado e o estão chantageando? Se sim, como posso ter acesso a essas fotos?

Com muitos questionamentos, me levanto feito um zumbi. Sinto gosto de vinho azedo na boca e uma leve dor de cabeça, e não sei o que fiz para merecer isso. Era de esperar que eu já tivesse pagado todos os meus pecados, mas não, continuo em penitência.

Tomo um banho rápido, escovo os dentes, me troco e vou até a sala. Diferente do primeiro dia em que foi acordado à força e parecia uma alma penada, Daniel já parece ter se acostumado, depois de uma semana de caminhadas matinais. Ele está bem desperto e muito enérgico, colocando a mesa.

Uma mecha ondulada escapou do resto do cabelo e se agita para lá e para cá na testa, enquanto ele espalha pães, frios, geleias, café e leite.

O que está acontecendo?

— O que está acontecendo? — não só penso como pergunto.

Daniel toma um susto e ergue o rosto. Ele tem olheiras moderadas embaixo dos olhos castanhos profundos, o cabelo ainda úmido do banho cola no pescoço e os lábios cheios se curvam em um sorriso irônico.

Jesus amado, ele tinha que ser tão bonito?

— Bom dia. — Ele não responde à minha pergunta.

— Pensei que estivéssemos no mesmo time — digo, magoada.

— Se tem uma coisa que você nunca demonstrou que queria era estar no mesmo time que eu, Verônica. Não minta para você mesma.

— Você mudou para o lado delas? — pergunto, metade brincando, metade falando muito sério.

— Se não pode vencê-los, junte-se a eles. — Ele estende a garrafa térmica em minha direção. — Café?

— Foi só isso que você tomou ou tem pó escondido nas suas coisas?

— Pó é caro, é só para atores e diretores. Roteiristas ficam chapados de ansiedade.

Pego a caneca de vaquinha e a estendo na direção de Daniel, ainda muito sonolenta. Ele enche de café até a boca.

— Pra falar a verdade, estou empolgado. Paramos a escaleta exatamente na parte em que os dois sobem a Pedra Grande — ele comenta, sentando-se ao meu lado à mesa. — Talvez seja bom sentir o que eles sentiram...

Ele deixa a frase morrer.

Olho por cima da nossa já querida caneca de vaquinha. Daniel está segurando a sua com as duas mãos, o olhar perdido nas montanhas, sem sentir a fumaça quente que acaricia a pele.

Passo alguns segundos observando-o, sem nenhuma intenção que não a de estudar o seu rosto, algumas linhas de expressão, o maxilar firme, o olhar esperto. Quando ele parece despertar do devaneio, desvio os olhos rapidamente.

— Ódio. Eles devem ter sentido ódio — comento.

— Você que colocou os dois nessa situação — ele observa.

— Sim, gosto de escrever sobre coisas às quais nunca na vida vou me submeter. Não foi você quem disse: "A gente quer imaginar uma vida bem vivida, porque viver é uma tortura"? — Faço minha melhor imitação da sua voz profunda e áspera.

Daniel ri.

— Você morou aqui a vida toda e nunca subiu na Pedra?

— De carro serve? — pergunto e dou um golinho no café. — E não foi a vida toda. Saí para fazer faculdade e nunca mais voltei. Só vinha visitar o meu irmão e os meninos.

— E os seus pais? — Daniel tenta.

Olho para ele, uma sobrancelha erguida em desafio.

— Você é curioso, né?

— Todo bom escritor é. — Ele dá de ombros.

Pigarreio e tento recuperar o controle da conversa e da minha vida.

— Acho que você já sabe demais da minha vida, e eu não sei quase nada da sua.

— Como não?

— Eu sei que você tem um cachorro. Não tem irmãos. É divorciado. E bastante... teimoso?

Daniel ri e toma mais um gole do café.

— E o que mais tem para saber? É basicamente isso.

Paro para pensar. Muita coisa. Eu quero saber muita coisa. Por que ele quis ser roteirista? O que ele sente quando está escrevendo? Ainda ama a ex-mulher? Me acha atraente? De qual dos meus cachorros ele gosta mais? Em qual parte do meu livro deu mais risada? Me vê como uma igual ou ainda acha que eu não sei o que estou fazendo e sou só uma autora chata que gosta de dar trabalho? Qual o seu maior sonho? Casou na igreja, com festão? Gostaria de ter filhos? Qual filme ele mais chorou assistindo? Para qual time ele torce? Sonha em ganhar um Oscar? Está com pena de mim e da minha história trágica?

Mas não tenho tempo de iniciar o interrogatório, porque Gio e Sofia saem do quarto prontas para a nossa aventura.

— *To be continued* — comento, e Daniel concorda com a cabeça.

Depois que terminamos o nosso café reforçado, vamos juntos no carro de Gio, que estaciona no início da trilha. Abrimos as portas e somos recebidos pelo ar frio e pelo sol tímido, que já ameaça nascer.

Começamos a caminhada por uma trilha inclinada de terra. Não estamos nem no pé da montanha ainda e eu já quero morrer. Sinto que o meu coração vai explodir dentro do peito, batendo a um milhão por segundo.

— Espera aí, gente, vamos descansar um pouco — peço, parando para respirar, me curvando e apoiando as mãos nos joelhos.

— A trilha nem começou, Verônica! — Gio exclama. — É uma trilha tranquila, sério, daqui a pouco você não vai nem sentir. Eu sou fumante e estou mais inteira que a sra. Ioga. Bora!

Transformo o ódio em energia e vou. O meu relógio vibra no pulso, e tenho quase certeza de que está me perguntando: "Você está tendo um infarto?"

"Trilha tranquila" é o caralho.

Depois de cinco minutos subindo, subindo e apenas subindo, não sei mais se sou capaz. Meus pensamentos estão confusos, a respiração curta, o coração batendo rápido demais. Está frio, mas o meu corpo está muito, muito quente. Cometi o erro de colocar uma legging 7/8 e alguns bichinhos já atacaram as minhas canelas, e a vegetação arranha por cima das picadas, e eu quero coçar até sangrar, quero me enfiar na terra e desaparecer. E o problema é que, se eu desistir agora, vou ter que descer tudo o que já subi, e será que os meus joelhos aguentariam?

Em determinado momento, depois do que parecem cinco horas subindo uma parede de escalada, avisto uma pedra com algumas pessoas sentadas, tirando foto.

— Gente, eu vou parar um pouco — aviso e não espero respostas ou reclamações; apenas pego o caminho estreito até a pedra e me sento, tentando tomar água, mas molhando todo o meu rosto e colo no processo.

Quando a minha visão estabiliza e a respiração normaliza, percebo Daniel sentado ao meu lado, observando a vista. Ele está um pouco vermelho e o cabelo está molhado de suor embaixo do boné, mas, fora isso, não parece em estado de calamidade pública como eu.

— Como você não está ofegante?! — pergunto, indignada e ofendida.

— Eu corro. — Ele dá de ombros.

— Pensei que odiasse se movimentar — comento, bebendo mais um pouco de água.

— Eu odeio *acordar cedo* pra me movimentar. — Ele olha para mim, franzindo o cenho por conta do sol. — Eu corro toda noite. Você nunca reparou?

Ainda bem que estou de óculos escuros, porque fico hipnotizada pela sua boca, sorrindo de forma travessa.

— Pensei que você só saísse pra tirar o lixo — comento, me sentindo uma idiota.

— Por uma hora? Que lixo é esse, um corpo?

— Se você tiver experiência, pode dar um jeito no meu daqui a pouco, porque eu tenho quase certeza que vou morrer — comento e olho em volta. — Cadê as meninas?

— Foram na frente. — Daniel toma um gole de água antes de continuar. — Falaram alguma coisa sobre você estar sofrendo para fazer uma trilha permitida para crianças.

— Maldita hora que convidei as duas… — resmungo.

— Ora, ora, se não são as consequências dos seus atos — ele brinca. Em seguida, me olha atentamente. — *Por que* você convidou as duas?

Não posso falar a verdade. Admitir que não queria ficar sozinha com ele por muito tempo. Admitir que estava com medo.

— Fazia tempo que elas não saíam de casa, achei que precisavam de uma folga — minto e dou de ombros. — Só esqueci de levar em conta toda a energia acumulada.

— Foi uma semana divertida. Elas são legais. Faz tempo que eu não faço nada além de trabalhar. Deprimente, né?

— O deprimente falando com a deprimida. — Suspiro. — E você só está dizendo isso pra eu não me sentir mal pelo convite.

— Sim, eu, um cara que sempre mente para agradar os outros.

Dou risada. Daniel então aponta para a paisagem, em seguida para mim e para o meu estado ofegante.

— Mas o que você acha? Toda aquela sequência dos dois fazendo a trilha e conversando ao mesmo tempo. Ainda faz sentido?

— Não. Aliás, vamos mudar a história para outra cidade, uma metrópole bem suja que não envolva nenhum tipo de esforço físico. Não tem nada menos sexy do que isso. — Puxo a camiseta do peito, grudada de suor.

Daniel observa, com a boca entreaberta, mas logo desvia os olhos e pigarreia.

— Eles podem descansar aqui. — Ele aponta para onde estamos, agora sozinhos, depois que um grupo de tiktokers parou de arriscar a própria vida dançando na beira do precipício. — E ter aquela conversa sobre se sentirem sozinhos no mundo.

— E o que sobra para quando chegarem no topo? — pergunto.

— O beijo — Daniel responde sem nem pensar, como se fosse óbvio.

E é.

Faz todo o sentido.

— É uma boa ideia. — Dou o braço a torcer.

— Espera, o quê?! Não ouvi direito, você está concordando comigo? Posso filmar? — Daniel faz graça, tirando o celular do bolso, e eu o empurro com o ombro.

— Sabe por que você chegou a essa conclusão? Porque ouviu a minha sugestão dos dois terem essa conversa na cena da trilha e não no bar do hotel — rebato. — Então, no fim do dia, estou concordando comigo mesma. Suas ideias nascem da minha genialidade.

Daniel ri e se curva para trás, apoiando o peso do corpo nos antebraços, absorvendo o sol gelado da manhã de inverno.

— Você é mesmo genial, espero que saiba disso — ele comenta, despretensioso.

Eu não respondo nada, um pouco surpresa pelo comentário sincero, sem um pingo de ironia. Então imito a sua posição, e apreciamos a vista por alguns minutos.

Meu coração volta a bater de um jeito normal; mais ou menos, na verdade, porque o meu corpo está ciente demais da presença de Daniel. Das suas pernas aparecendo sob o short, que enrolou um pouco nas coxas. Dos seus antebraços definidos segurando o peso do corpo. Da maneira como ele fecha apenas um dos olhos, tentando lidar da melhor forma possível com os raios de sol.

Depois que Henrique morreu, nunca mais senti esse tipo de atração por ninguém. Claro, achava várias pessoas bonitas, mas daquele jeito que achamos roupas bonitas na vitrine de uma loja cara. Passamos, pensamos: *Uau, que linda* e continuamos o passeio rumo ao cinema.

Com Daniel, porém, não é um pensamento jogado ao vento. É um sentimento visceral. Meu corpo responde a tudo o que ele faz. Tenho vontade de entrar na loja, provar a peça, saber qual é a sensação da roupa no corpo, parcelar o valor astronômico em muitas vezes no cartão de crédito e torcer para que essa compra impulsiva não arruíne a minha vida.

Que ironia do destino, finalmente ter vontade de transar dois anos depois da morte do meu noivo, mas justamente com a última pessoa no mundo por quem eu deveria me interessar. A pessoa que, se transasse comigo, complicaria substancialmente a minha vida já tão complicada.

Olho para Daniel com o canto dos olhos e observo a sua respiração, o peito subindo e descendo. Imagino como seria apenas… sentar no seu colo. Uma perna de cada lado do quadril. Passar a mão pelo seu cabelo suado, beijar a sua boca, sentir as suas mãos na minha bunda. Ele iria sorrir enquanto me beija? Ou ficaria sério? Deixaria um murmúrio de prazer escapar ou diria sacanagens no meu ouvido? Nosso beijo seria lento e gostoso ou rápido e intenso? Ele me puxaria pelo cabelo ou passearia com as mãos pelo meu corpo?

Ele é tão bonito. E gostoso. E profundo, não de uma forma pedante, como supus no início, mas de uma forma genuína. E me irrita, o que me dá vontade de fazer com que ele pare de falar, usando a boca. Com palavras. Ou de outras maneiras.

É que já faz tempo, não é, Vê?

As palavras de Paula ecoam na minha cabeça.

E a sensação de que estou traindo a confiança de alguém a quem jurei amor eterno me afoga. É maior que a culpa cristã, porque prometi algo a alguém de carne e osso, e que não está mais aqui para se defender caso eu quebre essa promessa.

— O que significa essa tatuagem? — disparo, apontando para a aquarela em seu antebraço.

— Nada, é só um desenho que eu achei bonito — ele responde, olhando para o braço. — Nem tudo precisa significar alguma coisa.

Eu concordo com a cabeça. Jogo um pouco de água no rosto e solto o ar.

— Vamos? Daqui a pouco as meninas passam pela gente já descendo.

— Vamos. — Daniel se levanta e me estende a mão.

Eu aceito, e a sua mão está quente, apesar do frio. Quando fico de pé, estamos a centímetros de distância, e meus olhos escorregam para a sua boca. Daniel faz o mesmo.

Mas eu não quero saber o que vem a seguir. Não quero que uma pequena chama de esperança de que ele também esteja interessado me deixe acordada à noite. Não quero piorar uma situação já difícil. Pode não significar nada. Mas pode significar tudo.

Então desvio os olhos e volto para a trilha.

Meu coração volta a bater rápido.

Só não sei mais se por conta da caminhada ou porque sinto a presença de Daniel atrás de mim o caminho inteiro.

18.

>Intimidade tem a ver mesmo é com a verdade. Quando a pessoa percebe que pode contar a verdade para alguém, que pode se abrir, que pode desabafar totalmente e receber como resposta: "Comigo essas coisas estão a salvo". Isso é intimidade.
>— *Os sete maridos de Evelyn Hugo*, escrito por Taylor Jenkins Reid

CAMINHAMOS POR MAIS UMA hora em silêncio, ouvindo a respiração um do outro. Eu penso muito, mas não digo nada; nem se quisesse conseguiria. Minhas panturrilhas estão doendo, meu peito queima, estou completamente sem fôlego e quero matar quem teve a ideia de fazer essa trilha.

De tempos em tempos, paramos para descansar um pouco, e com descansar quero dizer que me apoio em alguma pedra, jogo água no rosto e fico observando a) a vista ou b) pessoas passando por nós como se estivessem passeando pelo shopping. Paro de olhar para os meus sinais vitais no relógio, porque ele está desesperado; tem certeza de que eu vou morrer a qualquer instante.

Chego à conclusão de que preciso me exercitar mais. Só passear com os cachorros e fazer ioga não está dando conta.

Depois do que parecem semanas subindo, encontramos Gio e Sofia nos esperando na base da pedra. Quando elas me veem, começam a rir. Mostro o dedo do meio, porque é a única coisa que o meu corpo tem energia para fazer. Percebo, então, que elas estão rindo de alguma coisa atrás de mim; quando me viro para olhar, observo um grupo de idosos chegando ao mesmo tempo que eu e Daniel, e eles parecem... inteiros. Caminham rapidamente, com seus bastões de caminhada e mochilas de hidratação, conversando e rindo.

Quero morrer.

Quero rir.

Quero ir embora.

Mas, em vez disso, me jogo aos pés delas, ofegante.

— Cinco minutos — peço, tomando água.

E, cinco minutos depois, subimos a maldita pedra.

É a parte mais rápida, mas também a mais difícil. Em determinado momento, precisamos ir em quatro apoios, e eu corto a mão em uma quina afiada. Resmungo e cerro o punho, mas meu coração bate tão rápido e eu quero tanto que acabe logo que mal sinto.

E, finalmente, chegamos ao topo. Terminamos a trilha. Conquistamos o nosso objetivo.

Gio e Sofia encontram uma elevação grande o suficiente para que nós quatro possamos nos sentar, e é isso o que eu faço imediatamente.

A vista é absurda.

Foram duas horas subindo, praguejando contra Gio e Sofia e odiando a minha vida, mas, sentada aqui, depois de respirar fundo e matar o restinho de água da garrafa, observo a cidade se estender no horizonte como um tapete verde com desenhos em tons terrosos e quase consigo entender por que pessoas escalam e se embrenham no meio do mato e acampam e caminham por dias e dias a fio.

Quase. Porque essa é a primeira e última vez que eu faço algo do tipo.

Me sinto pequena, minúscula, um grão de areia. E, ao mesmo tempo, me sinto imensa, conectada com o mundo, com a sensação de que, talvez, tudo dê certo no final. Talvez seja a falta de oxigênio no cérebro, ou talvez a sensação de me desafiar e conquistar a recompensa, mas me sinto *bem*. Como não me sinto há muito tempo.

Estou aproveitando a brisa no rosto e observando um grupo de malucos sair correndo pela pedra e saltar de parapente quando sinto alguém pegar a minha mão. Daniel.

— Você se cortou? — ele pergunta.

Olho para baixo, um pouco confusa. A palma da minha mão direita está imunda, uma mistura de sangue e terra. Assim que bato os olhos, sinto latejar.

— Cortei — digo, debilmente.

Daniel apoia a minha mão na própria perna e pega a garrafa de água na mochila. Joga água no machucado e eu estremeço, fazendo uma careta de dor. Em seguida, quando o corte está relativamente limpo, Daniel resgata um rolo de papel higiênico e seca minha mão. Para finalizar, corta mais um pedacinho e o coloca em cima do corte, pressionando com o dedão. O papel fica vermelho na mesma hora. Suspeito de que o meu rosto esteja da mesma cor.

Daniel não percebe, concentrado, mas o seu toque arrepia os pelos dos meus braços.

— Chegando em casa a gente faz um curativo decente — ele diz, mas não solta a minha mão.

— A gente vai ali tirar umas fotos — Sofia anuncia, e nem me dou o trabalho de olhar. Estou hipnotizada pelo dedão dele pressionando a palma da minha mão. Não é nada erótico, mas o meu corpo parece confundir todas as ações desse homem.

Não sei se Gio e Sofia fazem de propósito, se perceberam a nossa aproximação ou se realmente só queriam tirar fotos. Por via das dúvidas, puxo a mão de volta.

— Mas e aí, o que mais você quer saber? — Daniel pergunta, estalando os dedos das mãos, relembrando a conversa que tivemos mais cedo.

Neste exato momento, quero perguntar se ele poderia cuidar da minha vida como acabou de cuidar do machucado. Mas, tentando não fazer com que ele peça uma medida restritiva, pergunto a *segunda* coisa que passa pela minha cabeça.

— Você sempre quis ser roteirista?

Daniel pensa um pouco antes de responder.

— Eu queria ser herdeiro.

Olho para ele com uma expressão que diz: "Fala sério". Daniel suspira e dá de ombros.

— Eu sempre quis trabalhar com cinema. Achava que queria ser diretor. Na metade da faculdade, descobri que na verdade queria contar histórias, e o trabalho de direção envolve muitas coisas para as quais eu não tinha a menor aptidão. Achava uma tortura ficar no set, dirigir atores, ter que pisar em ovos o tempo todo. Você já deve ter percebido que eu não tenho muito tato…

— Jura? Nem reparei…

— Mas abrir o Final Draft e criar sempre foi… Sei lá, sempre fez sentido. Então eu recalculei a rota.

— Qual é o nome do seu cachorro? — pergunto em seguida.

— Uau, que linha editorial curiosa. — Ele ri. — É Thor. Eu queria Fausto Silva. Minha ex se recusou. Acho que os nossos problemas começaram ali.

Sou eu quem ri agora.

— Eu o chamo de Faustão no sigilo. Talvez ele esteja com crise de identidade — ele continua.

— Você pode pegar uma cachorrinha e chamar de Selena Gomez — sugiro.

— Um dos muitos problemas de estar cronicamente online é que eu entendi essa referência — Daniel comenta, negando com a cabeça. — Qual é a próxima pergunta? O que eu estava fazendo no 11 de Setembro? Porque eu já adianto que, assim como o Celso Portiolli, não tenho nada a ver com isso.

Uma gargalhada alta escapa da minha boca.

Não preciso pensar muito antes de disparar a próxima pergunta. É algo que está na minha cabeça desde que ele mencionou.

— Quando você disse que o Rodrigo poderia estar esperando que a ex-mulher fosse aparecer no hotel… Esse é um personagem com quem você se identifica? É algo que você espera que aconteça na sua vida? — disparo.

Daniel parece um pouco surpreso e deixa de lado o sorrisinho divertido. Talvez eu tenha ultrapassado algum limite. Mas quero saber. A curiosidade fala mais alto do que a possível frustração de receber um "Sim, ainda sou apaixonado por ela e não tenho olhos para mais ninguém" em resposta.

Tenho plena noção de que somos adultos. Com muita bagagem. Se ele me perguntasse se já superei Henrique — e, Deus, espero que não pergunte —, eu diria que não. Não superei. Foi tudo tão de repente. Ainda nem sei se posso dizer que processei o que aconteceu, mesmo depois de muita terapia. Superar? Não sei se isso vai acontecer algum dia.

A verdade é que fiz uma pergunta para a qual quero saber a resposta, só não sei se vou gostar dela; e tudo bem se não gostar. E tenho certeza de que, independentemente do que ele responda, será a verdade.

Para o bem e para o mal.

— Não pensei sobre isso de forma consciente, mas faz sentido — ele responde, enfim. — Durante o processo do divórcio, eu tinha sim a esperança de que fosse passageiro. De que fôssemos nos acertar. Ficamos só nove meses casados. Eu estava triste, mas também estava com vergonha. Não consegui manter um casamento nem por um ano. Então talvez seja algo que imaginei que o Rodrigo fosse querer. Porque foi o que eu quis quando me separei. Mas ele acabou de se divorciar. Já faz bastante tempo pra mim.

— Bastante tempo? Mas você não tem, tipo, vinte anos? — pergunto, tentando melhorar um pouco o clima. — Casou adolescente?

— Tenho trinta e cinco. Casei com trinta, separei com trinta e um.

— Uau... Depois me passa o skin care — brinco.

Daniel ri e continua observando a paisagem. Faço o mesmo, e deveria parar de perguntar, só aproveitar o momento, mas não consigo. Uma última pergunta coça no fundo da garganta.

— Você já superou?

Daniel ri, mas não tem humor na sua risada. Ele não olha para mim.

— Eu passei muito tempo triste, e aí, um dia, não estava mais. Se isso for superar, então superei. Se não, eu aceito também.

Paro de perguntar. Tenho muitas outras dúvidas, mas não quero forçar a barra. Talvez agora estejamos quites. Ele sabe que o meu noivo morreu. Eu sei que ele ficou mal depois da separação. Ele sabe o nome dos meus cachorros, e eu, o do dele.

— Esse é um bom lugar para um beijo, não é? — Daniel pergunta de repente e me olha.

Perco o ar.

Olho para a boca dele, e depois para os seus olhos. Ele está muito perto. O corte na minha mão lateja. Quero dizer que sim. Quero que ele me beije. Quero me sentir viva, depois de dois anos no purgatório.

Então Daniel quebra o contato visual e olha em volta.

— Mas será que a gente consegue filmar aqui? Talvez precise de autorização da prefeitura.

E então eu entendo o que ele quis dizer.

O beijo do filme.

O filme que viemos escrever aqui.

E que deveria ser a única coisa na minha mente.

— É, hm... É, sim, um lugar bom... — Pigarreio.

Observo Gio e Sofia tirando fotos. Elas se beijam enquanto uma mulher desconhecida retrata o momento.

Solto uma risada pelo nariz.

— O quê?

— Nada... — minto. — Só estou pensando que tudo o que sobe, desce. E acho que eu vou precisar descer essa trilha rolando.

Daniel ri. Eu fecho os olhos, ouvindo sua risada áspera e sentindo o sol no rosto.

Só preciso aguentar mais três semanas e fazer o filme perfeito.

E a parte de fazer o filme perfeito é a que me parece mais fácil no momento.

19.

> O amor é um precipício, a gente se joga nele
> e torce para o chão nunca chegar.
> — *Lisbela e o prisioneiro*, escrito por Osman Lins,
> adaptado por Guel Arraes, Jorge Furtado e Pedro Cardoso

GIO E SOFIA VÃO embora bem cedo na segunda-feira. Antes, fazem um último café da manhã de hotel, dão uma última caminhada e, enquanto Sofia toma banho e Daniel trabalha, eu e Gio ficamos deitadas nas espreguiçadeiras do lado de fora, tomando café e observando a vista.

Bom, *ela* observa a vista. Eu finjo que estou muito interessada em fazer carinho em Mr. Darcy, porque ele está estrategicamente localizado na direção de Daniel.

Ele trabalha compenetrado. Deve estar escrevendo a primeira versão do terceiro ato, o final do filme, com base no que conversamos ontem.

Preciso me segurar para não ir bisbilhotar.

— Trabalhão esse que eu te arrumei, hein?! — Gio aponta para a montanha.

— Que *você* me arrumou? — Dou risada, negando com a cabeça. — Que *eu* tive um AVC e me candidatei, né?

Arrisco erguer um pouco os olhos quando Daniel vira de costas para mim, arrancando um post-it da lousa e o amassando.

Ele está frustrado. Eu deveria estar ajudando.

Gio se ajeita na espreguiçadeira e me pega no flagra.

Desvio o olhar e volto a me sentar direito, constrangida.

— Não tá tão ruim assim, fala a verdade — Gio provoca, agora também olhando para Daniel.

— Você também? — Reviro os olhos. — Não tem nada rolando entre a gente.

— Eu não falei nada. — Ela dá de ombros.

— Não precisa nem falar — rebato.

Gio fica em silêncio por alguns instantes. Depois, respira fundo e dispara:

— Nós somos amigas há quanto tempo, Best?

— Incríveis dez anos. — Suspiro.

— Sim. Nesses dez anos, te vi ser muitas coisas, muitas coisas mesmo, mas nunca te vi mentindo de forma tão deslavada — ela comenta.

Olho de relance para Daniel, com um medo irracional de que ele possa ouvir essa conversa.

— O que você quer que eu diga? Que ele é um gostoso? Ele é. Pronto. Isso não muda nada.

— Tem química entre vocês. — Gio aponta para o curativo na minha mão, agora mais reforçado, que Sofia fez ao chegarmos em casa ontem. — Quando ele começou a limpar a sua linda mãozinha delicada, te olhando como se você fosse a única pessoa na face da Terra, eu e a Sofia até saímos de perto, constrangidas.

Dou risada, tomando um gole de café, mas não digo nada. Gio aproveita a deixa.

— Você adora escrever um bom *enemies to lovers*. Por que não aproveita um na vida real?

— Gio, temos que entregar um filme. Ele é meu chefe, eu sou chefe dele, e nós dois somos subordinados à produtora. Só temos mais três semanas de trabalho. Você acha mesmo que jogar um relacionamento no meio disso facilitaria as coisas?

— Quem falou em relacionamento, doida? — Gio revira os olhos. — Depois lésbica que é emocionada... Você precisa *transar*, Verônica.

— E você precisa ir embora. — Aponto com a cabeça para Sofia, que chega na sala com o cabelo molhado e as malas prontas. — Antes que eu te afogue nessa piscina.

Gio se levanta e me estende a mão. Eu aceito. No movimento, ela me puxa para um abraço.

É estranho. Sempre fomos muito próximas, muito íntimas, mas nunca de contato físico. Nossa amizade se baseia mais em xingamentos carinhosos e conselhos não solicitados.

A última vez que ela me abraçou desse jeito foi no velório.

— Você já sofreu demais, Vê. Aproveita um pouco a vida.

Concordo, com a cabeça enfiada no seu cabelo cheiroso. Concordo que já sofri demais. Não concordo que eu tenha coragem de fazer algo a respeito.

Gio me solta e vamos juntas até a sala.

Nos despedimos, nos abraçamos, o carro se afasta, e, de repente, a casa está vazia.

E eu sei que reclamei e resmunguei e praguejei durante toda a semana que elas passaram com a gente, nos forçando a trabalhar músculos que eu nem sabia que existiam, mas, agora que elas se foram, não sei o que fazer comigo mesma.

Não sei o que fazer com as minhas mãos.

A casa está silenciosa.

Não tem ninguém querendo caminhar, ou turistar, ou ouvir música alta mesmo quando estamos tentando trabalhar.

Daniel voltou a se sentar à mesa da sala, compenetrado, com uma ruguinha de concentração entre os olhos e uma caneca de café esfriando ao lado.

Volto para a espreguiçadeira e abro o notebook, tentando parar de pensar que estou sozinha com Daniel.

Estou sozinha com Daniel.

Olho de relance para ele.

Na mesma hora que ele olha de relance para mim.

Desvio o rosto, mas deixo uma risadinha escapar.

Quando olho para ele novamente, Daniel está digitando, mas com um sorrisinho no rosto.

E, me pegando de surpresa, ele diz, sem tirar os olhos da tela.

— Se você quer vir bisbilhotar, vem logo.

Na mesma hora, deixo meu notebook de lado e vou. Me sento ao seu lado e leio o que ele passou a manhã toda escrevendo. Daniel está revisando a primeira versão da escaleta, o material que precisamos entregar hoje.

Demoro para conseguir ler, porque o seu cheiro de banho me distrai. Depois de um tempo, quando paro de respirar, chego ao final.

— Hm — digo.

— O quê? — Ele me olha, e percebo um pouco de nervosismo.

— Nada, tá legal — respondo, porque não quero que ele se sinta mal. Mas não me aguento e adiciono: — Para uma primeira versão...

Daniel ri e abaixa a tela do notebook.

— Tá bom, deixa eu ler o seu livro então, vamos ver se está bom... *para uma primeira versão.*

— Estamos aqui para escrever um filme, o livro é irrelevante — comento.

Daniel se levanta e vai caminhando de costas até a área da piscina.

— Claro que não. Preciso entender melhor como você trabalha, qual é o seu processo criativo.

Entendo tarde demais o que ele está tentando fazer e me levanto rapidamente. Mas ele é mais ágil e pega o meu notebook na espreguiçadeira, abrindo-o e lendo o arquivo que deixei aberto.

Quando o alcanço, Daniel já está concentrado, os olhos correndo da esquerda para a direita.

Sinto o rosto esquentar.

Se eu estivesse pelada na frente dele, não teria tanta vergonha.

Escrevi pouca coisa, mas acho que é o material mais honesto que já coloquei no mundo.

Lembro que nunca deixava Henrique ler os meus livros quando estavam no começo. Ele pedia e eu negava. Mas esperava ansiosamente seus comentários na versão final. E ele nunca deixou de me elogiar.

Permitir que alguém me analise tão cedo no processo parece tortura. Por outro lado, Daniel me *entende*. Ele sabe como escrever é difícil, sabe como é desgastante; impossível, às vezes. Sabe como a linha entre ser honesto e contar uma boa história é muito tênue.

Deixo que ele leia, olhando por cima do ombro, roendo a unha do dedão, na expectativa.

Quando ele termina, coloca o notebook na espreguiçadeira. Então me olha. Seus olhos estão... marejados?

Estou prestes a sorrir por ter causado esse tipo de reação com algo que escrevi, mas o que sai da boca dele é completamente diferente do que vejo em seus olhos.

— Acho que está faltando uma imagem de abertura mais dinâmica.

Parece que tomei um soco na boca do estômago.

— É um livro, não um filme — consigo balbuciar.

— Eu sei, mas você quer abrir um livro sem uma imagem clara do universo que vai retratar? Você fez isso tão bem em *A trilha do coração*. É uma primeira imagem muito forte.

Pego o notebook na espreguiçadeira, irritada, e o fecho com um estrondo.

— É, talvez seja porque essa é uma primeira versão — resmungo.

Daniel sorri, safo, e dá de ombros.

— Que nem a escaleta que você acabou de ler.

Abro a boca, surpresa. Ele está me zoando.

— Babaca. — Empurro o seu ombro, mas me sinto aliviada.

— Tá muito bom — ele admite, mordendo o lábio inferior. — Já sabe como termina?

— Aparentemente, eu não sei nem como começa — rebato. — Vai, vamos voltar pro filme.

— Não tem pro que voltar. Já terminei a primeira versão da escaleta. Vou enviar pro Paulo. Vamos precisar trabalhar em cima dos notes deles.

— Então a gente... tá de folga?

— Sim. Até amanhã. — Daniel me olha com expectativa. — O que você quer fazer?

Sorrio. Sei exatamente o que eu quero fazer.

Meia hora depois, estamos sentados no sofá com cobertas no colo, baldes de pipoca de micro-ondas e taças cheias de vinho. Fechamos todas as cortinas, os cachorros estão entre a gente — graças a Deus —, e Daniel faz carinho em dois ao mesmo tempo enquanto assistimos aos créditos iniciais de *O diabo veste Prada*.

— Eu não acredito que você nunca viu *O diabo veste Prada* — resmungo.

— E eu não acredito que você nunca viu *Interestelar* — ele rebate. — Vai ser uma sessão interessante.

E é. Vemos Meryl Streep brilhar ao lado de Anne Hathaway e Emily Blunt e, no final, passamos dez minutos xingando o namorado da Andrea no filme de "insuportável" para baixo.

Fico surpresa por Daniel não tentar dar palestrinha ou fazer uma análise técnica do roteiro e do filme. Ele só compartilha como se sentiu ao assistir. Acho que o coloquei cedo demais na caixinha de "cinéfilo pedante" e percebo que ele não possui o conceito irritante de só achar que filmes que se levam muito a sério são bons. Ele gosta de uma boa história, independentemente do gênero ou da posição na escala da sétima arte.

Em seguida, assistimos a *Interestelar*, e eu sinto como se o meu cérebro estivesse diminuindo dentro da cabeça. Quando acaba, já escureceu lá fora, e preciso de cinco minutos para processar o que acabei de ver.

— Acho que entendi uns 20% do filme — admito.

— É a quinta vez que eu assisto. Estou em 37% — ele responde, me fazendo rir.

— Como pode o Matthew McConaughey, né? Fazer a gente gostar dele e passar raiva ao mesmo tempo.

— É uma qualidade que poucas pessoas têm.

— Você é uma dessas pessoas — deixo escapar, e Daniel me olha, um sorriso brincalhão dançando no canto da boca.

— Então quer dizer que você gosta de mim?

— A parte da raiva ainda é maior — acrescento correndo, sem olhar para ele, mas sei que o meu rosto vermelho denuncia a mentira.

Ficamos sentados no mesmo lugar, observando os créditos. Não falo mais nada, porque já falei demais. Daniel também não, provavelmente processando o que eu acabei de admitir.

Na distração dos filmes, parei de pensar que tenho mais três semanas ao lado de um cara que mexe com os meus sentidos de uma forma inexplicável. Agora, esse sentimento volta com tudo.

Me levanto, apressada, e começo a pegar os baldes vazios de pipoca e as taças de vinho que tomamos como se fosse água. Prometi que não iria mais beber perto dele. Quebrei essa promessa sem nem pensar duas vezes. Estou um pouco tonta, mas preciso ocupar as mãos.

Daniel me observa. Sinto seus olhos passearem pelo meu corpo. Queima, mas eu gosto da dor.

— Por que você sempre faz isso? — ele pergunta de repente, a voz rouca.

— Isso o quê? — Continuo a recolher a louça.

— Procurar coisas para fazer sempre que a gente fica sozinho.

— Não gosto de ficar parada — minto.

— Acho que é outra coisa.

Paro o que estou fazendo e arrisco um olhar. Daniel está sentado na beirada do sofá, o cobertor escorregando do colo. Na sala escura, a luz da lua atravessa a porta-balcão e tinge o seu cabelo de um tom de dourado. É assombroso. É inebriante.

Daniel se levanta e dá dois passos vacilantes em minha direção. Ele estende a mão, um pouco mais firme. Pega a taça que estou segurando e a pousa na mesa de centro. Em seguida, apenas me olha e não diz o que realmente quer com essa ação, mas, no fundo, eu sei.

Ou, pelo menos, *quero* achar que sei.

— Você também me deixa nervoso — ele murmura, a voz ecoando pelo escuro da sala.

Nossas mãos se roçam ao lado do corpo, como se fossem ímãs.

Nossos olhos não se desgrudam.

Ninguém dá o primeiro passo.

E uma parte gigantesca de mim quer que ele faça exatamente isso.

Quer que ele desbloqueie o que o meu corpo está desesperado para sentir.

A expectativa é o aperitivo, mas é também o prato principal.

Seus dedos encostam, vacilantes, no meu quadril, quase como se pedissem permissão. Não sei se é verdade ou se estou imaginando. Minha mão se apoia no seu braço, em uma dança sutil. Ele se aproxima. O som da sua respiração me arrepia da cabeça aos pés. Minha boca se entreabre.

— Você quer...? — Ele não completa a pergunta, uma dúvida que nenhum de nós sabe ao certo responder.

Sinto minha cabeça subir e descer em um movimento quase imperceptível, concordando com a proposta que está no ar. Sua boca está um pouco vermelha de vinho. E, quando se aproxima da minha, sei que ela está gelada. Ainda não nos encostamos, ainda não ultrapassamos nenhum limite, mas eu simplesmente sei.

Parece que o meu corpo acorda de um coma de dois anos.

Mal estamos nos encostando.

A boca dele perto da minha.

A respiração dele falha.

Sinto meus dedos apertarem seu braço.

Seus lábios roçam os meus.

Um gemido de prazer se acumula no meu peito e sai como um sussurro.

E então meu celular toca.

Alto.

Os cachorros começam a latir, e todo o encanto se desfaz.

Abro os olhos, que nem percebi que tinha fechado. Daniel faz o mesmo. Percebemos o que estamos fazendo. Percebemos o erro que estamos prestes a cometer. A escuridão da sala é iluminada pela tela do celular, que vibra e toca, incessantemente.

Não quero atender. Mas meus olhos me traem e eu vejo o nome do meu irmão na tela. Isso faz meu coração acelerar, me traz memórias que tento de todas as formas esquecer.

Daniel percebe e se afasta.

Eu pigarreio e atendo.

— Vê. — A voz do outro lado parece tensa. — A mamãe teve um AVC.

20.

> A alma da gente, como sabes, é uma casa assim disposta, não raro com janelas para todos os lados, muita luz e ar puro. Também há as fechadas e escuras, sem janelas, ou com poucas e gradeadas, à semelhança de conventos e prisões.
> — *Dom Casmurro*, escrito por Machado de Assis

QUANDO EU TINHA CINCO anos, caí de bicicleta e quebrei o braço. Não me lembro muito bem do acontecido, mas me lembro da dor. E do cheiro do hospital. Um cheiro denso, enjoativo. Cheiro de desespero.

Vinte e quatro anos depois, estou nesse mesmo hospital.

Sentindo o mesmo cheiro.

O que se passou após a ligação é um borrão de acontecimentos. Contei para Daniel o que tinha ouvido, com um distanciamento frio e um zunido agudo na cabeça. Eu não sabia muito bem o que fazer, mas ele tomou as rédeas da situação, me colocou dentro do carro e dirigiu até o endereço que Vinícius nos enviou.

Eu não disse nada o caminho inteiro, olhando pela janela, em um torpor quase familiar. "Você está bem?", Daniel perguntou em algum momento. "Sim", respondi.

Lembro de outra ligação que recebi no meio da tarde. Também era a voz de Vinícius. Mas a tensão era diferente. Era como se algo tivesse quebrado. Eu também não tinha nenhuma bagagem. Atendi de peito aberto, sem nenhum traço de ansiedade. Afinal, as ligações do meu irmão eram sempre acompanhadas de convites inusitados ou fofocas sobre os nossos pais. "Oi, Vini, e os meninos?", perguntei assim que atendi, distraída, sem saber que o que ele diria em seguida mudaria o curso da minha vida para sempre. "Vê... O Henrique... Ele sofreu um acidente..."

De alguma forma, Vinícius, meu doce irmão mais velho, se tornou o porta-voz de notícias ruins. E atrelá-lo a isso é injusto, mas difícil de desvencilhar.

Chegamos ao hospital e eu procurei por ele na espera do pronto-socorro. Vinícius estava parado perto de uma máquina de vendas, olhando pelo vidro, parecendo perdido, como se não soubesse o que estava procurando, como se precisasse que alguém escolhesse por ele. Quando nos viu, pareceu despertar.

Eu me aproximei.

— Cadê ela? — perguntei.

— Lá dentro, com o pai. Ainda não sei de nada.

Então nós nos sentamos.

E esperamos.

Dizer que o relacionamento que tenho com os meus pais é complicado é minimizar a situação. Eu sempre fui teimosa. Sempre tive gostos e sonhos muito específicos, e não queria abrir mão de nenhum deles. Sempre quis uma carreira na escrita. Sempre quis me mudar para a "cidade grande". Sempre quis muito mais do que uma vida simplória e protocolar que não foi desejada e sonhada por mim, e sim pelos outros. E os meus pais sempre quiserem que eu me encaixasse naquilo que eles idealizaram.

Minha mãe impunha um padrão de beleza inalcançável. Uma magreza disfarçada de saúde. Um futuro de distúrbios alimentares e casamentos por conveniência. Queria que eu fosse médica e me casasse com algum dos pretendentes da igreja. Quando não fiz nem um, nem outro, ela desistiu de mim.

Meu pai não poderia ser mais ausente, mas, nos poucos momentos em que estava em casa, gostava de me relembrar de como o meu futuro seria infeliz e fracassado por conta das minhas escolhas. Ele era cruel e nem se utilizava da desculpa de que era para o meu bem. Ele não queria o bem dos filhos. Queria apenas que eles fossem bem-sucedidos, *apesar* da felicidade. Queria o bem da própria reputação. Queria a inveja dos outros, maquiada de admiração.

Quando saí de casa para cursar letras, eles não me ajudaram com um real e reprovavam a minha decisão sempre que tinham a chance. Trabalhei em restaurantes, pet shops, mercados e lojas para me manter, com a sorte de ter conseguido uma vaga na moradia estudantil do campus, um lugar assustador e deprimente na mesma medida.

Dois anos depois, quando assumi minha bissexualidade e a namorada que tive antes de Henrique, eles cortaram contato completamente.

Sempre que eu voltava a Atibaia para ver os meus sobrinhos, avisava antes, para não correr o risco de encontrá-los na casa do meu irmão.

Por muito tempo, Henrique insistiu que eu tentasse uma reaproximação, porque via como tudo aquilo me fazia mal. Via que eu observava como espectadora o relacionamento deles com o meu irmão, que seguiu o roteiro à risca e recebia o tal do amor incondicional — que vinha com muitas condições. Eu era uma estranha na minha própria família, porque dei prioridade à minha felicidade. Via de fora o que poderia ter sido se eu não fosse tão teimosa.

Henrique morreu sem conhecer meus pais. Eles não foram ao velório.

E talvez minha mãe agora morresse sem saber como eu me sinto. Sem uma gota de arrependimento no corpo. Os amigos chorariam, "Coitada da Vera, morreu brigada com a filha", porque ela havia esquecido de mencionar que quando um não quer dois não brigam.

— Quer uma água? — Daniel pergunta ao meu lado.

Olho para ele, e o momento que tivemos na sala parece ter acontecido há mil anos.

É estranho ele estar aqui. O protagonista de uma vida de faz de conta que estamos levando há uma semana, infiltrando-se na minha vida real. Como se um personagem que criei estivesse parado na minha frente, compreendendo por que eu escrevo as coisas que escrevo.

Ele não precisava. Isso não tem nada a ver com ele. Mas ele veio mesmo assim, e agora me oferece uma água.

Sinto raiva de mim mesma por ter me afeiçoado tanto a ele. Porque sei o que pode acontecer quando gostamos de alguém: podemos nos machucar.

É mais fácil ir embora antes que o coração partido se torne algo difícil demais de lidar.

— Pode ser. — Areia se acumula na minha garganta, e ele se levanta.

Vinícius o observa. Ele está sozinho; Paula ficou em casa com as crianças.

Tão logo Daniel sai, meu pai aparece na sala de espera.

Ele envelheceu bastante desde a última vez que o vi. O cabelo, antes com alguns fios prateados, já está completamente branco. Mas os olhos duros continuam os mesmos. Duvido que algum dia vão mudar.

Ele caminha até Vinícius, sem me ver sentada ao seu lado. Abraça o meu irmão rapidamente, o máximo de demonstração de carinho que permite a si e aos outros, e então parece notar que a mulher ao lado do filho o encara.

Ele demora alguns segundos para me reconhecer. Quando o faz, sua boca se abre um pouco.

— Verônica? — ele pergunta. — O que você está fazendo aqui?

Não recebo nenhum abraço. Nenhum "Há quanto tempo, filha!". Só uma surpresa desconfortável.

— Estou trabalhando em Atibaia. O Vini me ligou, contou o que aconteceu — respondo, me levantando.

Ele não se mexe. Nem eu. É um momento constrangedor. Que fica ainda mais quando Daniel se aproxima com duas garrafinhas de água. Meu pai olha para ele, confuso, e eu não sei o que dizer. Graças a Deus, Vinícius toma a dianteira.

— Pai, esse é o Daniel. Ele e a Vê estão trabalhando juntos em Atibaia.

— Trabalhando no quê? — meu pai pergunta, com um tom de desprezo, sem se apresentar ou cumprimentar Daniel.

— No filme? — Daniel responde com outra pergunta, como se fosse óbvio que o meu pai soubesse detalhes da minha carreira e pormenores dos meus planos e objetivos.

Ele me entrega a água e eu aceito. A outra, coloca na mão de Vinícius, que a segura sem perceber.

— E a mãe? — pergunto, querendo mudar de assunto.

Não quero ter que explicar para Daniel, no meio do hospital, que faz anos que os meus pais não sabem da minha vida, que dirá dos meus planos de carreira.

— Está na UTI, estável. Estão monitorando, ainda não sabemos se vai precisar operar.

Sinto alívio. Apenas alívio.

Não falo com a minha mãe há cerca de sete anos, mas não desejo o mal dela. Não sou capaz de ser indiferente também, como minha psicóloga insiste em dizer que seria natural depois de todos os abusos psicológicos.

Não sou indiferente. Queria o amor dos meus pais. Como não o tenho, simplesmente por me recusar a cumprir com seus parâmetros e expectativas, aceito o pouco que tenho. Me resigno a acompanhar a vida deles pelas redes sociais ou pelo meu irmão.

Secretamente, fico feliz em saber que ainda temos tempo de tentar remediar as coisas, mesmo que eles não demonstrem o mesmo interesse.

— A visita da UTI vai acabar logo, você quer entrar? — meu pai pergunta exclusivamente para o meu irmão.

Vinícius me olha de relance. Eu concordo com a cabeça.

— Qualquer coisa me avisa — peço.

Ele suspira e aperta a minha mão antes de entrar.

Fico parada na recepção do pronto-socorro, com meu pai e Daniel. O clima é tenso. Meu pai pigarreia.

— Vou para casa tomar um banho. Volto amanhã com as coisas dela.

Não sei por que ele está me passando o roteiro dos próximos passos. Suspeito de que nem ele saiba.

— Tudo bem — digo.

— Tchau, então.

— Tchau.

Meu pai dá dois passos, depois para. Parece que vai dizer alguma coisa, mas apenas respira fundo e continua seu caminho.

Ele vai embora. Não diz que é bom me ver nem que minha mãe vai ficar feliz se eu for visitá-la. Não diz nada que eu quero ouvir. Nada que me assegure de que eu ainda tenho uma família.

Sinto o peso do mundo nos ombros.

Sinto saudade de algo que nunca tive.

Daniel coloca a mão no meu braço.

— O que você quer fazer?

— Vamos voltar pra casa — respondo.

O caminho de volta é tão silencioso quanto o de ida. Sei que Daniel deve ter um milhão de perguntas, mas, por cortesia, não as faz. Sou grata por isso.

Quando chegamos, os meus cachorros estão impacientes. Parece que sabem que eu não estou bem. Me rodeiam, me cheiram, e eu só consigo me lembrar do cheiro do hospital e de todas as vezes que a vida me decepcionou.

Daniel acende uma das luzes, deixando tudo um pouco melancólico. Começo a colocar as coleiras nos cachorros.

— Não está frio para uma caminhada? — ele pergunta, com preocupação e cautela, como se falasse com uma criança ou com um paciente em um hospital psiquiátrico.

— Eles não foram passear hoje, preciso ir — respondo, como se fosse óbvio.

Parece que a minha voz faz parte do sistema de navegação do Waze. Fria. Distante. Burocrática.

— Quer que eu vá junto?

— Não precisa. — Respiro fundo. — Desculpa. E obrigada. Eu só... quero ficar sozinha.

— Tudo bem. Não precisa se desculpar.

Termino de colocar as guias e fico parada no meio da sala, tentando lembrar onde coloquei os saquinhos para recolher cocô. Mal percebo que comecei a chorar, só me dou conta quando Daniel me entrega os saquinhos e passa o dedão para limpar uma lágrima que escorre pela minha bochecha direita. Ele parece surpreso com o próprio gesto e rapidamente encolhe a mão.

— Eu sinto muito, Vê.

— Tá tudo bem. Não se preocupa. Você não tem nada a ver com isso — respondo e saio pela porta.

Então eu caminho.

Caminho até Julieta não querer mais. Até sentir meus pés congelados dentro dos tênis. Até a minha respiração entrar cortando e sair pesada. Vou no piloto automático. Meus pensamentos estão confusos. Ela está bem. Vai ficar bem. Eu não estou. Não sei se algum dia vou ficar.

Quando retorno, Daniel está no lugar de sempre, digitando no notebook. Ele levanta os olhos da tela com expectativa.

Uma antecipação paira entre nós.

O que aconteceu mais cedo parece tão pequeno dadas as circunstâncias, mas não pequeno o suficiente para que já tenha sido esquecido.

Não quero falar sobre o assunto.

Não quero esquecer o que aconteceu.

Quero que este dia acabe.

Quero me lembrar dele para sempre.

Daniel abre a boca. O que sai dela não é o que desejo ouvir, mas é algo que me acalma, que me traz segurança.

— Boa noite, Verônica.

— Boa noite, Daniel.

21.

> Se quer ser bem-vindo na volta, faça algo de bom antes de partir.
> — *Antes de partir*, roteiro por Rob Reiner e Justin Zackham

ACORDO COM O CELULAR vibrando. Resquícios do sonho que tive durante a noite ainda parecem reais. Daniel limpando uma lágrima que escorria pela minha bochecha, me contando que Henrique havia sofrido um acidente.

Me sinto angustiada, e o nome de Vinícius na tela não ajuda.

— O que aconteceu? — pergunto, com pressa na voz arrastada.

— Nada, calma. Ela acordou. Quer ir visitar?

Respondo a primeira coisa que a minha mente sonolenta pensa:

— Ela quer a minha visita?

Silêncio.

— Não complica as coisas, Vê.

— Não sou eu quem complica as coisas.

— Eu sei. Só… vai ver ela. Vai ser bom.

Duvido que seja. Mesmo assim, tomo um banho rápido e me arrumo. Quando chego na sala, Daniel não está em lugar nenhum. Seu quarto ainda está escuro, a porta fechada.

Escrevo um bilhete e deixo ao lado do seu notebook. "Fui ao hospital." Coloco ração e água para os cachorros e peço um Uber.

Me cadastro na recepção e espero o horário de visita da UTI. Roo o toco de unha que ainda tenho. Balanço as pernas, impaciente. Às oito em ponto me deixam entrar.

Caminho apressada até a UTI. Nunca estive em uma antes, e o clima é terrível. Algumas baias fechadas indicam casos mais sérios, mas as abertas, com pacientes em coma ou sofrendo, não causam nenhuma sensação de esperança ou otimismo. Ouço gemidos altos, choros contidos, vejo acompanhantes segurando as mãos de pacientes adormecidos e enfermeiras marchando para lá e para cá, silenciosas e eficientes.

Quando encontro a baia da minha mãe, uma enfermeira está trocando seu acesso venoso.

Se meu pai envelheceu trinta anos em sete, minha mãe parece ter dormido no formol. Continua a mesma. Provavelmente gastou todo o dinheiro que tinha e que não tinha em intervenções cirúrgicas, mas sua magreza indica algo mais perverso.

— Bom dia! — A enfermeira me recebe animada, apesar do tom de voz baixo. — Olha só, dona Vera, você tem visita!

Minha mãe me olha. É a primeira vez que a vejo tão vulnerável. Ela sabe disso. Ela está com vergonha. Não tem como manter as aparências na UTI. Não tem como passar a imagem de ser indestrutível.

— Oi, mãe. — Eu me aproximo com cautela.

— Seu irmão não veio? — ela pergunta com dificuldade, metade do rosto paralisado.

Tento ignorar a fria cordialidade. Ela sofreu um AVC. Tem direito de se sentir desanimada, desamparada. De não querer a visita de alguém que não vê há anos, mesmo que seja sua filha.

A vida inteira, criei desculpas para o comportamento deles. Uma forma de me consolar. "Ele está estressado com o trabalho, não é nada com você", "Ela não está tendo um dia bom, não é sua culpa".

Ao mesmo tempo que tudo mudou, nada mudou.

— Ele vem daqui a pouco — asseguro.

Minha mãe não responde. A enfermeira termina o que estava fazendo e guarda o equipamento.

— Qualquer coisa pode me chamar — ela diz antes de sair apressada.

Ficamos só eu e minha mãe.

Não sei o que falar. Me sento na cadeira desconfortável ao lado da cama. Vejo os acompanhantes segurando as mãos dos pacientes. Sei que isso não é uma opção para nós duas.

— Como você está se sentindo?

— Como você acha?

Respiro fundo e tento dar um sorriso que pareça carinhoso, acolhedor. Tenho que me relembrar de que ela está doente, vulnerável, mas é difícil. Minha mãe nunca foi amorosa, mas, depois que entendeu que eu não me encaixaria na vida que ela queria para mim, passou a ser cruel.

— Você precisa de alguma coisa? — pergunto.

— Onde está o seu pai? — Ela se esquiva.

— Ele vem depois com as suas coisas.

Minha mãe vira o rosto, os olhos fixos em uma senhora do outro lado. Ela está adormecida. Ou em coma, não sei dizer.

— Você quer que eu vá embora? — tento.

Ela nega com a cabeça, o que pode ser um indício de que a minha presença não é tão desagradável assim, ou apenas que ela não quer ficar sozinha. Não quer morrer sozinha, mesmo que isso signifique me tolerar.

As pessoas fazem coisas estranhas quando estão com medo.

Me apoio na cadeira dura. Ela não diz mais nada, nem eu.

As enfermeiras passam de tempos em tempos, observam o monitor dos sinais vitais, colocam e tiram bolsas de remédio, medem pressão, medem temperatura, mesmo que ela esteja conectada a um aparelho que já faz todas essas coisas.

Perto do meio-dia, chega o almoço. Ajudo minha mãe retirando a tampa de plástico dos potes, em silêncio. Ela não consegue segurar os talheres direito, então preciso dar a comida na boca. Ela não me impede, mas também não parece feliz. Os papéis estão trocados.

Quando vamos ter filhos, temos nove meses para nos preparar para uma vida de cuidados. Quando os nossos pais envelhecem, não recebemos a cortesia do aviso prévio. Um dia eles são heróis, indestrutíveis, detentores de todo o conhecimento e toda a força do mundo. No outro, precisam de ajuda para realizar atividades básicas. Nada nos prepara para isso.

Não falamos durante o processo, em parte porque eu não quero que ela se canse, em parte porque não temos nada para conversar. Ela toma só um pouco da sopa. Quando começo a cortar um pedaço de frango, afasta a bandeja com a mão boa.

— Chega.
— Mas, mãe, você não comeu na...
— Não quero.

Nada na sua atitude me surpreende. Mesmo assim, me pego revivendo a mágoa, percebendo que, no fundo, eu esperava que fosse ser diferente.

Depois do almoço, as enfermeiras a levam até o banheiro para um banho rápido. Eu aproveito para ir à lanchonete do hospital comer alguma coisa.

Enquanto mastigo um pão de queijo velho e borrachudo, pego o celular e acesso o e-mail. Para a minha surpresa, Daniel me encaminhou as notas da produtora sobre a escaleta.

De: Daniel.Ortega@gmail.com
Para: Veronica.Nakamura1@gmail.com
Assunto: ENC: Notes A trilha do coração

Bom dia, Verônica.

Seguem em anexo os notes da produtora. Se você passar mal de ódio, pelo menos já está no hospital.

Att.,
Daniel Ortega

Dou risada e abro o arquivo.

Os comentários são genéricos, vão desde "Não entendi", passando por "Precisamos mesmo disso?", até "Podemos deixar mais engraçado?".

Outra coisa também fica clara: a escaleta não foi lida com muita atenção. Perguntas são respondidas dois parágrafos abaixo pelo próprio texto, e beats importantes, que nos ajudam a explicar a história, são descartados como "desnecessários".

Nenhuma nota nos ajuda, nenhuma sugestão é interessante, são apenas pedidos vagos e questões já respondidas.

Respiro fundo e respondo a Daniel.

De: Veronica.Nakamura1@gmail.com
Para: Daniel.Ortega@gmail.com
Assunto: RE: ENC: Notes A trilha do coração

Bom dia, Daniel.

Precisei ser socorrida. Estou com um caso sério de desinteresse por essas notas.

Att.,
Verônica Nakamura

Poucos minutos depois, recebo a resposta.

De: Daniel.Ortega@gmail.com
Para: Veronica.Nakamura1@gmail.com
Assunto: RE: RE: ENC: Notes A trilha do coração

Querida Verônica,

Meus mais sinceros votos de melhoras.
Já passei por isso, mas o convênio não cobria os procedimentos. Precisei escrever textos de publicidade para pagar, e o quadro se agravou.

P.S.: Espero que esteja tudo bem com a sua mãe.

Att.,
Daniel Ortega

Meu coração se enche de algo que eu não sei explicar. Uma felicidade boba, uma leveza divertida, depois da manhã tensa que passei ao lado da minha mãe.

Termino de tomar o meu café e respondo. Me sinto uma adolescente flertando na DM do Instagram.

De: Veronica.Nakamura1@gmail.com
Para: Daniel.Ortega@gmail.com
Assunto: RE: RE: RE: ENC: Notes A trilha do coração

Querido Daniel,

O que mais me surpreende no seu e-mail é que você tenha convênio médico sendo escritor. Você claramente venceu na vida.

P.S.: Está tudo bem, na medida do possível, obrigada por perguntar.

Att.,
Verônica Nakamura

A resposta chega rapidamente.

De: Daniel.Ortega@gmail.com
Para: Veronica.Nakamura1@gmail.com
Assunto: RE: RE: RE: RE: ENC: Notes A trilha do coração

Querida Verônica,

Quem você pensa que eu sou? Um traidor da minha própria classe? O convênio médico é familiar, negociado em 1998, e é mais fácil me matarem do que me tirarem desse acordo.

P.S.: Comprei a janta.

A ideia de jantar com Daniel me enche de uma expectativa quase infantil. Estou com um sorriso bobo no rosto e digitando a resposta: "Querido

Daniel, não costumo sentir inveja, mas estou cogitando forjar os papéis de uma união estável para entrar no seu convênio", quando Vinícius aparece na minha frente.

— Boas notícias?

Tiro os olhos do celular. Ao ver o meu irmão, rosto cansado, olheiras, cabelo despenteado, me sinto um pouco culpada por estar trocando flertes com Daniel.

Nós nos abraçamos. Saio do meu mundo de faz de conta e retorno ao mundo real, caindo de bunda na frustração e na angústia.

— Estou conversando com a Gio — minto, ainda com a cabeça no seu ombro.

— Não quero te atrapalhar — ele comenta depois que nos soltamos.

— Não atrapalha, tá tudo certo.

— E ela? — ele pergunta, parecendo cansado. Vinte anos mais velho do que realmente é.

— Parece bem. Acordada.

— Ela acordou ontem já. — Ele concorda com a cabeça.

— Ela está com dificuldade na fala. Acho que o lado direito está paralisado.

— É, o médico disse isso mesmo. — Ele suspira, passando a mão pelo rosto. — Eu já posso subir?

Observo o seu rosto. Tem mais do que cansaço. Preocupação. Pura e simplesmente.

— Vini, e o trabalho? Não vai te prejudicar? — pergunto, porque sei que meu irmão é muito responsável com três coisas: o trabalho como advogado tributário, os filhos e os jogos do Corinthians. — Eu posso ficar até o pai chegar. As coisas são mais flexíveis comigo. A Paula não vai dar conta de tudo sozinha, tem os meninos, o trabalho dela...

Vinícius me olha com uma expressão, uma mistura de gratidão e desespero, que eu nunca tinha visto.

— Eu já consegui a tarde livre, mas não sei como vai ser nos próximos dias — ele admite.

— A gente se organiza, eu te cubro. Vai dar certo.

— Você também está trabalhando — ele me lembra.

— Eu sei, mas consigo organizar os meus horários. E não tenho dois filhos em casa que dependem de mim, só cinco cachorros, que, pra ser bem sincera, acho que estão gostando de tirar umas férias da minha presença.

— Aperto o ombro de Vinícius, e ele concorda com a cabeça.

— Os horários da UTI são muito restritos. Quando ela for pro quarto a gente faz um cronograma. — Ele então estreita os olhos. — Mas você vai aguentar?

Eu sei o que ele quer dizer com essa pergunta. Vou aguentar a minha mãe e sua eterna decepção? Vou aguentar o meu pai e os ataques gratuitos? Vou aguentar relembrar o que foi viver com os meus pais por quase vinte anos?

Tenho vontade de perguntar como *ele* aguenta. Mas eu já sei a resposta. Ele quebrou. Cedeu.

O sonho de Vinícius era ser músico. Ele tocava guitarra, e era muito bom. Tinha uma bandinha, mas também dava aulas no conservatório da cidade. Esse sonho foi mencionado apenas uma vez dentro de casa. A reação dos meus pais foi tão destrutiva que eu vi o meu irmão quase derreter na cadeira da mesa de jantar.

Ele desistiu ali mesmo. Aos dezessete anos. Sem nunca ter tido a chance de tentar.

— Não é sobre mim agora — respondo, porque não consigo me forçar a dizer que vai ser tranquilo sabendo que não vai.

"Não complica as coisas", ele me pediu mais cedo. Não quero colocar mais uma preocupação na sua longa lista.

— Você quer subir pra se despedir?

— Não precisa. — Pego minha bolsa na cadeira. — Ela estava tomando banho, se chegar lá e não encontrar ninguém, é por isso. Mas já deve ter acabado. Amanhã eu fico o horário todo da manhã e você pode ver com o pai se ele vem à tarde. Pode ser?

— Pode. — Vinícius me puxa para outro abraço. — Obrigado.

Eu devolvo, apertado. E espero que ele entenda que, por mais que tenhamos nossas diferenças, estou implorando ao universo que ele não tire a avó dos seus filhos.

22.

O que quer que aconteça amanhã, tivemos o hoje!
— *Um dia*, escrito por David Nicholls

DEPOIS QUE SAIO DO hospital, vou dar uma volta para espairecer. Estou com o humor péssimo, cansada, exausta, e ainda tenho que sobreviver ao resto do dia. Temos muito trabalho pela frente, e eu preciso estar com a mente boa para mergulhar de cabeça na história. Não quero ser um fardo, uma distração, alguém que mais atrapalha do que ajuda.

Lembro que perto do hospital fica uma das minhas livrarias de rua preferidas, e penso no tempo em que livrarias de rua eram a regra, e não exceções lutando para sobreviver. Caminho até lá, apertando a blusa ao redor do corpo, fugindo do frio.

Quando entro, sou recebida por calor, cheiro de café e uma sensação de que estou protegida do resto do mundo.

Vou direto para a minha seção favorita, como se os meus pés funcionassem à base de memória muscular. Romances.

Paro na frente da bancada procurando algum livro meu, um hábito que criei desde a publicação do meu primeiro título, e encontro *A trilha do coração* escondido nas prateleiras de baixo, onde ninguém vê. Olho por cima do ombro, me certificando de que o vendedor não está prestando atenção, pego os quatro exemplares disponíveis e os coloco em cima de um romance estrangeiro qualquer. É o meu próprio tipo de revolução. Abaixo o Imperialismo! Viva a América Latina! Vida longa à literatura nacional!

Em seguida, passo os dedos pelas capas dos livros expostos, uma tradição que inventei quando era criança — como leio muito, sinopses começam a parecer sempre as mesmas, então deixo que o universo escolha. Fecho os olhos, fico alguns segundos apenas sentindo os livros, e escolho um. É um romance nacional sáfico, que parece muito legal e tem cenas picantes. Exatamente o que eu estou precisando.

Pego o exemplar e me sento em uma das poltronas livres, folheando, lendo a sinopse, as orelhas, a biografia da autora, os blurbs, inclusive de algumas colegas escritoras. É um trabalho editorial bonito, moderno, e anoto mentalmente algumas ideias para o meu futuro lançamento.

Que lançamento?, minha eu pessimista pergunta no fundo da mente. Tento ignorá-la.

Depois que já estou me sentindo mais tranquila, pago pelo livro e saio da livraria. Em seguida, almoço em uma padaria antiga na esquina da mesma rua. Começo a ler enquanto como e me perco nas personagens carismáticas, e, quando percebo, já passou das duas da tarde. Pago a conta e decido voltar.

Os resquícios de hospital já ficaram para trás. As partes boas da cidade da qual quis tanto fugir retornam aos poucos para mim. Enquanto espero o Uber na calçada, vejo o barzinho onde dei meu primeiro beijo em uma garota, onde compreendi um pouco mais os meus próprios sentimentos, vontades e desejos. Onde, pela primeira vez na vida, senti que estava sendo eu mesma, longe dos olhares julgadores dos meus pais e do ambiente claustrofóbico onde vivia.

Entendo por que quis ambientar *A trilha do coração* em Atibaia. Momentos ruins podem envenenar um local, mas as boas lembranças permanecem, como um lembrete de que existe amor em meio ao ódio, de que a felicidade pode florescer em meio ao amargor. Escrever uma história de amor no lugar onde tantas vezes tive o coração partido foi um grito de independência. Foi reescrever a minha própria história, como poderia ter sido. Mas é difícil admitir que fui mais gentil com os meus personagens do que jamais fui comigo mesma.

Quando chego em casa, Daniel está no deque da piscina, sentado em uma espreguiçadeira, com o notebook no colo e uma Original aberta na mesinha de apoio. Os cachorros estão em volta dele, Mr. Darcy deitado de costas enquanto ele faz um carinho preguiçoso em sua barriga.

O dia está nublado, nuvens pesadas e acinzentadas cobrindo o sol, que não faz questão de dar as caras. É uma cena comum do dia a dia que construímos de forma tão natural ao longo da última semana, mas mesmo assim sinto uma pressão no peito, como se o meu coração já antecipasse que essa rotina, em breve, não vai mais existir.

E, no fundo, eu sei que é melhor assim. É melhor partir antes que a ideia de ir embora fique insuportável. Antes que o que temos a perder se ficarmos seja maior do que o alívio de deixar tudo para trás.

Sinto como se estivesse tirando férias da vida real nesta mansão cinematográfica, mas a realidade insiste em se infiltrar pelas frestas das paredes rachadas. Um lembrete de mau gosto de que eu não posso sonhar e desejar coisas bonitas, porque essas coisas sempre vão ser tiradas de mim.

Sem fazer barulho para não atrapalhar a concentração de Daniel, vou até o quarto e tomo um banho rápido, esfregando o cheiro de hospital até não sentir mais nada.

Visto uma roupa confortável e volto para a sala. Pego dois cobertores de cima do sofá, coloco um sobre os ombros e vou até o deque.

Daniel ouve meus passos fazendo ranger a madeira e se vira.

— Boa tarde — ele diz e se espreguiça, deixando um filete da barriga à mostra.

Desvio os olhos e me sento na espreguiçadeira ao seu lado. Entrego um dos cobertores e ele aceita, colocando em cima das canelas expostas.

— Como a sua mãe está? — ele pergunta, me entregando uma cerveja do cooler que posicionou entre as espreguiçadeiras, como se estivesse me esperando chegar.

Eu aceito, ciente de que posso vir a ter que encarar as consequências de beber com ele.

— Bem, na medida do possível. Acordada. Mas acho que ainda fica alguns dias na UTI.

Daniel concorda, olhando para o horizonte.

— O seu pai é...

— Um doce, né?

Ele ri e toma um gole da cerveja. Faço o mesmo. Daniel me olha por cima da garrafa. Sustento o seu olhar. Ele quer perguntar mais sobre a minha família, sobre a dinâmica distante e fria que observou, mas acho que percebe no meu rosto que não estou disposta a falar sobre isso. Então muda a rota.

— O que achou das notas?

— Podemos deixar a sua pergunta mais dinâmica? — eu brinco, mimetizando alguns dos comentários no arquivo, e Daniel embarca.

— Que tal se essa conversa que estamos tendo acontecesse dentro de um submarino?

Dou risada, mas também dou de ombros.

— Somos obrigados a incorporar todas elas?

— Não somos obrigados a nada, mas somos "fortemente incentivados". — Ele faz aspas com os dedos. — Já descartei algumas absurdas. Outras são indiferentes, posso adicionar sem mudar muita coisa do que já pensamos. E, pra ser sincero, gostei da ideia pro final.

— Eu também — admito. — Uma nota boa entre sessenta e sete.

— Já estamos no lucro. Uma vez recebi duzentas e vinte e sete notas em um roteiro de trinta páginas, e nenhuma delas era interessante.

— Eu nunca passei da escaleta com os outros roteiristas...

— Ouvi dizer...

— Quais são os próximos passos? Como funciona esse processo?

Daniel dá mais um gole na cerveja antes de continuar.

— Vou falar sobre o mundo ideal, mas quase nunca é o mundo ideal.

— Seu otimismo me encanta.

— Primeiro, a gente desenvolve o argumento. — Daniel levanta um dedo.

— É uma sinopse? — pergunto.

— Mais ou menos... É um documento de dez a quinze páginas com o geral da história, começo, meio e fim. Mas é um texto mais comercial, de venda. Pra mostrar pro canal o que é a história e qual é o potencial de mercado dela. Tem algumas sugestões de cenas e diálogos para mostrar o tom, mas sem se aprofundar.

— Tá. E aí vem a escaleta. — Aponto com a cabeça para o notebook no seu colo.

— Isso. Nossa querida escaleta. — Daniel levanta o segundo dedo. — Como você percebeu, é quando a gente se aprofunda em estrutura. Cenas. Pontos de virada. Algumas sugestões de diálogo, mas o importante é a mecânica da história. Pra mim, é a parte mais difícil.

— Que bom que eu estou te ajudando, então — provoco.

— Que bom — Daniel diz com a voz rouca, e eu desvio o rosto, porque é um pouco demais para mim. — Depois que o canal aprova a escaleta, a gente pode começar a escrever o roteiro.

Ele ergue o terceiro dedo.

— A *gente*? — Um sorrisinho presunçoso toma conta dos meus lábios.

— Força do hábito. — Ele tenta segurar um sorriso, sem sucesso. — Vou escrever sozinho.

— Assim como escreveu a escaleta sozinho? — insisto.

— Exatamente.

Ficamos em silêncio, tomando nossas cervejas, mascarando sorrisos. O momento do dia anterior se esgueira para a minha mente. "Você quer...?" Ele nunca chegou a terminar a pergunta.

A possibilidade de passar mais dois meses com ele, escrevendo o roteiro, já não é tão absurda assim. É... desejável. Se for nesta casa. Se for nestas condições. Se for com ele.

Sinto um calor me invadir, irradiar entre as pernas, e me coloco de pé rapidamente, batendo duas palmas.

— Bom, então vamos lá, mãos à obra.

Pego meu notebook e volto a me sentar ao seu lado.

Pelo restante da tarde, discutimos as notas, repassando uma por uma. Concordamos que odiamos a maioria, mas entramos em embates acalorados sobre outras. Damos risada de sugestões absurdas, mas algumas, que antes havíamos descartado, voltam para nos assombrar.

É um processo um tanto quanto caótico, alterações que parecem banais demoram horas, e pedidos elaborados se tornam simples quando temos ideias boas de como incorporá-los.

Tomamos muita cerveja e, quando nos empolgamos com alguma coisa, falamos alto, rápido, um por cima do outro. Me sinto cansada, mentalmente exausta, mas também me sinto viva. Conversar sobre a história que queremos contar é revigorante, batalhar, palavra por palavra, linha por linha, por um resultado que emocione as pessoas.

O AVC da minha mãe, os fantasmas do passado, tudo vai desaparecendo conforme nos embrenhamos no labirinto que é a nossa imaginação.

A tarde vai se transformando lentamente em noite. Decidimos ligar as luzes do lado de fora e acender a fogueira de jardim, porque trabalhar ao ar livre se mostrou uma prática eficaz — Gio ficaria orgulhosa.

Nos sentando nos degraus entre as almofadas fofinhas e o calor do fogo, comendo o "jantar" que Daniel comprou: Cup Noodles. Quando ele aparece com os copinhos fervendo, caio na risada, porque não poderia ser mais perfeito.

Estamos quase terminando de repassar todas as notas, defumados pela fumaça da fogueira, quando voltamos a uma que tínhamos descartado logo de início, mas sobre a qual Daniel acha necessário voltar a discutir.

É a metade do filme. Os protagonistas estão treinando para a subida na Pedra Grande com um grupo de andarilhos e se perdem do restante das pessoas. Eles caminham a esmo, tentando retornar para o ponto de partida, e começa a anoitecer. Com o estresse da situação e os nervos à flor da pele, acabam admitindo o que sentem um pelo outro.

É uma cena que tenho muito orgulho de ter escrito, com diálogos rápidos e espertos e uma tensão palpável, mas tanto o canal quanto Daniel acham melhor que se diga menos e faça mais. Eles querem que o primeiro beijo aconteça ali, e eu sou terminantemente contra.

— Não sei por que voltamos nisso, já te falei que o beijo só funciona no final! — Estou com os ânimos um pouco exaltados, e um pouco bêbada também.

— Eu sei, mas não funciona no filme. Fica muito expositivo. A gente precisa mostrar o que eles estão sentindo! — Daniel passa a mão pelo cabelo, obcecado pela ideia.

Quando ele acredita em alguma coisa, acredita *mesmo*, parece ser dominado por uma corrente elétrica, como se sua vida dependesse de fazer a outra pessoa concordar com ele. Seus olhos brilham, e ele tem uma energia quase maluca, como um raio preso dentro de um pote. É impressionante de ver.

— Já estamos mostrando, eles estão conversando sobre isso! — Eu gesticulo mais do que o normal, e Capitu arranha a minha perna, querendo se certificar de que está tudo bem.

Coço distraída atrás da sua orelha e ela sai, satisfeita, tendo cumprido o seu papel de apoio emocional.

— A gente não tem que contar, a gente tem que mostrar — ele explica.

— Se você me falar "show, don't tell", eu juro por Deus que jogo o seu notebook na piscina.

Daniel abre a boca para responder, mas eu não deixo, emendando o meu argumento:

— Por que todo roteirista é tão obcecado por isso?

— E por que todo escritor não consegue abrir mão de diálogos expositivos? — ele rebate.

— Porque "show, don't tell" não se aplica a todas as situações na literatura!

— Nós não estamos escrevendo um livro. — Ele dá uma cartada certeira.

Eu bufo, irritada.

— Às vezes, as pessoas só conversam, se abrem, admitem seus sentimentos! É uma cena tão bonita! — exclamo. — Vou ser obrigada a usar o meu veto?

— Não, não usa! Sério, me ouve! — Daniel pega as minhas mãos, como quem implora, e começa a ficar exasperado. Acho graça, mas não estou disposta a mudar de opinião. — Nessa cena em específico, os sentimentos deles estão tão à mostra que é muito broxante essa conversa toda...

— Não é broxante!

— Eles não saberiam organizar os pensamentos, estão perdidos no meio do mato, com medo, com fome...

Daniel segura as minhas mãos com firmeza, me puxando para mais perto. Tem uma energia nele, algo que não sei explicar, e eu só me deixo levar.

— Claro que saberiam, eles não são idiotas.

— Eles só se entregariam ao momento...

— E admitir como se sente é se entregar ao momento!

Estamos muito perto agora. Olho no olho. Palavras voando da nossa boca, argumentos irredutíveis, uma teimosia que não vai nos levar a lugar nenhum e, mesmo assim, continuamos. É o núcleo da nossa dinâmica. Discordar para criar.

— Verônica, nada é mais forte do que mostrar, transbordar esse sentimento em uma ação...

— Claro que não.

— Claro que sim.

— Claro que não!

— Claro que sim!

— Claro que n...

De repente, sem nenhum aviso, Daniel me puxa e me beija.

E é como se o meu corpo já estivesse esperando. Como se estivesse se preparando para esse momento desde que viu Daniel pisar naquele cocô de cachorro.

Eu abro a boca, e nossas línguas se encontram com urgência. Daniel ainda me segura pelas mãos, unidas em prece, e é um beijo, mas é também a cartada final para provar o seu ponto de uma vez por todas. É melhor mostrar do que falar.

E todos os meus argumentos somem.

Ele está certo.

Nossas respirações ficam mais pesadas conforme o beijo se aprofunda, mas dura menos do que eu gostaria, porque Daniel se afasta um pouco e murmura, com os lábios ainda colados nos meus e um sorriso que eu juro por Deus que vai ser a minha ruína.

— Claro que sim.

23.

Porque em cada pedaço de mim, sempre haverá um pedaço de você.
— *Diário de uma paixão*, escrito por Nicholas Sparks, adaptado por Nick Cassavetes, Jan Sardi e Jeremy Leven

DANIEL NÃO ESPERA UMA resposta e volta a me beijar, e eu me deixo ser beijada.

Ele tem uma fome, uma vontade de mim que eu não sabia que estava lá. O sempre tranquilo e sossegado — e por muitas vezes irritante — Daniel entrelaça os dedos da mão direita no meu cabelo, puxando a minha nuca com firmeza, com desejo, enquanto me segura pela lombar com a mão esquerda.

Aos poucos, conforme nós dois deixamos claro que não queremos nos separar tão cedo, ele se curva por cima de mim, e eu vou derretendo nos degraus da fogueira de jardim, deitando nas almofadas, enquanto ele pressiona sua ereção contra a minha pelve. Não sei se todo o calor que estou sentindo é da fogueira ou do tesão. É como se o tempo estivesse suspenso. Como se existíssemos apenas nós dois, e mais ninguém.

O beijo é delicioso. Ele sabe a hora de se aprofundar e a hora de me provocar com mordidas leves e passadas de língua pelos meus lábios. Estamos sorrindo. Não conseguimos parar de sorrir.

Por não sei quanto tempo, a minha mente desliga. Eu estou aqui, presente neste momento, apenas sentindo e sentindo e sentindo.

Quando não consigo mais segurar um gemido de prazer, as mãos de Daniel ficam mais ousadas, como se estivessem esperando essa autorização verbal. Ele ainda segura a minha nuca, me causando arrepios com a forma como a puxa, massageia e arranha, mas a outra mão sobe por dentro do meu blusão, deixando um rastro de eletricidade pela minha barriga e encontrando o elástico do meu sutiã. Ele desliza os dedos lentamente, de forma letárgica, ameaçando ultrapassar a barreira e em seguida recuando.

Daniel é um contador de histórias até mesmo nessa hora. Nada vem fácil. Tudo é conflito, antecipação. E eu quero que ele vá logo, mas também não quero que esse filme acabe nunca.

Deixo uma mão no seu rosto, guiando os movimentos do nosso beijo, e desço a outra até o cós da sua calça, percebendo latejar nos dedos o que já estava sentindo entre as pernas. Faço movimentos para cima e para baixo por cima do tecido. Nesse momento, Daniel deixa escapar um gemido e um palavrão, com nossos lábios ainda colados.

— Caralho...

Ele para de tentar escrever um roteiro cheio de suspense e antecipação e vai direto ao clímax, tornando-se um espectador ansioso. Sobe a mão pelo elástico do sutiã, acariciando o meu seio. Todas as terminações nervosas do meu corpo entram em curto-circuito quando ele desce a boca em uma trilha de beijos e mordidas até o meu pescoço, fazendo movimentos circulares com o indicador e o dedão no meu mamilo.

E eu quero ir até o fim. Não tenho condições de pensar nem por um segundo em como estamos complicando a nossa situação ao dar este passo. Nem se eu quisesse, não *consigo* pensar. Eu o quero dentro de mim, quero sentir o seu gosto, quero fazer o que está passando pela minha cabeça desde o dia em que o vi pela primeira vez, mesmo que subconscientemente.

Mas então Daniel diz algo que muda tudo.

— Você é linda...

Automaticamente, sem conseguir controlar, sou transportada para outro momento da minha vida. Um em que tudo era otimismo e risadas e planos. Henrique beijava o meu corpo inteiro e dizia "Você é linda, linda, linda", e conversávamos sobre que roupas usaríamos quando fôssemos ao Oscar e qual seria o nome do nosso primeiro filho. "Você é linda, linda, linda", e eu me sentia assim nos braços dele. Sentia que, pela primeira vez, eu tinha uma família, alguém que estaria ao meu lado independentemente das minhas escolhas, alguém que me amava por quem eu era, não por quem eu poderia me tornar. "Você é linda, linda, linda", eu ouvia nos meus sonhos, nos instantes depois de acordar e sempre que eu sentia que a tristeza me engoliria. Eu dava play em áudios antigos e ouvia o mantra dele, o nosso mantra. "Você é linda, linda, linda."

É a primeira vez, em dois anos, que chego perto de transar. E a triste constatação de que eu talvez nunca mais seja capaz de me entregar a alguém dessa forma despenca sobre mim.

Talvez eu só tenha tido uma única chance de me conectar, e esse bonde já tenha passado. Talvez todas as memórias e lembranças retornem como fantasmas todas as vezes que eu ameaçar seguir em frente. Talvez eu deva me contentar com a vida incompleta que o destino me ofereceu. Uma semivida, sim, mas uma que me impede de me machucar de novo.

Todo mundo ao meu redor parece saber o que é melhor para mim. "Conheça outra pessoa", "Vai transar com alguém", "Já faz muito tempo", "Aproveita a vida." Mas ninguém parece entender que falar é muito mais fácil do que fazer.

Me sinto enrijecer embaixo de Daniel. Ele percebe, porque para o que está fazendo e tira a mão de baixo do meu blusão, pousando-a gentilmente no meu rosto, afastando uma mecha de cabelo. Então me olha com expectativa, mas também com preocupação, e quero chorar, porque ele é tão incrivelmente humano, e eu sou tão profundamente fodida da cabeça.

— Tá tudo bem? — ele pergunta, parecendo também ter despertado de um transe, como se percebesse pela primeira vez o que estamos prestes a fazer.

— Desculpa. — É só o que consigo pensar em dizer. Me remexo, sentando no banco de concreto, e Daniel sai de cima de mim. — Desculpa, eu...

Eu, escritora, não sei colocar em palavras tudo o que estou pensando e sentindo.

É quando a parte racional toma conta, e eu me ouço falar:

— Acho que é melhor a gente não fazer isso.

Vejo um lampejo de mágoa passar pelo rosto de Daniel. Mas ele logo se recupera, tentando não se entregar à decepção.

— É, você tem razão. — E fica de pé, colocando uma almofada por cima da ereção, de forma quase infantil.

Dou risada, sem conseguir me conter. O som o contagia, e logo estamos os dois gargalhando.

Quando conseguimos nos recuperar, a pancada de realidade nos atinge. Daniel parece ficar constrangido e pigarreia antes de dizer:

— Vou entrar, então — anuncia, olhando para todos os lugares, menos para mim. — Foi mal, eu...

— Não precisa pedir desculpa...

— ... não sei o que eu estava pensando.

E, sem dizer mais nada, ele vai embora.

Vê-lo se distanciar, machucado, também me machuca. Mas não chega nem perto da dor que eu carrego dentro de mim há tanto tempo.

24.

> Se as nuvens estão bloqueando o sol, sempre tento ver aquela luz por trás delas, o lado bom das coisas, e me lembro de continuar tentando.
> — *O lado bom da vida*, escrito por Matthew Quick

FICO MAIS ALGUM TEMPO do lado de fora, me recuperando do que acabou de acontecer, observando o fogo apagar aos poucos.

Tenho vontade de entrar, ir atrás de Daniel, pedir desculpa por ser tão mentalmente instável. Dizer que o que eu mais quero é transar com ele, mas que a minha cabeça fodida encontra os piores momentos para me pregar peças. Dizer que por muito tempo tentei impedir que o meu coração sentisse algo por alguém, mas que ele ultrapassou todas as barreiras, e que isso me assusta. Sentir algo por outra pessoa me assusta e me faz ser dominada pela culpa. E eu não saberia o que fazer comigo mesma se, no fim das contas, isso não significasse nada além de uma transa para ele — o que seria o mais provável de acontecer, pois nos conhecemos há apenas uma semana.

Quero admitir que eu não conseguiria ser casual, mas também não conseguiria me abrir para uma conexão maior. Tirar do peito o fato de que estou em um limbo, Andrômeda presa a um rochedo, prestes a ser devorada. E eu não quero arrastá-lo junto comigo.

Não tenho coragem de falar nada disso. Fico onde estou, até o frio começar a congelar os meus ossos e eu ser obrigada a me mexer. Quando entro, vejo que um feixe de luz vaza por debaixo da porta do quarto de Daniel.

Paro na frente, apoiando a cabeça na superfície de madeira. Tento novamente me forçar a fazer algo, falar algo, mas não consigo. Resignada, me encolho à minha insignificância.

Demoro para dormir, ainda sentindo suas mãos em mim, o gosto da sua boca, seus murmúrios de prazer. Mas relembro tudo com uma trilha sonora fantasmagórica: "Você é linda, linda, linda".

Coloco uma série qualquer na televisão, tentando parar de pensar. Quando isso não funciona, tomo um remédio para dormir; fazia tempo que eu não precisava disso. Sinto que estou regredindo. Sinto que estou progredindo rápido demais. Em pouco tempo, caio em um sono agitado, exausta.

Quando acordo no dia seguinte, demoro um pouco para lembrar onde eu estou e, no segundo em que lembro, sou atingida por uma mistura de vergonha, arrependimento e tristeza.

O peso dos últimos acontecimentos faz com que seja difícil deixar a cama. Só saio quando Julieta começa a arranhar a porta, implorando por liberdade.

Chego na sala no meio de um bocejo e encontro Daniel à mesa de jantar, tomando café, com uma mochila ao lado.

Olho dele para a mochila, da mochila para ele.

— Você vai embora? — pergunto, sem conseguir evitar a pitada de desespero na voz. — Eu beijo tão mal assim?

Eu não deveria estar fazendo piadinhas. Mas é como a minha cabeça se defende de situações constrangedoras.

Daniel ri, negando com a cabeça, mas parecendo igualmente constrangido.

— A produtora me chamou, temos uma reunião presencial com o canal. Eles leram a primeira versão da escaleta. — Ele aponta com a cabeça para a mochila. — É só o meu notebook e uma muda de roupa, caso acabe muito tarde.

Vou até a mesa e me sento.

Ficamos em silêncio, olhando para qualquer lugar que não um para o outro. Daniel fica tempo demais passando manteiga no pão, parece até que vai furar a fatia.

Quero falar sobre o que aconteceu na noite passada, mas acho que não tem nada que eu possa dizer que vá melhorar a situação.

Então me concentro no trabalho. No que nós dois deveríamos estar 100% focados.

— Eu não preciso ir junto?

— O Salles disse que não — Daniel responde, mas parece um pouco contrariado.

— Claro que ele disse que não. — Reviro os olhos. — Aquele cara me odeia.

— Ele não te odeia. Ele só ama demais o dinheiro — Daniel comenta.

— Tudo bem, talvez seja melhor assim. Preciso ficar com a minha mãe. — Suspiro.

Ele arrisca um olhar na minha direção. E acho que deixo transparecer demais a minha situação, porque ele diz:

— Você não precisa cuidar de família só porque é família.

— E a culpa cristã, fica como? — tento brincar.

— É sério. — Ele sustenta o olhar. — Por que você se sente na obrigação de cuidar de alguém que nunca cuidou de você?

Pisco, atônita.

— De onde você tirou isso? — Minha voz está um pouco trêmula.

— É a impressão que passa.

— Eles cuidaram de mim — digo, firme, entrando na defensiva e querendo colocar um ponto-final na conversa.

Não quero falar sobre isso. De todos os assuntos sobre os quais não quero conversar, como o fiasco da noite passada, a morte do meu noivo e o AVC da minha mãe, o meu histórico familiar está em primeiro lugar.

Daniel não insiste. Em vez disso, se levanta e pega a mochila. Parece que algo entre nós se quebrou, e sei que ele está se sentindo rejeitado. Gostaria de ter coragem de dizer que não é ele, sou eu, mas não consigo me forçar a falar em voz alta algo tão clichê, mesmo que verdadeiro.

— Preciso ir.

Fico sentada. Nós nos olhamos.

Tem muita coisa não dita. Mas preferimos manter assim.

— Até mais — digo. — Dirige com cuidado.

— Pode deixar.

Ele sai pela porta da frente e eu fico sozinha na mansão. Eu, cinco cachorros e todos os meus fantasmas.

Saio para passear com eles e, quando volto, me arrumo para ir ao hospital. Prometi ao meu irmão que passaria a manhã toda lá, e é isso o que eu faço.

Quando chego, a minha mãe continua no mesmo lugar. Ao me ver, ela faz a mesma cara. Dessa vez, porém, trago uma oferta de paz: um pacote de Mentos.

A minha mãe não come. É quase uma ilusionista, se especializou em atrair a atenção das pessoas durante as refeições e, ao final, a pouca comida no prato se mantém intocada. A única vez que toquei nesse assunto com ela, tomei um tapa na cara. No dia seguinte, ela comeu tudo o que colocou no prato. Em seguida se trancou no quarto e eu a ouvi chorar por horas. Nunca mais abri a boca.

A única coisa que ela comia sem restrições era a bala Mentos, por algum motivo que nunca se dignou a me explicar. Quando ela vê o pacote, seu rosto se ilumina.

— Não conta pra enfermeira — digo, abrindo-o e colocando duas balas na sua mão.

Minha mãe as coloca na boca com dificuldade e saboreia, deixando um suspiro escapar do peito.

Depois de algum tempo, estende a mão novamente. E vamos assim até o pacote acabar. Quando entrego a última, parece até que a cor voltou ao seu rosto. Ou pode ser hiperglicemia.

— Amanhã eu trago mais — digo.

— Amanhã? E o seu irmão? — ela pergunta com certo desespero contido na voz.

— Hoje ele não vem, precisa trabalhar. Quando você for para o quarto vai ser melhor, ele vai poder trabalhar daqui do hospital.

— O que você está fazendo em Atibaia? — ela dispara, talvez um pouco mais solta pelo Mentos, talvez admitindo derrota e tendo que lidar com o fato de que, entre o filho favorito e a filha indesejada, sou eu quem está aqui agora.

— Vim a trabalho.

— O seu pai disse. — Ela crispa os lábios, mas apenas metade do rosto obedece. — Que trabalho?

Lembro que Daniel contou ao meu pai o que estávamos fazendo. Ou ele não se interessou pela informação, ou minha mãe não acreditou nele.

De qualquer forma, respondo.

— Estamos escrevendo o roteiro do filme baseado no meu livro.

— Estamos? — Ela está com dificuldade na fala, mas nada passa despercebido.

— Eu e o roteirista.

— Um homem? — ela insiste.

— Sim, mãe, um homem.

Se ela conseguisse, teria sorrido.

Tenho vontade de ir embora, deixá-la sozinha no canto, pensando no que fez.

Tenho plena consciência de que ela sabe que eu fui noiva de um homem, que, aliás, faleceu sem nunca a ter conhecido.

De qualquer forma, não rebato. Nunca rebati. Apenas abaixei a cabeça e me afastei, recebendo desprezo e rejeição por parte deles. Nunca consegui externalizar toda a minha mágoa; engoli de novo e de novo e de novo, até que se tornou uma úlcera. Uma ferida na alma.

Uma lembrança dolorosa me atinge. A chegada de Vinícius e Paula ao velório. Eu desabei, e, mesmo assim, alguma parte tola e ingênua de mim esperava encontrar os meus pais com eles. Um abraço da minha mãe, algum conforto do meu pai, coisas que nunca recebi, mas que ainda desejava, como uma criança que ainda acredita em Papai Noel. Vinícius, constrangido, explicou que havia deixado os meus sobrinhos com eles, por isso não puderam ir. Mas eu sabia que não era verdade. Sabia que eles não iriam de qualquer forma. E, ainda assim, me decepcionei ao constatar o que já esperava.

Pelo resto da manhã, ficamos em silêncio, e eu acho melhor assim.

Quando vou embora, porém, ela diz algo que me surpreende.

— Amanhã traz o colorido.

Ela se refere ao Mentos. Mas, nas entrelinhas, está confortável com a ideia de que eu volte amanhã. Não é um abraço apertado ou um "Eu tenho orgulho de você, filha", pelo qual tanto anseio, mas é alguma coisa.

Voltar para casa e não encontrar Daniel na cadeira de sempre, com a ruguinha de concentração de sempre, faz com que eu me sinta sozinha. Mais sozinha do que me senti em muito tempo.

Depois que Henrique morreu, me acostumei com a solidão. Eu, meus cachorros, minhas histórias não contadas e as eventuais visitas de Gio. O silêncio se tornou um amigo querido, desejado. Não era mais incômodo, era quase uma necessidade. Encontrar outras pessoas era sempre um esforço, muitas vezes físico, que eu evitava a todo custo. Quando não tinha escolha, ficava um pouco e, ao voltar para casa, precisava de dois dias na cama para me recuperar.

Porém, com apenas alguns dias convivendo com outra pessoa, uma que me faz rir, e que me tira do sério, e que me incentiva a criar e a sonhar, já sinto o real peso da solidão. Ela não é mais uma amiga querida; agora é uma parente distante que não quer ir embora, e eu ainda preciso ficar fazendo sala.

Aproveito que a casa está vazia para falar com a minha psicóloga — ela sabe que estou em outra cidade a trabalho, morando provisoriamente com um desconhecido, e que eu não me sentiria confortável de fazer as sessões com ele por perto. Então, deixamos em aberto os dias em que poderíamos conversar. Aviso a ela que estou livre e conectamos o Zoom.

O maldito Zoom.

Conversamos sobre a minha situação, como estou me sentindo, se estou conseguindo trabalhar ou não. E eu sei que deve ser algum tipo de pecado capital mentir para a própria psicóloga, mas não consigo me forçar a falar sobre o que estou sentindo por Daniel, sobre o que aconteceu ontem, sobre o meu bloqueio sexual. Em vez disso, conto sobre o AVC da minha mãe e que estou conseguindo escrever, e ela parece surpresa de uma forma positiva.

Quando estamos quase terminando, a psicóloga pergunta:

— E como está sendo com o roteirista?

Forço um sorriso.

— Ótimo. Ele é legal. No começo me irritou bastante, achei que seria mais do mesmo, igual aos outros, mas agora... estamos conseguindo nos entender.

Flashes da boca dele no meu pescoço fazem com que eu me ajeite na cadeira.

Minha psicóloga sorri.

— Que bom. Fico feliz que esteja dando certo com ele. Coisas boas acontecem quando a gente se abre para o desconhecido, não é?

Lembro dos dedos dele por baixo do meu sutiã, das minhas pernas se abrindo embaixo dele.

— É, é, com certeza... — Limpo a garganta. — Ele é muito bom.

A língua dele na minha. A ereção dele pressionando o meu quadril.

— Muito bom roteirista — acrescento rapidamente.

Depois que desligamos, perambulo pela casa por alguns minutos, como um fantasma que não sabe que morreu. Decido cozinhar um pouco para me distrair, e, ao abrir a geladeira, meu celular vibra. Pego para ver e um número desconhecido brilha na tela. Atendo, crente de que vai ser alguma propaganda chata.

— Alô?

— Bom dia, aqui é da portaria, estou com entrega do iFood.

— Eu não pedi nada. — Estranho.

— Só um minutinho. — O segurança conversa com alguém e retorna instantes depois. — O pedido foi feito pelo Daniel.

— Ah... Pode liberar, então.

Estou confusa. Daniel pediu comida e esqueceu de mudar o endereço no aplicativo?

Saio para receber o motoboy e ele me entrega a embalagem de um restaurante que eu não conheço, mas que parece ser de comida italiana.

Agradeço e entro. Abro a sacola e um pedaço de papel cai no chão. Pego para ler.

Comida para alimentar o cérebro. Não é porque eu não estou aí que você não precisa escrever. O seu livro está te esperando. – Daniel

Sorrio para o papel e a solidão vai embora, contrariada, dando chutes em pedrinhas.

Mesmo distante, Daniel ainda consegue estar presente. Mais que isso, ainda consegue me irritar.

Apesar do que aconteceu na noite passada, talvez o que se quebrou entre nós ainda tenha conserto.

Pego o celular e mando uma mensagem pelo WhatsApp.

Eu: Obrigada pelo almoço.

Ele responde em segundos.

Daniel: Escrever mensagem não conta como escrever.
Eu: E fazer palavras cruzadas?
Daniel: Também não.
Eu: Lista de compras?
Daniel: Não.
Eu: Então vou escrever aquela cena do filme, dos dois no bar do hotel, que você vetou.
Daniel: Mudei de ideia. Pode passar o dia jogando Candy Crush.
Eu: Agora o monstro já saiu da jaula.
Daniel: Deus tenha piedade de nós.

Almoço feliz e, quando termino, pego o meu notebook e me sento na espreguiçadeira. Meus cachorros me rodeiam e o vento gelado bagunça o meu cabelo.

E, pelo resto da tarde, eu escrevo.

25.

> O desafio não é pensar no que gostaríamos de mudar no nosso passado. Mas refletir sobre o que podemos mudar no nosso presente.
> — *O homem do futuro*, roteiro por Cláudio Torres

NA QUINTA-FEIRA, TUDO SE REPETE.
Hospital pela manhã, Mentos — agora colorido —, silêncio maternal e escrita durante a tarde.

Daniel não dá mais notícias, mas também não volta para casa. Quando anoitece, já começo a me sentir inquieta e decido mandar uma mensagem. Não quero que ele pense que estou cobrando algo ou, Deus me livre, sentindo a sua falta, então decido ser engraçadinha.

Eu: Passei o dia sem comer, o motoboy de hoje se perdeu?

Daniel fica online, mas logo desaparece. Não responde na mesma hora, como de costume, e eu fico desbloqueando e bloqueando o celular, como se isso fosse fazer ele sentir a minha angústia a quilômetros de distância e tomar uma atitude.

Me sinto uma adolescente passando pela primeira experiência de ghosting. É desesperador, mas não consigo deixar de me sentir rejeitada.

Quando percebo que a ansiedade está tomando conta, deixo o celular em cima do balcão da cozinha e vou passear com os cachorros.

Na volta, vejo que tem uma resposta me esperando.

Daniel: Oi, tive mais uma reunião na produtora. Amanhã te conto tudo.

Nenhuma piadinha.

Sinto uma tensão estranha, tentando ler as entrelinhas, decodificar a mensagem que não foi escrita, mas me forço a abstrair. Faço um balde de pipoca e coloco uma série que já vi um milhão de vezes, e acabo adormecendo no sofá.

No meio da noite, acordo com Capitu lambendo o sal dos meus dedos. Levanto, um pouco grogue, e vou para o quarto.

Acordo cansada, como se tivesse tido uma noite agitada, mas não me lembro do que sonhei. Tomo um banho quente, tentando me aquecer do frio, que parece ter piorado.

Quando chego na sala, encontro Daniel no seu lugar de sempre. A visão me preenche de uma calma que eu não sentia desde que ele foi embora, mas dura pouco, porque ele tem uma expressão de descontentamento no rosto.

— Bom dia — digo, testando o clima.

— Dia — ele responde, terminando de ler algo no notebook, a ruguinha de concentração na sua melhor forma. Então termina e se vira para mim, o rosto se suavizando. — Desculpa pelo sumiço.

— Tudo bem, terminei de escrever uma escaleta paralela, agora vamos ter que brigar até a morte para saber qual será a vencedora — brinco, e Daniel sorri, mas é um sorriso tenso, forçado. Decido ir direto ao ponto. — Aconteceu alguma coisa?

— Alguma coisa, sim. — Ele suspira, e pela primeira vez vejo que tem, de fato, trinta e cinco anos. As olheiras ajudam. — O diretor começou a ler a escaleta, ele tem algumas... ideias.

— Ideias ruins ou...?

— Ideias que mexem bastante na estrutura, ideias que não tem como ignorar. Nada absurdo — ele acrescenta quando vê a minha expressão de pânico —, mas vou precisar entregar uma versão a mais da escaleta.

Daniel suspira, contrariado. Vou até ele e me sento na cadeira ao seu lado. Quero segurar a sua mão, mas não sei se é prudente, então permaneço imóvel.

— Não entendo qual é a dificuldade de me deixar trabalhar em paz — ele desabafa, cansado, pressionando a ponte do nariz. — Eles parecem achar que eu não sei o que estou fazendo. Preciso aprovar cada porra de frase que eu escrevo. Agora tenho que entregar mais material, com o mesmo prazo. Eles querem mais tudo, só não querem me dar mais tempo. Depois fica uma merda, porque é muito volume de escrita pra entregar em pouco tempo, e muitas mudanças repentinas e estruturais, e a culpa nunca é deles. Você já viu resenhas de filmes que deram certo? É sempre o diretor. Os atores. A trilha. Os efeitos. Quando dá errado?

— É culpa do roteiro — concordo com a cabeça.

Daniel tira os óculos e os coloca em cima da mesa. A armação deixa marquinhas no nariz, e esse detalhe me faz ter vontade de abraçá-lo. De dizer que vai dar tudo certo.

— Mas eles não estão curtindo? — A síndrome de impostora assume a minha personalidade, e eu não quero infectar Daniel, mas a pergunta soa tão insegura que ele corre para se explicar:

— Não é isso. O canal gostou, mas temos que entrar em pré-produção em setembro, e agora todo mundo começa a querer dar opinião, porque a água tá batendo na bunda. Arquiteto de obra pronta, sabe? — Ele faz um discurso de quem já viveu isso outras vezes. — Se tudo corresse conforme o cronograma, que já era apertado, eu entregaria a V2 na sexta-feira que vem e a VFinal na outra quinta, com calma. Só que agora, com essas mudanças, tem mais uma versão no meio do caminho e eu...

Daniel suspira, se interrompendo.

— Foi mal, você não tem culpa nenhuma, eu só estou frustrado.

— Não precisa pedir desculpa. Eu tô aqui pra isso.

— Pra ser minha psicóloga? — ele pergunta, sem conter um sorriso.

— Pra ouvir suas reclamações. Tá no contrato, adicional de insalubridade — brinco.

Daniel fica em silêncio, olhando pela janela, para as árvores que balançam do lado de fora.

— Às vezes parece que eu sou um redator. — Ele enfim me olha, sentido. — Que eu sou pago pra digitar as ideias de merda deles, não pra escrever um filme que faça sentido, não pra contar a história que eu quero contar.

— Mas o que a gente faria se não isso? Não sei você, mas a única coisa que eu sei fazer é escrever. — Tento consolá-lo, mas sinto que só pioro a situação.

O que eu posso dizer? Que a literatura é perfeita porque sou livre para escrever o que quiser? Se ele visse a minha conta bancária, nenhum argumento seria bom o suficiente.

— Será que ainda dá tempo de mudar de carreira? — Ele olha para mim, um pouco do brilho brincalhão voltando para o rosto. — Eu sempre quis abrir uma pousada em um lugar afastado.

— Quem nunca quis abrir uma pousada em um lugar afastado? Com uma livraria que também vende café e velas?

— Isso. E vinte e sete cachorros. — Daniel fecha os olhos, imaginando por um instante.

Em seguida, acorda do próprio sonho.

— Enfim, agora a gente precisa correr. Em agosto preciso começar a abrir o roteiro. — Ele coloca os óculos novamente, como se o momento do faz de conta tivesse acabado.

— A gente não pode só ignorar e seguir como estávamos fazendo? — Me sinto aflita por ele. — Se o canal gostou...

— Não sei como te explicar a delicada hierarquia do audiovisual sem parecer muito amargo. — Ele se apoia na cadeira. — Mas, em resumo, eles querem mais é que o roteirista se foda. Ou segue o que foi pedido, ou tem mais uns quinhentos precisando de emprego.

— Isso é ridículo. Essa é a parte mais importante do processo. O que eles teriam pra filmar sem um roteiro? — Tenho plena consciência de que estou parecendo muito ingênua, mas é mais forte do que eu.

— Tenho a sensação de que eles nunca se fizeram essa pergunta. — Ele tenta fazer graça, mas não parece estar se divertindo muito.

— Então a gente...

— Tem muito trabalho pela frente. — Daniel me olha, e eu sustento.

Ele sorri, e é um sorriso triste. De alguém que já entendeu que se envolver comigo vai ser um problema profissional e emocional, e que isso é tudo o que ele menos precisa agora.

Gostaria de ter energia para negar, mas não tenho. Não sei como me defender daquilo em que não acredito. Não sei como insistir naquilo que, racionalmente, sei que não tem como dar certo.

Se pelo menos as coisas fossem fáceis... Mas eu sou uma viúva de vinte e nove anos que surtou na primeira vez que tentou transar, e ele é um divorciado de trinta e cinco que não é obrigado a lidar com as crises da mulher com quem só queria ter um pouco de distração carnal.

Daniel percebe que eu não vou ter coragem de falar nada, e sua respiração fica um pouco pesada antes de deixar a pergunta no ar.

— Sobre terça...

Meu coração acelera.

— Sobre terça...

Por cima da mesa, ele segura a minha mão. A dele é quente, macia, e ele passa o dedão lentamente pelas costas da minha. É um gesto pequeno, mas de tanta intimidade que a minha respiração até falha.

— Eu passei dos limites, me desculpa — ele diz, sem tirar os olhos de mim. — Não sei o que eu estava pensando, eu só...

— Não se preocupa, não passou de limite nenhum — eu o interrompo, sentindo o sangue correr pelo corpo, acelerado. — Eu queria. Eu... *quero* — consigo me forçar a dizer; não é tudo o que eu gostaria de falar, mas é um começo. — Só não sei como.

É difícil ser honesta, mas, ao mesmo tempo, sinto que devo isso a ele.

O que eu digo parece surtir efeito. Há um brilho diferente nos olhos de Daniel, como se ele quisesse ouvir essas palavras desde que nos beijamos, mas não tivesse ideia do que fazer com a informação.

O que sai da sua boca em seguida, porém, é o completo oposto do que ele parece ter em mente.

— A gente não pode se colocar nessa situação de novo.

Eu entendo que ele está tentando ser racional. Tentando nos guiar de volta ao que viemos fazer aqui. Tentando nos fazer deixar qualquer sentimento e emoção de lado em prol de algo maior, porque a pressão acabou de triplicar para o nosso lado.

Mas entender não significa que seja menos difícil de ouvir.

— Não. — Concordo com a cabeça, tentando engolir a decepção, que desce amarga e densa.

— Temos muita coisa pra entregar, muita gente pra agradar. E eu... — Ele se interrompe.

Não peço que ele continue, mas acho que o meu olhar transmite a mensagem, porque ele respira fundo e dispara:

— No começo, achei que você fosse ser uma distração. E você é, mas não quando estamos trabalhando. — Seus olhos recaem sobre a minha boca; dura alguns milésimos de segundo, mas é o suficiente para me incendiar por dentro. — Eu não quero transformar a nossa dinâmica em um problema. Por mais que eu odeie admitir isso, nós trabalhamos bem juntos.

— Não era você que trabalhava melhor sozinho? — provoco, mesmo que essa conversa esteja me causando dores físicas.

— Parece que não mais — ele responde e sorri, mas é um sorriso triste.

E a parte racional de mim concorda plenamente, não podemos nos colocar em situação parecida de novo, mas a parte emocional não quer que ele seja tão prático. Na verdade, ela quer que ele diga "Foda-se esse filme, eu quero você", me prenda contra a parede e murmure no meu ouvido: "Agora a gente vai terminar o que começou".

Mas não dá pra viver como se o nosso mês juntos fosse um livro. É trabalho e vida real, e a vida real tem a irritante tendência de ser decepcionante.

— Então estamos bem? — Daniel para de acariciar a minha mão, como um lembrete de que o nosso relacionamento precisa ser estritamente profissional.

— Sim. — Concordo com a cabeça e recolho o braço, sentindo um vazio, como um membro fantasma. Meu coração está partido, mas sei que fui eu quem causei isso. — Você tem razão. É melhor a gente se concentrar no que viemos fazer aqui.

Ele concorda e se levanta.

— Vou passar outro café. Podemos trabalhar separados hoje? Preciso organizar algumas coisas.

— Claro. Eu ainda tenho que voltar pro hospital.

Daniel vai até a cozinha.

E eu fico onde estou.

Parece que essa é a minha sina: permanecer onde estou. Nunca sair do lugar.

26.

> Ser feliz é uma responsabilidade muito
> grande. Pouca gente tem coragem.
> — *Um sopro de vida*, escrito por Clarice Lispector

DEIXO DANIEL TRABALHANDO E volto para o hospital, munida de Mentos colorido e um humor péssimo.

Minha mãe parece melhor, mas ainda não fala muito. Tento me convencer de que é melhor assim, de que todas as nossas conversas no passado se transformaram em brigas, e eu não quero estressá-la, não quando ela está doente. Mas, no fundo, gostaria que fosse diferente.

Talvez por isso eu tenha me tornado escritora: para mudar o rumo dos acontecimentos na ficção, já que não posso fazer isso na vida real.

Quando o horário de visita acaba, saio para almoçar e decido trabalhar um pouco fora de casa. Avancei bastante no livro nos últimos dias, mas sinto que estar no mesmo ambiente que Daniel vai impedir que esse avanço continue. Ele é uma distração muito grande. Tudo em relação a ele me atrai e me tira do eixo na mesma medida.

Vou até uma cafeteria nova na cidade, pego uma mesa de canto, peço um café com leite e abro o notebook. Trabalho por algumas horas ininterruptas, mergulhada no livro novo, uma história trágica e cômica sobre luto e segundas chances.

Pela primeira vez, não escrevi um roteiro, um guia que vai me levar até um final arrebatador. A história já é arrebatadora o suficiente, pelo menos para mim. Estou me deixando levar. É aterrorizante. É libertador. Mudo de uma escritora arquiteta para uma escritora jardineira. Nunca pensei que fosse possível.

Uma das perguntas que mais recebo é se meus livros possuem semelhanças com a minha vida. E sempre respondo prontamente que não, que é pura ficção, mas, no meu íntimo, sei que é mentira. Sei que é impossível. Sempre colocamos algo de nós mesmos nos livros que escrevemos. Mesmo os mais absurdos, mesmo as histórias mais malucas. Personagens vão agir como agiríamos em situações de estresse, romances vão acontecer como gostaríamos que acontecessem com a gente, pensamentos de tristeza e dor são cópias do que sentimos quando estamos passando pelo mesmo. O livro pode ser sobre uma fada que precisa reconquistar seu trono usurpado por orcs, mas, quando ela estiver triste, vai replicar o que o autor sente quando está triste. Quando ela estiver em dúvida, essas dúvidas já passaram pela cabeça de quem está escrevendo. É difícil separar. É o que torna uma história identificável. É o que nos conecta à literatura. É o que o ChatGPT nunca vai conseguir mimetizar.

Mas existe, sim, diferença entre um livro que não tem nada a ver com o nosso momento e um livro que serve mais ou menos como uma válvula de escape. Meu novo romance é do segundo tipo. E é difícil, doloroso, escrever sobre o que estou passando. Colocar em palavras todos os pensamentos, mesmo os mais sombrios. Admitir todas as dúvidas que passaram pela minha cabeça desde a morte de Henrique, todas as vezes que pensei que seria mais fácil apenas… desistir. Deixar de existir. Me entregar à dor, ser engolida por ela, em vez de só buscar maneiras de não sentir nada.

Mas, ao mesmo tempo em que é difícil, é terapêutico. Escrever meus sentimentos faz com que eles não sejam mais etéreos. São palavras, ideias concretas, que, aos poucos, não me assustam mais. Aos poucos, deixam de me consumir.

Quando percebo, está escuro do lado de fora, e as minhas costas doem pela posição desconfortável na qual passei as últimas horas. Recolho minhas coisas e volto para casa.

"Casa." Ou algo do tipo.

No trajeto de volta, percebo como estou cansada mentalmente, o pior tipo de cansaço que existe. É sexta-feira, mas não parece. Parece segunda de manhã, ou, pior, as últimas horas do domingo.

Sei que eu e Daniel temos muito trabalho pela frente, mas sinto que a maior energia que vamos gastar não vai ser escrevendo — vai ser fingindo que não existe nada entre nós. Fingindo que o ímã que nos puxa um para o outro despolarizou.

O Uber me deixa na entrada de casa, e percebo um carro desconhecido parado no meio-fio; dentro dele, um homem está sentado no banco do motorista, mexendo no celular, entediado. Se ele repara em mim, não demonstra.

Entro, curiosa, e encontro uma mulher conversando com Daniel, segurando um cachorrinho no colo. O cachorrinho *dele*. Sei porque é o vira-lata caramelo mais fofinho da face da Terra. Eu nunca esqueceria os seus olhinhos de sapeca.

Parece uma situação tensa, uma conversa ríspida, mas eles me ouvem entrando e param de falar.

— Verônica — Daniel diz, e já faz quase um mês, mas ainda não me acostumei a ouvir o meu nome saindo da sua boca. — Essa é a Yasmin. Veio me trazer o Fausto Silva.

Yasmin, a ex, revira os olhos discretamente, e eu preciso segurar a risada.

— Desculpa por isso, eu não sabia que tinha mais cachorros na casa. — A ex-mulher de Daniel se vira para mim; ela é bonita, tem o cabelo preto bem cacheado e olhos verdes penetrantes.

Consigo entender por que ele se apaixonou. Ela tem algum tipo de magnetismo inexplicável, uma aura de mistério. Em outros momentos da vida, eu teria sido uma marmita feliz.

— Eles são bonzinhos — explico e percebo que os meus cinco cachorros estão presos do lado de fora, sentadinhos, observando a situação pelo vidro da porta-balcão e abanando o rabinho para Thor. Ou Fausto Silva, vai saber como ele prefere ser chamado. — Quer testar? Eles vão se dar bem.

— Ah, pode ser, só pra eu ficar mais tranquila.

Abro a porta e eles entram, saltitando, pulando nas pernas de Yasmin para que ela liberte o refém.

Peço que se sentem e eles obedecem. Receosa, Yasmin coloca Fausto Silva (ou Thor) no chão, e eles passam alguns segundos cheirando o cu um do outro. Depois de um tempo começam a correr e a rolar no chão, entre mordidinhas e lambidas, e Yasmin parece ficar tensa.

— Calma, é normal. — Eu a tranquilizo. — Você nunca teve mais de um cachorro?

— Eu nunca tive cachorro, ele é o primeiro — ela admite, como uma mãe insegura de primeira viagem, e se vira para mim. — Desculpa mesmo, é que nós precisamos viajar e não dava pra levar ele...

"Nós." Percebo que Daniel está olhando para todos os lugares, menos para a janela da frente, que revela o homem entediado dentro do carro.

— Não tem problema. Ele vai ficar bem aqui. Eu amo cachorro, pode ficar tranquila. O problema vai ser eu te devolver ele quando você voltar. — Tento fazer graça, mas ela parece ansiosa demais para retribuir com um sorriso.

— Obrigada — ela diz, com os lábios um pouco crispados. Depois se vira para Daniel. — Ele pode ficar, então?

— Pode, Yasmin. — O tom de voz de Daniel é contido, quase cansado; ele parece usar outra voz com ela. Uma que carrega um milhão de sentimentos e mágoas. — Um mês seu, um mês meu, é o combinado.

— Obrigada — ela repete, mas já não parece tão grata assim. — Então... eu vou...

Daniel assente com a cabeça.

Yasmin se vira para mim, e, discretamente, me analisa. Sei que não estou no meu melhor momento. Cabelo preso, olheiras, camiseta amassada, cheiro de hospital. Mas sua expressão se suaviza.

— Obrigada por cuidar dele.

E eu não sei dizer se ela está falando apenas do cachorro.

Yasmin faz um último carinho em Fausto Silva (ou Thor) e desaparece pela porta, o barulho do salto alto diminuindo à medida que ela se afasta.

Ficamos em silêncio por alguns segundos, ouvindo o carro dar partida do lado de fora, ouvindo os cachorros correrem para lá e para cá no chão, as unhas fazendo *tec, tec, tec* no piso de madeira.

Daniel é o primeiro a falar.

— Desculpa por isso.

— Eu que tenho que pedir desculpa. — Pego Fausto Silva (ou Thor) do chão e enfio a cara no seu pelo cheiroso. — Quando eu sequestrar esse aqui.

Daniel ri. Percebo que ele está me observando cheirar o seu cachorro, mas não arrisco olhar para o lado.

Coloco Fausto Silva (ou Thor) no chão, e ele volta a brincar com os meus cachorros; há uma cheiração excessiva de cus entre ele e Capitu. Sinto um clima no ar. Olhos de cigana, oblíqua e dissimulada.

— Conseguiu escrever? — pergunto, ainda observando a interação dos cachorros.

— Consegui. — Daniel permanece um pouco distante. — E você?

— Também. — Concordo com a cabeça.

Parece que, agora que colocamos um limite invisível entre nós, perdemos a capacidade de nos comunicar direito.

É triste. Mas, infelizmente, é melhor assim.

Daniel encara Fausto Silva (ou Thor) por alguns instantes. Depois, me olha. Eu correspondo. Ficamos em silêncio, a corrente elétrica nos rodeando.

De repente, ele dispara:

— Vou correr.

— Beleza. Eu vou... — Aponto para lugar nenhum.

— Beleza. — Daniel concorda com o nada.

E sai de casa. De calça jeans. Sem casaco.

Frustrada, me sento no sofá, e Fausto Silva (ou Thor) sobe no meu colo.

Pelo menos *alguém* quer a minha companhia.

27.

> A melhor maneira de esquecer uma mulher
> é transformá-la em literatura.
> — *500 dias com ela*, roteiro por Marc Webb,
> Michael H. Weber e Scott Neustadter

É SÁBADO, E ISSO significa que não preciso ir ao hospital.

Significa também que estou sozinha com Daniel em casa.

Depois de um café da manhã silencioso, ele explica que está mexendo nas mudanças pedidas pelo diretor e prefere que eu leia depois — provavelmente querendo evitar mais uma discussão acalorada que termina em beijo.

Não discordo nem discuto. Não estou com energia para entrar em embates homéricos sobre o menor dos detalhes. Em vez disso, assumimos nossos lugares de sempre. Ele na mesa, eu na espreguiçadeira.

É o começo da nossa terceira semana juntos, e já temos um "lugar de sempre". Isso só demonstra como estamos velhos. Isso só demonstra como encontramos harmonia em uma situação desconfortável.

Não trocamos mais do que meia dúzia de palavras a manhã inteira. Ao contrário do início do nosso processo juntos, não é constrangedor ficar em silêncio. É só... tranquilo. Digitamos, compenetrados, acostumados a contar a história de terceiros e postergar a nossa.

Conforme vamos nos aproximando da hora do almoço, porém, começo a me sentir inquieta. Depois de algum tempo, não consigo escrever uma linha sequer sem apagar tudo, frustrada.

Arrisco um olhar para Daniel, que encara a tela do notebook com os braços cruzados.

Aparentemente, estamos na mesma.

Suspiro uma, duas vezes. Na terceira, Daniel suspira também. Eu suspiro em seguida. Ele suspira mais alto.

Nós nos olhamos.

Ele sorri, diabólico. Eu nego com a cabeça.

— Bloqueio? — pergunto.

— Estou pensando naquela pousada no meio do nada — ele admite.

— Vamos almoçar antes que a gente se inscreva em um concurso? — sugiro.

— Vamos. — Daniel parece ter uma ideia e fecha o notebook com um estalo. — O restaurante onde eles brigam. Existe?

— Tá querendo brigar? Podemos fazer aqui mesmo. Somos bons nisso — brinco.

Percebo o que fiz. Percebo os flertes disfarçados de piada se infiltrando na nossa nova dinâmica, estritamente profissional.

— Existe — acrescento em seguida, tentando voltar à harmonia burocrática.

— Tô querendo olhar pra qualquer outra coisa que não esse notebook. E aquela rachadura. — Ele aponta para uma rachadura perto da lareira.

— É meio caro.

— A gente usa o cartão da produtora. — Ele dá de ombros.

Não é prudente sairmos juntos para comer, principalmente em um restaurante romântico.

Mas também não é prudente continuar trabalhando com fome.

Meia hora depois, estamos no Inês, um restaurante italiano antigo da cidade. É lindo, arborizado, com a árvore Inês no centro do pátio, a estrela do show. Cobertores felpudos forram as cadeiras e aquecedores de ambiente cintilam, como se a temperatura fosse cair a zero em um país tropical, abençoado por Deus e bonito por natureza, mas que beleza.

Só vim a este restaurante uma vez na vida, comemorar o aniversário da minha mãe.

Naquele dia, meus pais brigaram porque ela não tocou na comida, e a conta sairia cara demais para que a sua lasanha não fosse apreciada. Depois, voltamos para casa e ficamos em silêncio pelo resto do domingo, um silêncio opressor, que ecoava pelas paredes, vibrava no assoalho. Quando eles finalmente foram dormir, Vinícius entrou sorrateiro no meu quarto, e passamos o restante da noite jogando Stop.

É uma lembrança agridoce. Um retrato da minha família.

— Por que esse restaurante? — Daniel começa com o interrogatório, ecos dos nossos primeiros dias juntos, quando ainda não existiam tantas complicações entre nós.

— Não sei — minto. — É um bom cenário para uma briga, você não acha?

Ele olha em volta. O ambiente é acolhedor, romântico, muito verde. Casais conversam baixinho, famílias contam piadas, crianças sujam o rosto com molho vermelho.

Faz frio, o tipo de frio que dá vontade de ficar pertinho, dividir uma conchinha ou um financiamento imobiliário.

— Ah, sim, tenho vontade de socar a parede toda vez que vejo um — Daniel lê algo no cardápio — talharim alla carbonara.

— Existe algo muito violento numa lasanha de quatro queijos — concordo.

Daniel esconde a risada no menu físico.

Faço o mesmo.

O garçom se aproxima.

— Prontos pra pedir? — Ele coloca uma cesta de pães na mesa.

— Quero o talharim alla carbonara, por favor — peço, abaixando o cardápio e olhando para Daniel.

— E eu, a lasanha de quatro queijos — ele responde, sem tirar os olhos de mim.

— Ótimas escolhas — o garçom diz, educado. — Vinho para acompanhar?

Daniel me olha, ainda por cima do menu, perguntando silenciosamente se seria uma boa ideia.

— Pode ser — concordo com a cabeça.

Quando o homem se afasta, Daniel se recosta na cadeira, os olhos castanhos observando tudo, atento, curioso. Lembro da primeira vez que o vi na produtora, descontraído, prepotente, arrogante. Lembro como o detestei logo de cara.

Como eu estava errada.

— Então, a sua ex... — falo a primeira coisa que passa pela minha cabeça e que não envolva como ele está bonito hoje.

— Uau. — Daniel estala a língua no céu da boca. — Você realmente quer brigar.

— Você saiu pra correr de calça jeans ontem, não deu nem tempo de conversar — provoco.

Ele suspira, tentando esconder um sorriso.

— Ela me mandou mensagem ontem à tarde avisando que estava a caminho, eu não queria te incomodar com isso no hospital — ele conta. — Estão indo para os Estados Unidos. O *namorado* tem um treinamento da empresa e resolveu levá-la junto de última hora. Em Orlando. Existe lugar no mundo mais deprimente que Orlando?

O "namorado". Dou risada da forma como ele diz a palavra.

— O quê? — Daniel pergunta.

— Não diria que você é do tipo ciumento.

— Não sou. — Ele toma um gole da água que o garçom deixou na mesa antes de continuar. — Sou do tipo rancoroso.

— Por que rancor? Pensei que tivesse sido um término amigável.

Começo a espalhar manteiga em um pedaço de pão, querendo passar a impressão de que essa é uma conversa casual, mesmo que saber os detalhes do seu antigo relacionamento seja, ao mesmo tempo, intrigante e horrível.

Fico feliz que estamos conseguindo conversar de novo.

Fico triste que esse seja o tópico, mesmo que tenha sido eu a entrar nele.

Daniel suspira, resignado.

— Foi e não foi. Eu queria tentar mais. Ela desistiu antes de me dar uma chance de melhorar.

— Quais eram as queixas? — Enfio um pedaço de pão na boca.

— Eu trabalho demais. Sou emocionalmente distante. Não gostava da mãe dela. Roncava à noite.

— Estranho, acho todas essas coisas qualidades — digo depois que termino de mastigar e engolir. — Menos o ronco. Aí não tem como te defender.

— Eu tentava explicar que era o Fausto Silva, mas ela não acreditava. E lá está ele.

O sorrisinho.

Estamos flertando. Sabemos disso. E precisamos parar.

Por sorte, o garçom retorna com as nossas taças de vinho, o que me permite olhar para outro lugar que não a boca de Daniel.

Infelizmente, eu quero saber mais. Muito mais. Quero saber tudo sobre ele. Quero que ele me conte sobre a pequena cicatriz que tem no lábio superior. Quero que ele me conte o que pensou na primeira vez que me viu.

Mas sei que estamos em terreno perigoso, e pretendo honrar a minha palavra. *A gente não pode se colocar nessa situação de novo.*

— E aí? — Olho em volta. — Dá pra escrever uma briga aqui?

Daniel me olha. E sorri. Ele quer dizer algo, mas sei que não vai dizer. Sei que ele está pensando o mesmo. Sei que é um homem de palavra. *A gente não pode se colocar nessa situação de novo.*

— Vai depender da comida — é o que ele diz.

— É horrível. Você vai ver. — Sorrio.

A comida chega. É maravilhosa.

Conversamos sobre a cena da briga. Conversamos sobre os pedidos do diretor. Conversamos sobre o final do filme, sobre as motivações dos personagens, sobre os cenários. Conversamos sobre tudo.

Menos sobre o que realmente queremos conversar.

É melhor assim.

28.

> O correr da vida embrulha tudo, a vida é assim:
> esquenta e esfria, aperta e daí afrouxa, sossega e depois
> desinquieta. O que ela quer da gente é coragem.
> — *Grande sertão: veredas*, escrito por Guimarães Rosa

QUANDO VOLTAMOS PARA CASA, recomeçamos a escrever.

Daniel parece ter se inspirado muito com a mudança de cenário, digitando sem parar, quase sem respirar.

Eu, por outro lado, despejo no papel uma cena romântica, um casal se conhecendo, sem nenhuma história por trás, sem amarras, sem bagagem. Duas pessoas se apaixonando porque sim, porque elas podem. Porque não tem nada que as impeça.

À noite, ele sai para correr. Eu ligo para Gio e conversamos sobre a minha mãe, depois sobre o andamento do filme; não conto a ela do livro novo, não quero dar falsas esperanças. Ela pergunta como estão as coisas com Daniel. Digo que estão boas. Ela não insiste. Não conto a verdade.

No domingo pela manhã, Daniel me envia a nova versão da escaleta. Ele conseguiu mexer na estrutura levando em consideração os pontos trazidos pelo diretor, sem perder tudo aquilo que consideramos essencial.

Conforme leio, percebo que confio nele. Confio plenamente nele e na sua visão. Ele entende o livro. Compreende os personagens de forma profunda, como nenhum outro roteirista chegou perto de compreender — às vezes, sinto que captou nuances do meu subconsciente que nem eu mesma havia percebido. Sei que posso deixá-lo trabalhar em paz. Sei que ele vai honrar a sua promessa de fazer o melhor filme possível. Sei que ele é extremamente bom no que faz.

Quero dizer tudo isso. Quero contar que entreguei a ele o meu coração — o livro — e que sei que ele vai fazer jus à tarefa de não o quebrar.

— Tá muito bom. — É o mais próximo que chego disso, levantando os olhos do notebook para encontrar os dele, que recebem a minha aprovação com alívio.

Voltamos ao trabalho, focados, compenetrados, porque é a única coisa que podemos fazer dentro desta casa que não nos remeta a algo a mais. Porque a distância ajuda, física e emocional. Nossa cabeça e nosso coração estão no trabalho.

Começa a chover no meio da tarde, e não para mais. A chuva sempre me inspirou. Por algumas horas, esqueço do mundo e escrevo.

À noite, depois que cada um já foi para o próprio quarto, penso em convidar Daniel para assistir a um filme. Passo na frente do seu quarto, já de pijama, e a porta dele está entreaberta. Ele está deitado na cama de calça de moletom e camiseta, com o cabelo molhado do banho. Lê no Kindle, compenetrado, com Fausto Silva (ou Thor) ao lado, a cabecinha apoiada no colo.

Desisto da ideia.

É perigoso. Tudo entre nós é perigoso. Tudo que ultrapasse a barreira da escrita é perigoso.

Vou dormir embalada pela chuva, que não para.

Quando acordo, de manhã, vejo que recebi algumas mensagens de Vinícius. Minha mãe foi transferida para o quarto. Ele diz que está lá com Paula e me pede para ir encontrá-los.

Fico aliviada. Mais aliviada do que pensei que ficaria. Não sei se isso faz de mim uma má pessoa.

Me arrumo para ir ao hospital e encontro Daniel vendo TV na sala. O programa da Ana Maria Braga. Ele olha para a frente, roendo a unha do dedão, mas nem parece estar ali.

— Tá tudo bem? — pergunto, cautelosa.

Ele se vira, como se acordasse de um transe.

— Entreguei a escaleta. Tô achando tudo uma merda. Até receber uma resposta positiva deles, a minha vida não tem sentido. — Daniel aponta para a TV, tentando provar o seu ponto.

— Quer dar um rolê no hospital? — sugiro.

— Quero. — Ele se levanta. — Desesperadamente.

Quando chegamos ao hospital, Daniel diz que vai tomar um café — não quer se intrometer, só veio para se distrair.

Concordo com o posicionamento; se fosse eu, não iria gostar de ter que fazer sala para um desconhecido depois de sofrer um AVC.

Quando entro no quarto, percebo como ele é um respiro de alívio comparado ao ambiente da UTI. Privado, espaçoso, um lembrete de que o pior já passou.

Minha mãe está deitada enquanto uma enfermeira troca uma das bolsas de soro. Meu pai está sentado no sofá de canto, mexendo no celular, e Vinícius e Paula estão próximos da cama, de pé.

— Vê! — Paula exclama e me abraça.

Lembro da nossa última interação. De como fui dura com ela. Me arrependo ao sentir o seu abraço acolhedor. No fim das contas, ela estava certa. Existe algo entre Daniel e eu. Mas, se fosse fácil admitir os próprios erros, não teríamos guerras e destruição.

— Cadê os meninos? — Olho em volta.

— Com os meus pais.

— Eu falei pra trazer — minha mãe resmunga.

— Eu trago quando você estiver melhor. — Paula segura a mão dela.

— Estou com saudade deles — ela diz com dificuldade. — Já estou melhor.

— Você vai ficar melhor se fizer a fisioterapia direito. Como é que você vai segurar o Igor sem força? Ele tá ficando um tourinho — Vinícius diz, com preocupação e carinho.

— A fisioterapeuta não para de falar. — Minha mãe suspira.

— É uma chata — meu pai concorda, sem tirar os olhos do celular.

— E quem vocês não acham chato? — Vinícius brinca.

— O médico é ótimo. — Minha mãe dá de ombros.

— É muito bom — meu pai concorda novamente.

— Você tá falando isso porque ele é bonitão, dona Vera — Paula brinca, arrancando uma risadinha da minha mãe e um bufar do meu pai.

— Bonitão? Parece que foi atropelado — ele resmunga.

— Iiih, olha lá, tá com ciúme! — Paula provoca.

Eles continuam conversando e se provocando e, de alguma maneira, rindo no meio de uma situação tensa.

E eu observo a dinâmica entre eles. Da qual não faço mais parte há muito tempo. Me sinto uma criança esquecida na porta da escola. Uma adolescente que ninguém escolhe para o time de vôlei na aula de educação física.

Percebo que abri mão de muita coisa quando fui embora. Mas também me libertei de tantas outras. É um sentimento agridoce. Eu poderia ter ficado, aprendido a lidar, como Vinícius aprendeu, e talvez não me sentisse tão sozinha no mundo. Mas também poderia ter ficado e adoecido.

Não tem como saber. O que eu sei é que sou tão desconhecida para eles quanto Daniel, na lanchonete do hospital.

— E cadê aquele rapaz, Verônica? — meu pai pergunta de repente, e acho esquisito ser chamada para a conversa, como se não devesse nem estar aqui. Uma intrusa. — O *roteirista*.

A forma como ele fala a palavra me irrita, como se fosse uma profissão de mentirinha, como se nada que envolve a minha vida e as minhas escolhas pudesse ser levado a sério, mas respiro fundo antes de responder.

— Lá embaixo — digo com cautela. — Ele não quis subir. Disse pra eu ficar com a minha família.

Acho que todos percebem a ironia da minha fala, porque ficam quietos.

Paula, captando a tensão e piadista como sempre, se vira para a minha mãe.

— Ele sim é bonitão, dona Vera, parece um ator famoso — ela comenta.

— É, mas de que adianta? Ele não é meu médico — minha mãe responde, quase ingênua, e todos caem na risada, até meu pai.

Eu também sou contagiada.

Quando vejo, estamos rindo. Quando vejo, estamos conversando. Nada profundo. Nada íntimo. Nada que ultrapasse o superficial. Fofoca de vizinhos sobre conhecidos que morreram ou, pior ainda, têm filhos esquerdistas.

Controlo o impulso de bater boca e percebo que meus pais controlam o deles de criticar tudo a meu respeito.

Não sei se é pela mudança de ares, porque minha mãe passou por uma experiência de quase morte ou porque eles já se acostumaram com o meu retorno repentino, mas não é mais tão ruim estar aqui.

Em determinado momento, cruzo o olhar com o de Vinícius do outro lado do quarto. E ele sorri para mim. Dou de ombros: "É, você tem razão".

Eu tinha me esquecido desses momentos.

Esquecido que, às vezes, em meio a tanta decepção e dor e raiva, nós éramos felizes.

29.

Às vezes é mais fácil falar do que fazer.
— *Django livre*, roteiro por Quentin Tarantino

VINÍCIUS FICA COM A minha mãe, trabalhando do quarto. Eu vou embora com Paula, mas antes combino de retornar na quarta-feira. Meus pais não recusam a ajuda, mas também não agradecem. Agem como se eu não estivesse fazendo mais do que a minha obrigação.

Quando descemos para a lanchonete, olhamos pelo vidro da porta e vemos Daniel no canto do salão, tomando um café e mexendo no celular.

Começo a ir em sua direção quando Paula me impede, segurando a minha mão.

— Vê, sobre aquele dia lá em casa... — Eu paro onde estou. Ela não me solta, parece ansiosa. — Queria te pedir desculpa.

— Eu que preciso te pedir desculpa, não devia ter falado com você daquele jeito — respondo, me certificando de que estamos longe o suficiente para que Daniel não nos ouça. — Foi... um dia difícil.

— Eu sei, foi pra mim também. — Ela concorda com a cabeça. — E eu não devia ter me metido onde não fui chamada, ainda mais depois de tanto tempo sem te ver. Você sabe o que é melhor pra você.

Olho para Daniel, distraído; parece que ele está jogando Candy Crush, e eu acho, ao mesmo tempo, a coisa mais ridícula e mais adorável do mundo.

— Às vezes eu acho que não sei é de mais nada — comento.

— Ninguém sabe. — Ela abana o ar com a mão, "mas que ideia estúpida". — Eu olhos pros meus filhos e penso: *Meu Deus do céu, essas duas crianças dependem de mim, e eu sou uma idiota.*

Dou risada da sua honestidade crua.

Paula solta a minha mão, mas não me afasto.

— É difícil ser uma idiota — concordo.

— Uma idiota de luto deve ser pior ainda. — Ela nega com a cabeça.

— Ah, você não tem ideia... — Suspiro. — Na verdade, acho que tem sim.

Paula sorri. Em seguida, olha para Daniel.

— E ele trabalha com você, né? — Ela suspira. — Nada a ver.

Olho para ele. Lindo, fazendo a coisa mais besta que consigo pensar, o cabelo cobrindo os olhos que eu sei que são os mais intrigantes que já conheci.

— Nada a ver — concordo.

— Acho que eu preciso parar de ler aqueles romances da Amazon, tô meio pirada com esse negócio de amor e romance, mas é o que eu faço pra me distrair à noite, quando todo mundo tá dormindo. A gente esquece que o romantismo existe quando precisa limpar xixi e cocô de criança o dia inteiro, e acaba vivendo pela vida dos outros. — Ela dá de ombros, falando rápido, um desabafo que deve estar guardando há muito tempo, o tipo de coisa que costumava compartilhar apenas comigo. — Isso não é uma crítica ao seu irmão, ele é ótimo, é só... Enfim, isso não é sobre mim. O que eu quero dizer é que estou projetando sentimentos em você. A vida não precisa girar em torno de um relacionamento. Somos perfeitamente capazes de ser felizes sozinhas.

Sei que Paula está tentando ajudar, tentando remediar o que disse no nosso último encontro, e, se tivesse me dito isso na semana passada, eu responderia com um "Amém, irmã". Mas agora só parece... um consolo.

Eu não quero ser feliz sozinha. Já fui sozinha por muito tempo e encontrei amparo na solidão. Mas, depois que conheci Henrique, percebi como a felicidade se expande na companhia de alguém que a gente ama.

— Não que você vá ficar sozinha pra sempre — ela acrescenta rapidamente quando percebe a minha expressão —, não é isso que eu estou falando, eu...

— Paula — eu a interrompo. — Respira. Tá tudo bem.

Ela me obedece. Eu rio em seguida, negando com a cabeça.

— Acho que eu não sei mais como conversar com você. — A honestidade cortante reaparece, e eu sou muito grata por isso.

— Pode falar qualquer coisa. Pode ser honesta.

— E você também pode ser honesta comigo. — Ela pega a minha mão de novo. — O seu luto é o meu luto também.

É e não é. Paula perdeu o primo e melhor amigo. Eu perdi meu noivo. São lutos iguais na origem da dor, mas completamente diferentes na natureza dos relacionamentos.

Não posso ser honesta com ela, não como gostaria. Mas, ainda assim, sinto falta de ser.

Sinto falta da minha amiga.

Não da minha parceira de luto.

— Eu só não sei o que dizer — começo, tentando ao máximo ser sincera sem falar demais. — Eu queria poder afirmar que estou pronta pra seguir em frente, mas não sei se estou. Tenho quase certeza que não. E eu sei, já se passaram dois anos, mas às vezes... parece que foi ontem.

— Parece. — Paula concorda com a cabeça. — E eu não vou te pressionar mais. Só... não fica tanto tempo longe de novo.

— Não vou ficar. — Aperto a mão dela. — Prometo.

E, conforme falo, sei que não é uma promessa da boca para fora. Quero conviver com eles, quero ver meus sobrinhos crescerem, se tornarem adolescentes, testarem o meu irmão e a minha cunhada até eles se arrependerem de toda a rebeldia juvenil. Deus, quero até voltar a ver os meus pais, esporadicamente, em doses homeopáticas. Se vou conseguir? Não sei dizer. Mas eu quero. Muito.

Depois de dois anos, eu quero outras coisas além de ficar deitada na cama, esperando a morte chegar.

Paula olha pelo vidro e franze o cenho.

— Ele tá jogando Candy Crush?

— Aparentemente. — Olho também, rindo.

Entramos na lanchonete e, quando repara na gente, Daniel bloqueia correndo a tela do celular.

Troco um olhar muito significativo com Paula.

É bom ter minha amiga de volta.

30.

> Quem controla o passado, controla o futuro.
> Quem controla o presente, controla o passado.
> — *1984*, escrito por George Orwell

ESTOU LENDO POR CIMA do ombro de Daniel, roendo a unha do dedão. Ele está roendo a dele. É uma sincronia de ansiedade.

Quando chego ao final do e-mail, porém, respiro aliviada.

— Eles curtiram — digo, as palavras saindo junto com a respiração.

— Eles curtiram. — Daniel concorda com a cabeça. — Só mais duas versões.

— Só mais duas versões. — É minha vez de repetir.

Me sento na cadeira, repentinamente exausta.

Daniel apoia o peso do corpo na dele.

— Eu odeio escrever — admito.

— Eu também odeio. — Ele concorda com a cabeça. — Mas eu amo ter escrito.

— Ah, sim, é o melhor sentimento que existe.

Trocamos um sorriso.

É terça-feira. Temos pouco menos de duas semanas para terminar a escaleta e ter o filme aprovado. Depois, Daniel vai começar a escrever o roteiro.

Na terça-feira passada, ele me beijou e nós quase transamos.

Agora estamos aqui, aliviados com o feedback da produtora e do canal.

A vida melhorou. Minha mãe foi para o quarto. Pedi desculpa para Paula. E o plano está dando certo. Não nos colocamos em situações das quais não saberíamos nos retirar. Somos dois adultos funcionais, canalizando toda a nossa energia no trabalho e entregando um bom filme.

Mas tem dias que me pego observando Daniel, concentrado no trabalho. Tem dias que acordo no meio da madrugada e quero entrar de fininho no quarto dele, tirar do peito todas as fantasias que já tive sobre nós dois. Tem dias que sinto os seus olhos em mim e não viro o rosto para pegá-lo no flagra e constrangê-lo a olhar para o outro lado, porque só de ter a sua atenção eu me sinto desejada.

A tensão está aqui.

Ela só cresce.

Mas nós somos bons em fingir que nada está acontecendo.

— Só tem essa parada da família, que eu não sei como resolver — ele comenta, os olhos passando pela tela, relendo o e-mail que já deve ter lido umas quinhentas vezes.

— Não sei por que isso está incomodando tanto. — Suspiro, contrariada. Daniel se volta para mim. — Já tem o irmão dele no livro. Por que a família dela precisa aparecer? Tá bom de família já. As pessoas querem ver o romance. Ninguém quer saber dos problemas familiares de outra pessoa. Isso é chato.

Ele me observa, estudando o meu rosto.

Percebo que talvez tenha compartilhado demais, mesmo sem ter compartilhado nada.

— Eu acho que o pedido faz sentido. Explica por que ela é do jeito que é. Por que nunca se abriu para o amor? Por que se sente tão sozinha? Por que afasta o Rodrigo sempre que ele está prestes a chegar perto demais? — Daniel ainda está me olhando, como se analisasse um personagem.

— Eles não podem, sei lá, morar em outro estado? Outro país? Pronto, resolvido. — Disperso o problema com a mão.

— Acho que pode ter uma solução melhor — ele insiste, cutucando a ferida, buscando a melhor história.

Ele poderia não ser tão profissional.

— Ela pode ser do jeito que é porque nasceu assim, Freud não precisa explicar tudo — rebato.

— "Porque sim, Zequinha" — Daniel finge que digita. — Acho que essa explicação vai ser suficiente.

— Você não vai largar o osso, né? — pergunto, vencida.

— Alguma vez eu já larguei? — ele retruca, e um flash do nosso beijo entra pelas frestas da minha imaginação.

Eu suspiro. Me ajeito na cadeira.

— Então tá, quer saber por que ela é assim? — disparo.

— Quero. — A atenção de Daniel está toda em mim.

— Porque ela passou a vida inteira tentando fazer os pais se orgulharem dela, mas toda e qualquer decisão que tomava só os afastava mais disso. Porque ela tentou ser como eles queriam que ela fosse, mas isso só trouxe um vazio tão grande que ela pensou que fosse desaparecer. E então ela resolveu seguir os próprios sonhos, assumir a própria personalidade, e isso transformou a já existente distância entre ela e os pais em um abismo. Ela estava sempre entre a cruz e a espada. Agradar a si mesma ou agradar os pais. Não tinha espaço para o amor, porque o amor genuíno, aquele que sentimos quando somos aceitos e queridos por quem somos de verdade, lhe foi negado a vida toda. O amor vinha com ressalvas, com condições: "Eu te amo se você..." ou "Eu te amaria, mas você é assim..."

Paro para respirar. Daniel não diz nada, mas seus olhos passam a mensagem de que ele quer saber mais.

— E é por isso que, quando o Rodrigo chega e a encontra no pior momento da vida, e *mesmo assim* quer estar com ela, ela ainda sente que é mentira. Ela ainda sente que não é digna desse amor. Do amor de ninguém. Ela está esperando as condições. Os termos.

Daniel concorda lentamente com a cabeça. Eu paro de falar, porque não consigo mais. Porque talvez nunca tenha sido tão honesta com alguém, e me sinto como um grande machucado, exposto, latejando, ardendo.

Estou falando da personagem, mas sei que não é só sobre ela, e Daniel sabe também.

— É uma resposta boa o suficiente? — Aponto com a cabeça para o notebook.

— É — Daniel concorda, sem tirar os olhos de mim.

Abaixo a cabeça, constrangida.

— "Boa tarde, pessoal, tudo bem?" — Daniel começa a digitar e a falar em voz alta. Eu levanto o rosto. — "Obrigado pelos notes, vamos seguir com a próxima versão. Sobre a família da Juliana, acho melhor resolver de forma simples, sem poluir a trama principal. Eles moram em outro estado ou país. Podemos mencionar isso, mas não achamos importante para a construção narrativa."

Ele termina e me olha.

— Que tal?

— Perfeito. — Sorrio em resposta.

— Família é uma merda — ele comenta.

— A Juliana que o diga — respondo. — Mas não consigo me identificar. A minha é perfeita.

Sustentamos o olhar um do outro por alguns segundos.

E então caímos na risada.

31.

> O lado bom de ter uma família que não te
> ama é que você aprende a viver sem ela.
> — *Succession*, criada por Jesse Armstrong

QUANDO CHEGO AO HOSPITAL na quarta-feira de manhã, o meu pai está deitado no sofá-cama e minha mãe faz a fisioterapia. Ela levanta os braços, o direito normalmente, o esquerdo com dificuldade.

A fisioterapeuta parece uma adolescente. É pequena em todos os sentidos, com olhos rápidos de quem quase não respira enquanto fala.

— … e eu disse pra dona Vera, seu Carlos, você não estava aqui, acho que tinha ido comprar um café. Mas seu filho estava! Vinícius, né? Uma graça. Eu disse pra ela que no começo é assim mesmo, mas tem que focar, se concentrar, daqui a pouco ela está novinha em folha e… — A fisioterapeuta me vê no batente da porta e, ao invés de parar de falar, continua. — Bom dia! Você deve ser a filha! Uau, você é a cara da dona Vera! Seu irmão parece mais o seu Carlos, né? Uma graça.

Olho para o meu pai, um pouco zonza. Ele dá de ombros, "eu disse".

— Bom dia — cumprimento. — Cheguei na hora errada?

— Ela já estava indo embora — minha mãe resmunga entre dentes.

— Só mais uma vez, dona Vera, até dez, vamos lá! — a fisioterapeuta exclama, batendo palmas, com uma animação que não condiz com a personalidade das outras pessoas no quarto. — Um… dois… Isso mesmo! Três… quatro… Força, dona Vera!

Enquanto minha mãe é submetida à pior tortura que pode imaginar — a fisioterapeuta que não cala a boca, não a fisioterapia em si —, vou até a pequena mesa ao lado do sofá-cama e deixo a minha mochila, com o notebook e tudo de que eu preciso para trabalhar.

A bolsa da minha mãe também está na mesa, aberta, com algumas coisas transbordando: uma embalagem vazia de Mentos, fones de ouvido com fio e um livro.

Acho curioso. Minha mãe não é do tipo que lê. É do que tipo que cai no sono já na primeira página.

E sei que é errado fuçar. Mas é mais forte do que eu. Quero saber o que ela está lendo. Quero tentar entender quem ela é, porque, em vinte e nove anos, eu ainda não faço a menor ideia.

Quando puxo um pouco a capa, sou pega de surpresa. Conheço a ilustração. Tive uma reunião com a designer para aprová-la. Conheço o título. Conheço cada detalhe desse livro, como se fosse meu. Porque, bem, ele é. *A trilha do coração*.

Aparentemente, a única coisa que não conheço nessa situação toda é a minha mãe.

— Não mexe nas minhas coisas.

Paro onde estou quando ouço a voz dela, como uma criança pega no flagra.

Até a fisioterapeuta para de falar.

— Eu só ia ajeitar — comento.

— O seu pai ajeita — ela diz, ríspida.

Concordo com a cabeça e me sento ao lado dele.

Quando lancei o meu primeiro livro, já não falava mais com os meus pais. Eles nunca foram a nenhum lançamento.

Talvez ela não saiba que fui eu que escrevi.

Difícil. Eles são pais disfuncionais, mas do meu nome acho que se lembram — a data de aniversário eu já não tenho tanta certeza —, e o Verônica Nakamura na capa não deixa dúvidas. Mesmo se deixasse, a minha foto na orelha tiraria a prova.

Por que ela está lendo o meu livro?

Será que já chegou nas cenas eróticas?

Sinto o rosto esquentar.

— Não consigo mais. — Minha mãe se vira para a fisioterapeuta. — Estou cansada.

— Tudo bem. Amanhã a gente retoma, então! — ela pia, empolgada.

— Estamos ansiosos por isso — meu pai resmunga ao meu lado.

A fisioterapeuta passa vinte minutos se despedindo, contando histórias de outros pacientes, da própria vida, da Bíblia.

E eu fico sentada ao lado do meu pai, tentando não olhar para a capa do meu livro, que vaza da bolsa da minha mãe.

Até que um pensamento cruza a minha mente: ela pode estar lendo para criticar depois. Para tacar fogo. Para fazer com que eu tenha vergonha de uma das poucas coisas na vida que sinto orgulho de ter produzido.

— Meu Deus do céu — minha mãe arfa assim que a fisioterapeuta finalmente sai pela porta. — Meu ouvido está até zunindo.

— Parece que ela tem quinze anos — digo, parecendo um alienígena tentando participar de uma conversa humana, sem mais nada de interessante para falar.

Estou consternada. Só consigo pensar no livro dentro da bolsa. No *meu* livro dentro da bolsa *dela*.

— Quando você chega a determinada idade, todo mundo parece ter quinze anos — meu pai comenta, sem tirar os olhos do celular.

Olho para a minha mãe. Ela está olhando para mim.

Abro a boca, mas ela é mais rápida.

— Você chegou tarde, seu pai já está cansado.

Sei que ela quer me atingir, provavelmente porque retirei uma das suas muitas camadas de cebola emocional. Mas não deixo isso acontecer. Estou perplexa demais.

— Desculpa. — Solto o ar aos poucos pela boca. — Mas ele já pode ir. Vou trabalhar aqui hoje. Escrever. Meu *próximo livro*. — Falo as palavras pausadamente.

Se minha mãe entende aonde quero chegar, finge que não, porque diz:

— Trouxe o Mentos?

E meu pai completa:

— Você não pode ficar comendo isso.

— Ah, Carlos, pelo amor de Deus... — ela resmunga, virando o rosto.

— Pelo amor de Deus o quê? O médico que disse.

Os dois começam uma briguinha infantil, com várias bufadas e trocas de ofensas, que já presenciei muitas e muitas vezes por motivos diferentes, e que sempre terminam do mesmo jeito.

Mas eu mal escuto.

Meus olhos estão presos no livro.

Minha mãe está lendo o meu livro.

E eu me sinto idiota por pensar nisso, mas tenho um último pensamento, otimista dessa vez: talvez ela não esteja lendo para criticar. Talvez ela esteja lendo porque quis ler. E talvez ela goste do filme. Talvez ela vá à pré-estreia e bata palmas no final da exibição e me abrace com carinho, "Parabéns pelo seu trabalho, filha".

Talvez... ela tenha orgulho de mim.

32.

> Ele tentou não olhar para ela, como se fosse o sol.
> Mas, como o sol, ele a viu mesmo sem olhar para ela.
> — *Anna Kariênina*, escrito por Liev Tolstói

O FINAL DA NOSSA terceira semana juntos passa em um borrão de prazos e ansiedade. Não tenho mais unhas. Daniel tem uma ruga permanente entre as sobrancelhas. Mas conseguimos. Entre trancos e barrancos e reescritas, a terceira versão da escaleta fica pronta. E gostamos dela. Estamos satisfeitos.

O quadro da minha mãe também evolui bem. De acordo com o médico, em breve ela deve ter alta.

Já avancei bastante no livro. O suficiente para saber que tem algo ali. Uma pequena fagulha de esperança de que o meu eu escritora não tenha morrido junto com Henrique no acidente.

As coisas vão bem.

Bem até demais.

— Entregue — Daniel diz depois que aperta o enter de forma teatral. — Só mais uma semana. Só mais uma versão.

— Você quer tanto assim ir embora? — brinco, olhando em volta. — Eu poderia me acostumar com esta vida.

— Eu também — Daniel diz, mas não olha em volta.

Ele olha para mim.

Agora, vamos receber os últimos comentários só na segunda-feira.

Agora, temos um fim de semana inteiro sem ter o que fazer.

Eu sustento seu olhar.

— Acho que isso merece uma bebida — sugiro.

— Acho que a cerveja acabou — ele comenta, me lembrando do estoque que secamos no dia do beijo.

Lembrando o que pode acontecer quando bebemos.

Mas estamos de férias. Miniférias de dois dias. Merecemos uma comemoração.

É o que digo a mim mesma, em uma tentativa pífia de me enganar.

— Então vamos ter que sair. — Dou de ombros, como se não tivesse mais nada que a gente pudesse fazer, como, por exemplo, talvez, ficar em casa.

Bem longe um do outro.

— Pesquisa de campo? — Ele testa o terreno.

— Pesquisa de campo. — Assinto lentamente.

Não quero me colocar em uma situação em que os meus hormônios vão me trair, não quero romper o nosso acordo, não quero dar falsas esperanças. Lembro muito bem da mágoa nos seus olhos quando o rejeitei.

Quero ser a pessoa racional. Explicar que sair para beber pode nos levar a lugares dos quais não vamos ser capazes de escapar.

Mesmo assim, respondo:

— Vou só tomar um banho.

Uma hora depois, estamos no bar do hotel, um dos cenários principais do livro.

Fica no térreo, tem música ao vivo, sertanejo para os cornos e apaixonados, e estamos sentados a uma mesa alta, tomando cerveja e comendo batata frita.

Algumas pessoas dançam na pista improvisada, e a conversa alta dá vida ao lugar, junto com as paredes de tijolinhos vermelhos e as claraboias que deixam a claridade da lua penetrar o ambiente, sem o desconforto do frio que faz lá fora.

— Será que a gente consegue gravar aqui? — pergunto, olhando em volta.

— Provavelmente — Daniel responde. Em seguida, suspira. — Vamos falar de outra coisa? Não quero mais pensar nesse filme.

— Sobre o que você quer falar?

— Sua mãe está melhor?

— Acho que eu prefiro falar do filme — rebato.

Daniel sorri e enfia uma batata frita na boca.

— Tá bom. Qual é o seu livro favorito?

— Publicamente, eu digo que é *Dom Casmurro* para parecer mais culta. Para os íntimos, posso dizer que é *Lugar feliz*, da Emily Henry. — Dou de ombros.

— Somos íntimos? — Daniel dispara, ignorando minha confissão.

— Você me viu de pijama, eu te vi acordado antes das oito da manhã, somos íntimos — afirmo.

Tenho que me segurar para não adicionar que também já enfiamos a língua na boca um do outro.

Na mesma hora, o cantor começar a tocar "Evidências". As pessoas se animam, cantam como se fosse o hino do Brasil.

Na nossa bolha, a conversa continua.

— Qual é o seu signo?

— Escorpião. — Daniel toma um gole da cerveja antes de continuar. — E o seu?

— Libra.

— A única coisa que eu sei sobre signos, sei porque participei da adaptação de um livro, *Os 12 signos de Valentina*.

— Já ouvi falar. — Concordo com a cabeça. — E o que você ouviu falar de libra?

— Que é um signo muito sensual — ele diz, como quem não quer nada.

Como se o comentário não tivesse feito o meu coração dar um triplo mortal carpado dentro do peito.

— Daniel — falo só o seu nome, mas é um aviso.

— Verônica. — Ele sorri por cima do copo de cerveja.

Nossas pernas estão muito próximas debaixo da mesa. Racionalmente, sei que eu deveria tirá-las dali. Emocionalmente, encosto o joelho no dele.

Acho que a entrega da penúltima versão da escaleta nos fez baixar a guarda. Está acabando. Fizemos um bom trabalho. Podemos destruir os muros.

Podemos?

— Acho melhor a gente voltar a falar do filme — comento.

Daniel se aproxima, e seu joelho sobe pela minha coxa. Sinto o rosto esquentar e a boca ficar seca. Tomo um gole de cerveja para me acalmar.

— Qual é o lugar do mundo que você mais quer conhecer? — ele continua.
— Itália. — Também me curvo por cima da mesa, e nossa distância diminui. — E você?
— Austrália.
— Gosta de cangurus? — Passo a língua pela borda do copo para limpar a espuma que se acumulou; Daniel observa sem piscar.
— Verônica — ele fala só o meu nome, a voz rouca, e é mais um aviso.
— Daniel — murmuro.
O joelho dele sobe mais um pouco. A tensão entre nós é elétrica e sólida. Toda ação gera uma reação. Não conseguimos parar, nos enfiando no mesmo buraco, de novo e de novo. É um contato mínimo, mas que me faz jogar pela janela o nosso acordo.
A gente não pode se colocar nessa situação de novo.
E o que estamos fazendo, então?
— Quer dançar? — ele dispara, aquele sorrisinho irônico em toda a sua glória.
É como se Daniel guardasse um segredo que só pode compartilhar comigo.
"Evidências" é substituída por "Te quero pra mim", do Edson e Hudson.
— Quero. — Concordo com a cabeça, hipnotizada.
Não estamos alcoolizados, não bebemos tanto. Estamos bêbados de outra coisa. Uma substância que nos faz não pensar direito.
Daniel pega a minha mão e me guia até a pista. Ele envolve a minha cintura, bem próximo, e eu mantenho as mãos na sua nuca, apoiando o queixo no seu ombro. Não estamos nos olhando. É perigoso demais.

Chego em casa, já é de manhã...
Depois de uma noite de amor, do pensamento não sai.
Se eu pudesse voltar atrás pra sentir o seu calor...

— Que fique bem claro: esta é uma dança estritamente profissional — digo.

— Claro. Pesquisa de campo. Nossos protagonistas dançam no segundo ato — ele concorda, a voz áspera, a respiração atingindo a minha orelha e me arrepiando da cabeça aos pés.

— Um bom escritor pesquisa todos os sentimentos e sensações aos quais vai sujeitar os personagens — argumento e começo a passar os dedos pelo cabelo macio em sua nuca, sem conseguir me conter.

Pra te abraçar, pra te beijar, pra saciar essa louca paixão.
Te quero pra mim...
Viajar no seu prazer, no seu mar azul, então acender ainda mais esse tesão.
Eu nem quero dormir...
Te quero pra mim.

— E como você descreveria esses sentimentos e sensações? — Daniel me puxa para mais perto, mais perto do que já estamos. O calor que irradia do meu ventre sobe pelo estômago e explode dentro do peito. — Só pra saber como colocar no papel, claro.

— Claro. — Solto uma risada contida, e Daniel passa conscientemente o dedão por um filete de pele exposta na minha lombar. A risada se transforma em suspiro. — Se for ajudar na construção dos nossos protagonistas, posso admitir que é um sentimento bom.

— "Bom" é muito amplo. — Balançamos de um lado para o outro; temos plena noção de que não é assim que se dança sertanejo, mas estamos na nossa própria bolha. Ninguém pode entrar.

— *Muito* bom? — arrisco.

— Pensei que uma escritora teria mais adjetivos.

— Às vezes é difícil colocar em palavras.

Na minha camisa, o seu batom...
O cheiro do suor do nosso amor.
Mas o que eu vou fazer pra esquecer você?
Sei que não vou mais te ter...

— Intenso? — Daniel tenta.

— Prazeroso. — Concordo com a cabeça.
— Corajoso.
— Inconsequente — acrescento.
— Impossível de evitar. — A boca de Daniel roça a minha orelha.
— São três palavras — consigo formular, mesmo tendo derretido por dentro.
— Enlouquecedor — ele murmura e pressiona a perna entre as minhas, e eu não aguento mais.

Solto um suspiro de prazer no seu ouvido, e é o suficiente para que Daniel suba uma trilha de beijos até a minha boca.

Pra te abraçar, pra te beijar, pra saciar essa louca paixão.
Te quero pra mim...
Viajar no seu prazer, no seu mar azul, então acender ainda mais esse tesão.
Eu nem quero dormir...
Eu te quero pra mim.

Ele tem gosto de cerveja. É uma delícia. A música termina, mas continuamos a nos beijar.

É um beijo bom. *Muito* bom. Intenso. Prazeroso. Corajoso. Inconsequente. Impossível de evitar. Enlouquecedor.

Estamos no nado livre, mergulhados na boca um do outro. Tenho vontade de tirar a roupa no meio da pista de dança, e as mãos de Daniel estão subindo e descendo de forma perigosa enquanto puxo o seu cabelo.

Estamos no limite.

— A gente não deveria estar fazendo isso — murmuro contra a sua boca.
— Não. — Daniel concorda. — É um erro.
— A gente prometeu. — Ele beija o meu pescoço e eu sinto como se fosse desabar nos seus braços. — É complicado demais.
— Extremamente complicado. — Sou obrigada a rir, porque estamos agindo de maneira completamente oposta ao que sai da nossa boca.
— Melhor a gente parar.

Daniel retoma a trilha de beijos até a minha boca e me dá um selinho, dois, em seguida morde de leve o meu lábio inferior.

— Eles têm quartos aqui — murmura.
Eu o pego pela mão.
Não preciso dizer mais nada.
Ele já sabe que eu aceitei a proposta.

33.

> Eu tenho todas essas vozes na minha cabeça, mas a sua... é a única sem a qual eu não posso viver.
> — *Sense8*, criada por Lana Wachowski, Lilly Wachowski e J. Michael Straczynski

DANIEL ANDA ATRÁS DE mim, segurando a minha mão enquanto eu nos guio. Quando paramos na recepção do hotel, ele pressiona a ereção contra a minha bunda.

— Um quarto — consigo pedir para a recepcionista sem gaguejar, o que acredito ser algum tipo de milagre.

— Agora só temos disponíveis...

— Qualquer um — Daniel diz atrás de mim, com uma urgência que me desmonta.

Ele tenta manter a compostura enquanto passo os meus dados para a recepcionista, que trabalha a passos de tartaruga, mas um momento depois Daniel cede e encosta a boca na minha nuca. Seus lábios estão quentes.

— Quarto 607, sexto andar, final do corredor à esquerda — ela diz por fim e me entrega o cartão magnético. — A senha do wi-fi é...

Não ficamos para ouvir.

Caminhamos de mãos dadas pelo corredor, em silêncio, ofegantes, e, quando entramos no elevador, Daniel me pressiona contra o espelho e volta a me beijar, agora mais corajoso sem ninguém por perto.

Ele segura a minha nuca com uma das mãos e sobe a outra por dentro da blusa, me explorando. Fazemos sons que não consigo reconhecer. Estamos sem fôlego, com pressa, e eu acaricio a sua ereção por cima da calça jeans enquanto ele brinca com os meus mamilos. Ele me pressiona ainda mais contra a parede e reposiciona as mãos nos meus braços, elevando-os por cima da minha cabeça. Parece que estou vivendo um filme. Não parece real. Sinto o espelho gelado com as costas das mãos. Sinto um tesão que eu nem sabia que existia dentro de mim.

Nunca um elevador foi tão demorado.

Até que ele para. Com um solavanco.

Interrompemos o beijo e olhamos com expectativa para a porta, prontos para ir até o fim.

Mas ela não se abre.

Em vez disso, um apito começa a soar.

— O quê...?

A pergunta de Daniel fica no ar. Ele solta as minhas mãos e eu ajeito a blusa, sentindo frio onde antes estava pegando fogo.

— Será que eles estão vendo a gente? — Olho para a câmera de segurança, todo o constrangimento me atingindo de uma só vez.

O elevador dá outro solavanco, despencando só um pouco. Dou um gritinho. Daniel aperta o botão de emergência.

Os furinhos na parede emitem um barulho de chiado, e uma voz masculina responde.

— Pois não?

— Acho que o elevador parou — Daniel diz entre dentes.

— Espera um minutinho.

Ficamos em silêncio. Um silêncio tenso. Olho de relance para a calça de Daniel, que não esconde o volume.

A voz retorna.

— Senhor, parece que deu problema.

— Isso eu já tinha reparado. — Sua voz sai entrecortada.

Percebo que Daniel está tenso. Começa a suar.

— Vou ligar pra empresa.

— Que empresa? A empresa do elevador? — ele começa a falar alto, um contraponto aos sussurros no meu ouvido de meros instantes atrás. — Não tem ninguém da equipe que possa resolver isso?

— Não, senhor, é uma falha que não sabemos resolver. Mas eles devem chegar em breve, geralmente é rapidinho.

— *Geralmente?* Isso já aconteceu antes?

Seguro a mão de Daniel. Está gelada.

— Sim, estamos com esse probleminha.

— Puta que pariu. — Daniel coloca as duas mãos no rosto e as sobe até o cabelo, jogando-o para trás.

— Vou ligar aqui pra eles.

Ouvimos o clique do interfone no gancho. Estamos sozinhos. Presos no elevador.

Daniel fica ofegante, respirações curtas. Começo a me preocupar. Ele não parece bem. Meu tesão é substituído pelo modo sobrevivência.

— Calma — peço, apertando a sua mão. — Daqui a pouco a gente sai.

— Desculpa, eu não me dou bem com espaço fechados... — ele começa, com a voz estrangulada, mas eu o interrompo e seguro o seu rosto com as duas mãos.

— Não precisa pedir desculpa. Calma. Respira fundo. Conta até dez comigo. Um... dois...

Começo a contar, olhando nos olhos de Daniel. Ele parece desesperado, uma criança perdida. No começo só respira, mas, quando chego ao sete, conta junto comigo, quase aos sussurros.

— Oito... nove... dez...

Daniel fecha os olhos. Apoio a testa na dele, suada.

— Em que andar estamos? — ele pergunta, com a voz fraca.

Olho para o painel. Quinto.

— Não pensa nisso. É comum. Daqui a pouco eles nos tiram daqui — respondo, porque não quero assustá-lo.

— Será que a gente liga pros bombeiros? — ele murmura.

— Não precisa. Já aconteceu antes. Eles sabem o que fazer.

Daniel engole em seco. Sua ereção já sumiu. Os olhos estão bem apertados, como se ele tivesse medo de abrir.

— Se cair... — ele começa, e eu o interrompo novamente.

— Qual é a sua primeira memória?

Daniel solta uma risadinha contrariada.

— Eu sei o que você está tentando fazer.
— Só estou curiosa. — Ainda seguro o seu rosto.
Ele pensa por um momento.
— Uma festa junina na escola. Lembro de me olhar no espelho. Estava de bigodinho.
Dou risada, a memória ingênua enchendo o meu coração de ternura.
— A minha é do cachorro da minha tia. Um rottweiler. Ele era um bobão, mas eu tinha cinco anos e os meus pais não perceberam que eu fui até o quintal. Quando vi, ele estava parado atrás de mim, mostrando todos os dentes. Ele estava sorrindo, só queria brincar, mas, na minha cabeça, achei que fosse me matar. Foi o dia em que eu criei consciência. Acho que diz muita coisa sobre mim. Comecei a vida com medo.
Daniel concorda com a cabeça para que eu continue.
— Eu tive muito medo de cachorro por muito tempo. Quando conheci o Henrique, ele já tinha o Dom Quixote. Eu tinha pavor. Pedia pra ele prender quando ia na casa dele. Chegou um momento em que eu não queria mais ir. Como qualquer pessoa sensata, Henrique disse que não tinha como a gente continuar ficando se eu não aprendesse a conviver com o cachorro dele. Então precisei encarar o medo.
Pego a mão de Daniel e vou nos guiando para baixo. Ele se deixa levar, obediente, precisando que alguém assuma o controle. Nós nos sentamos no chão do elevador, que se mexe, mas não despenca novamente.
— Você conhece o Dom Quixote. Ele é bem grandão, tem muita energia. Quando aceitei fazer amizade, Henrique me colocou sentada no sofá e, aos poucos, foi deixando que ele se aproximasse. Quando ele chegou bem perto, achei que eu fosse desmaiar. O Henrique se sentou do meu lado e segurou a minha mão. O lindinho do Dom Quixote percebeu que eu estava com medo e só apoiou o focinho na minha perna. E ficamos os três daquele jeito, até que eu me acalmasse. Depois de um tempo, consegui fazer carinho na cabeça dele, e ele me lambeu.
Daniel abre os olhos.
Percebe que os meus estão marejados.
— Às vezes, o medo vem do desconhecido. Às vezes, vem de algum trauma. Às vezes, vem da mudança.

— Às vezes, vem de despencar de um elevador e morrer da forma mais estúpida possível — Daniel consegue brincar. De alguma forma, a sugestão macabra me acalma, porque, se ele está fazendo piada, significa que está se sentindo mais calmo.

Ficamos nos olhando, respirando. As mãos de Daniel tremem um pouco, mas eu não as solto.

Não vou soltar.

— Você entende agora por que eu vetei a sua ideia de "presos no elevador"? — pergunto por fim, deixando um sorrisinho escapar. — Não tem tesão que aguente.

— Pensei que a gente precisasse encarar o medo de frente — ele comenta.

— Quando é um cachorro fofinho, sim. Mas nem todo medo precisa ser encarado. — No fundo, sei que é como me sinto em relação a nós dois. Estou com medo. E não sei se quero encarar.

Mais silêncio.

Mais respirações.

— Ele parece ter sido um cara incrível — Daniel diz.

— Ele era — concordo.

Daniel consegue esboçar um sorriso. Então leva a minha mão, entrelaçada com a dele, até a boca. Dá um beijo de leve nos meus dedos.

— A gente falou que não ia mais fazer isso — ele comenta. — É o universo nos punindo pela desobediência?

— Acho que é porque tentamos transar antes do casamento. — Puxo as mãos entrelaçadas e também dou um beijo. Depois, aponto para cima.

— Ele não curte muito.

— Acho que Ele tem mais o que fazer do que ficar de voyeur.

— Você ia preferir ficar vendo sexo ao vivo ou lidar com as suas tretas? — questiono.

— Você tem um bom ponto.

De repente, o elevador dá outro solavanco. Daniel fecha os olhos. E começamos a nos movimentar. Descemos lentamente até o térreo. Quando para mais uma vez, as portas se abrem. Nós dois olhamos para cima, para a equipe do hotel e o técnico da empresa de elevadores.

— Pronto, pessoal, desculpa pelo imprevisto. O elevador do lado está funcionando.

Daniel se levanta e limpa a calça, tentando reunir um pouco de dignidade.

Eu me levanto junto.

— Tudo bem, nós vamos embora — digo.

E eu quero ficar. Quero mesmo. Mas percebo pela expressão de alívio de Daniel que hoje não vamos terminar o que começamos.

34.

> Ele é um menino de ouro. Sou uma garota cuja vida foi desenhada em tons de cinza.
> — *Lugar feliz*, escrito por Emily Henry

VAMOS EMBORA DE UBER. Não falamos nada, mas nossas mãos se encontram em cima do banco e se entrelaçam, como se não conseguissem ficar distantes. Daniel olha pela janela e evita me encarar, e não sei se ele está constrangido ou ainda lidando com o pânico do elevador. De qualquer forma, decido não perguntar. Dar tempo para que ele processe tudo.

Assim como não sou boa em expor os meus sentimentos e aprecio a forma como ele percebe os meus limites e recua, espero que ele saiba que isso sou eu respeitando os dele, não fazendo pouco-caso.

Quando entramos em casa, os cachorros nos recebem como se tivéssemos ido para a guerra por dois anos.

Depois que eles se acalmam, Daniel pega Fausto Silva (ou Thor) no colo, recebendo suas lambidas apaixonadas no rosto inteiro.

Observo a cena, querendo que fosse eu lambendo o seu rosto, e ele percebe.

— Desculpa. — É a primeira palavra que ele diz em quase uma hora.

— Não tem por que pedir desculpa.

Daniel coloca Fausto Silva (ou Thor) no chão e caminha em minha direção. Não sei o que ele vai fazer, e sou pega de surpresa quando ele me beija.

Mas não é como nenhum dos beijos que já trocamos. É... emotivo. Ele segura a minha nuca e a minha cintura como se eu fosse a coisa mais preciosa da sua vida e me beija profundamente. Eu me agarro a ele, com medo de cair no abismo, e deixo o seu perfume me envolver.

Vamos parando aos poucos. Ainda com a boca na minha, ele murmura:
— Boa noite, Verônica.

Não consigo responder nada, perco a habilidade de me comunicar. E, quando ele me solta e caminha em direção ao próprio quarto, me sinto vulnerável como há tempos não me sinto. Tenho vontade de chorar, e choro.

Tomo banho e a água se mistura às lágrimas. Não sei por que estou chorando, se é de tristeza, frustração, arrependimento ou paixão.

Gostaria que a noite tivesse terminado de outra forma, gostaria de nem ter começado tudo isso. Sinto que voltei a viver depois de dois anos no limbo, mas também sinto uma vergonha profunda por estar gostando disso. Me divertindo. Aproveitando. Ansiando pelo toque de Daniel, pelas nossas discussões acaloradas, pelo que o futuro me reserva. *Nos* reserva.

Caio na cama e adormeço com os olhos inchados.

Quando acordo, aqueles poucos instantes de confusão mental, em que a morte de Henrique parece apenas um sonho enevoado, já não me trazem paz. Me trazem angústia. Até quando vou continuar me enganando? Ansiando pelo faz de conta? Tentando fazer o meu cérebro comprar a mentira, por pelo menos alguns segundos, por pelo menos algumas respirações?

Coço os olhos vermelhos e inchados e pego o celular. Há algumas mensagens do meu irmão na tela, e meu corpo inteiro desperta.

Vini: Bom dia, Vê. Querem fazer alguma coisa hoje à noite? Os meninos vão ficar com os pais da Paula, o pai vai passar o dia no hospital com a mãe.

Mordo o lábio inferior, pensativa.

Saio do quarto ainda de pijama, no mesmo momento em que Daniel está saindo do dele.

Nós travamos no corredor.
— Bom dia — desejo.
— Dia — ele responde.

Um silêncio constrangedor toma conta. Eu o quebro, ansiando por qualquer tipo de comunicação, com medo de voltarmos ao convívio distante.

— O Vinícius e a Paula querem fazer alguma coisa hoje. Estão sem as crianças. Pensei em chamar os dois para virem aqui. Tá a fim?

Daniel se apoia na parede, cruzando os braços na frente do corpo. Nenhum de nós sabe muito bem o que dizer.

— Pode ser.
— Fechou.
— Fechou.

Fechou?

Somos parças agora?

Começamos a andar ao mesmo tempo e paramos. Daniel gesticula para que eu vá na frente. Eu vou.

Na sala, mando uma mensagem para Vinícius e peço que eles tragam roupa de banho. Daniel avisa que vai ao mercado. Não me convida para ir junto, eu também não me ofereço.

Está tudo estranho. Mal resolvido.

Uma hora depois, Vinícius e Paula estão parados na sala de estar, olhando em volta, embasbacados:

— Uau — Paula comenta.
— Uau — Vinícius repete.

É bom ter mais pessoas na casa. Impede que Daniel e eu tomemos decisões duvidosas.

— Tá curtindo a vida de milionária? — Vinícius pergunta conforme nos instalamos nas espreguiçadeiras da piscina.

— De que adianta morar em uma mansão sem um puto na conta corrente? — respondo.

— Melhor do que morar numa casa minúscula sem um puto na conta corrente — Paula rebate.

Daniel aparece na porta-balcão com uma garrafa de Aperol, outra de espumante e água com gás.

— Quem quer Aperol Spritz?

Ele me olha com todas as intenções do mundo.

Mais bebida.

Mais decisões erradas.

— Hoje eu vou vomitar! — Paula se vira para Vinícius, empolgada. — Faz uns cinco anos que eu não bebo até vomitar!

— Então eu também vou. — Ele pega a mão dela e a beija com carinho.

— Sem vomitar nos cachorros — aviso, fazendo os dois rirem e Daniel parecer perdido. Eu me viro para ele. — Teve uma vez que eles foram lá em casa e a Paula quase vomitou na Julieta.

— Nossa, o Henrique ficou puto. — Ela nega com a cabeça. — Ficou um mês falando na minha orelha.

O nome de Henrique flutua entre nós, mas, diferente de outras ocasiões, eu só quero rir da lembrança. É uma lembrança boa. Ridícula, mas boa.

Daniel volta para a cozinha e retorna com algumas peças de carne.

— Churrasco e beber até vomitar? O que é isso, um filme? — Paula pergunta.

— Parece até que a gente tem vinte anos e nenhuma criança. — Vinícius engrossa o coro.

Daniel ri e começa a acender a churrasqueira.

É ridículo, mas vê-lo fazer a coisa mais homem heterossexual que existe, enrolando as mangas da blusa e jogando o papel já aceso no carvão, me deixa com calor.

Passo a mão pela nuca e tento me distrair com Paula e Vinícius.

— Conversar com vocês é o melhor método contraceptivo que existe — comento, fazendo-os rir.

— Eu amo os meus filhos mais que tudo no mundo. Mataria e morreria por eles. Dito isso, sinto falta de uma vida só minha. — Paula suspira, deitando-se na espreguiçadeira.

— Só mais catorze anos, amor. — Vinícius a encoraja.

— Você acha que os filhos saem de casa aos dezoito? Onde você pensa que está, nos Estados Unidos? Aqui é América Latina, meu filho — provoco.

— Você saiu — Paula comenta.

— Mas vocês não são os nossos pais — rebato. — Certeza que eles vão querer ficar pra sempre. Esse é o problema de ter pais legais.

— É o dia de folga deles, Verônica, deixa o terrorismo pra depois — Daniel comenta da churrasqueira, de costas para nós.

— É isso aí, Daniel! Daqui a catorze anos a gente descobre. — Paula se levanta e vai até as garrafas de bebida. — Agora deixa eu fazer esses drinques, que a privada não vai se vomitar sozinha.

Nós comemos e bebemos e conversamos e rimos.

O churrasco de Daniel fica maravilhoso, e ele ainda nos surpreende com maionese, vinagrete, arroz e pão, tudo pago com o cartão da produtora. Depois de forrarmos o estômago e secarmos a primeira garrafa de Aperol, entramos na piscina aquecida.

Paula e Vinícius ficam bêbados muito rápido, desacostumados, e Daniel e eu precisamos correr para alcançá-los, mas cumprimos a tarefa com maestria.

Em determinado momento, Vinícius sugere uma briga de galo, e eu me vejo encaixada nos ombros de Daniel tentando derrubar minha cunhada.

Ele me segura pelas panturrilhas, e, toda vez que emerge da água, passo a mão pela sua testa, tirando o cabelo dos olhos. Sempre que não tem ninguém olhando, ele arrasta a boca pela parte interna da minha coxa, e eu finjo que não percebo. Derrubo Paula duas vezes, ela me derruba quatro.

O álcool rodopia entre nós, e parecemos crianças sozinhas em casa, nosso próprio *Esqueceram de mim*. Depois que fica frio demais para continuar na piscina, nos secamos aos gritos e vamos para a sala. Vinícius trouxe o seu estoque de jogos de tabuleiro e baralhos, e gritamos uns com os outros em competições acirradas de Ticket to Ride, Uno, Filho da puta e Presidente, migrando para as garrafas de vinho.

Paula acha uma playlist com funks obscenos, e a gente gargalha das letras. De repente, Daniel surge com um violão ("De onde veio isso?", "Sei lá, apareceu aí") e, somando-se a roteirista e churrasqueiro, descubro mais um de seus talentos: ele toca como se tivesse feito parte de uma banda de pop rock nos anos 2000.

Berramos a letra de músicas emo da nossa época, o ápice sendo "Welcome to the Black Parade", do My Chemical Romance. Alguém grita que vamos tomar uma multa do condomínio pelo barulho, e alguém responde com um sonoro "Foda-se!". Em seguida, com a tela do celular girando e girando na minha frente, consigo pedir mais pizzas do que o necessário.

Quando elas chegam, nos jogamos no chão e comemos com as mãos, os cachorros pulando ao nosso redor, roubando pedaços que deixamos cair, bêbados demais para nos importar. Depois que terminamos, eu me apoio em Daniel, que me abraça pelos ombros e beija a minha testa por cima do cabelo. Ninguém comenta da nossa proximidade, estamos felizes demais para reparar em qualquer coisa.

Em determinado momento, Paula e Vinícius desaparecem, como dois adolescentes aos risinhos.

— Não vão fazer outro filho! — eu grito. — Catorze anos podem virar dezoito!

Ouço risadas, ouço beijos e depois uma porta se fecha.

Fico com Daniel na sala, encaixada nele, olhando fixamente para um pedaço de pizza que eu sei que, se comer, vou vomitar.

— Não faz isso — ele diz com a voz mole, a boca bem perto do meu ouvido.

— Mas eu quero tanto — resmungo.

— Você vai passar mal — ele tenta.

— Se eu passar, você cuida de mim? — pergunto.

— Cuido. — Ele concorda com a cabeça. — Eu faço qualquer coisa por você.

É o tipo de coisa que falamos quando estamos muito bêbados. É o tipo de coisa que faz com que eu me vire para ele e beije a sua boca.

O beijo ameaça avançar, mas é interrompido por Capitu, que tenta roubar o pedaço de pizza da minha mão. Nós começamos a rir, devolvemos o pedaço na caixa e a fechamos na quinta tentativa. Daniel a coloca em cima do sofá e me beija de novo.

Ele faz graça, interrompe o beijo, vai me beijar de novo e se afasta. Puxo a sua cabeça, damos risada, ele morde de leve o meu lábio inferior.

— Não dá pra ficar longe de você — ele murmura contra a minha boca.

— A gente nem tá mais tentando — respondo, rindo.

— Eu tô tentando. — Ele me beija novamente. — Muito.

— Tô vendo.

— Eu tô tentando — ele repete, encostando a testa na minha, e eu acredito.

Ouvimos Vinícius e Paula saindo do quarto e nos separamos rápido, e eu acabo rolando no chão. Daniel tenta me ajudar a sentar, mas estamos moles, e rindo, e se algum dia tivemos problemas não lembramos mais.

— Eu vomitei! — Paula comemora.

— Na privada. Não tinha nenhum cachorro — Vinícius completa.

— Seus filhos vão ficar tão orgulhosos — brinco, mas aí me lembro de Igor e Inácio e começo a chorar. — Eu amo tanto os meus sobrinhos...

Então estou chorando, e rindo, e alguém consegue me tirar do chão, e eu resolvo que quero entrar na piscina de novo. Não tem ninguém sóbrio para me impedir, e nós quatro caímos de roupa e tudo na água aquecida.

Depois disso, é tudo um borrão de acontecimentos. Bebemos demais, passamos da conta.

Lembro de Daniel me enrolando em uma toalha.

Lembro de beijá-lo no corredor, no escuro, das mãos dele no meu cabelo molhado, os dois tremendo de frio.

— Eu quero você pra mim — lembro dos seus sussurros no meu ouvido.

— Eu quero você pra mim — lembro de responder, embriagada dele.

Lembro de tomar banho com Paula, rindo enquanto ela chorava falando que não queria que Igor e Inácio saíssem de casa, queria que eles ficassem para sempre.

Lembro de colocá-la na cama com Vinícius, e lembro dele sorrindo ao vê-la, "meu amor", como se a estivesse vendo pela primeira vez.

Lembro de entrar com tudo no quarto de Daniel e encontrá-lo deitado na cama, tentando secar o cabelo com uma toalha, sem nenhuma coordenação motora. Lembro de ele abrir os braços e jogar a toalha longe com o movimento. Lembro de me enfiar debaixo do cobertor quentinho, apoiar a cabeça no seu peito.

— Eu gosto muito de você — lembro de sussurrar, sendo puxada para o sono bêbado dos campeões.

— Eu também gosto muito de você — lembro da sua resposta.

Então lembro de apagar.

35.

> Cada rejeição, cada decepção trouxe você aqui.
> Para este momento. Não deixe que nada a distraia.
> — *Tudo em todo lugar ao mesmo tempo*, roteiro
> por Daniel Kwan e Daniel Scheinert

ACORDO COM UM CHACOALHÃO.

Abro os olhos, assustada. O rosto de Vinícius está a centímetros do meu.

— Acorda, Vê, a mamãe foi pra casa.

Me levanto rapidamente, e a minha cabeça parece que vai explodir, se desfazer em um milhão de pedacinhos.

Flashes da noite passada retornam aos poucos.

Olho em volta. Estou no quarto de Daniel. Ele não está aqui.

— Quê? — pergunto, minha língua duas vezes maior dentro da boca.

— O pai me ligou, está indo pra casa. Temos que ir lá. Vou acordar a Paula.

Vinícius sai sem dizer mais nada.

"Casa." Nesse contexto, a palavra não tem uma conotação positiva. Carrega consigo todos os sentimentos conflituosos com os quais vivi por dezoito anos.

Faz anos que eu não piso lá, não sinto o cheiro do perfume forte da minha mãe, dos móveis de madeira antigos, do café.

Café. Eu preciso de café.

Saio do quarto com um pijama que não sei quando coloquei nem se fui eu mesma que fiz isso, arrastando os pés, um na frente do outro, a cabeça latejando, a boca seca. Os cachorros me rodeiam.

Encontro Daniel saindo da cozinha. Ele sorri para mim, claramente no mesmo estado de calamidade pública. Eu sorrio para ele. Ou pelo menos é o que tento fazer. Uma pontada aguda no cérebro me faz transformar o sorriso em careta.

— Café? — Ele me oferece a caneca de vaquinha.

Aceito sem dizer nada, tomando um longo e precioso gole.

A ressaca depois dos trinta é a pior experiência que um ser humano pode se autoinfligir. E eu nem tenho trinta ainda, mas meu corpo discorda.

— Minha mãe teve alta — digo, me jogando na cadeira.

Daniel me olha por alguns segundos, atento, e então dispara:

— E por que parece que ela morreu?

Dou de ombros. O movimento faz o meu corpo inteiro doer.

— Não sei, é só... — Suspiro. Olho para ele. "Eu gosto muito de você", "Eu também gosto muito de você." A lembrança reverbera na minha cabeça. — Tenho a impressão que, se eu falar em voz alta o que estou pensando, você vai me achar uma pessoa horrível.

— Eu nunca acharia isso. — Ele sorri com gentileza. — Mas, se não quiser falar, não tem problema.

E sua afirmação me deixa mais tranquila para compartilhar.

— Esses dias que eu passei lá com ela, no hospital... Foi como se as coisas tivessem se invertido.

— Como assim?

Tomo outro gole de café. Os pensamentos se organizam mais facilmente.

— Eu estava no controle pela primeira vez na vida. Ela não podia me tratar mal, ou me ofender, ou mesmo fazer eu me sentir inferior, porque eu estava lá. Bem ou mal, depois de tudo o que aconteceu, depois de tudo o que eu já ouvi dela, depois de todas as vezes que ela não esteve lá por mim, *eu* estava lá.

Daniel não responde, não quer saber os detalhes deprimentes de um relacionamento quebrado, o que me incentiva a continuar:

— E eu acho que ela pode ter sentido uma centelha de arrependimento, sabe? Por... tudo. E isso me fez acreditar, pela primeira vez na vida, que ela sente alguma coisa por mim que não desgosto. Me fez sentir que eu tenho uma mãe. Uma mãe acamada, silenciosa, mas uma mãe. Não uma... —

Demoro um pouco para escolher a palavra certa, e acrescento quando ela aparece flutuando na minha frente: — Rival.

Daniel concorda com a cabeça.

— E, agora que ela voltou pra casa, você perdeu essa mãe de mentirinha — ele conclui.

— Agora que ela voltou pra casa, eu perdi essa mãe de mentirinha — repito e suspiro mais uma vez.

— Por que você acha que deve algo a eles? A ela? — ele pergunta.

— Não sei. — Dou de ombros. — Porque acho que alguma coisa dentro de mim ainda acredita que as coisas podem mudar?

— É realmente isso, ou você acha que precisa aguentar tudo só porque é família?

Espero um pouco para responder.

Antes da morte de Henrique, esse era um tópico que eu discutia constantemente na terapia. Minha psicóloga dizia algo parecido. Que existiam muitos tipos de família. Meu irmão e minha cunhada. Meus sobrinhos. Meus amigos. Meus cachorros. Meu noivo, com quem eu construiria a minha própria família. Que eu não precisava aguentar tudo, tolerar tudo, aceitar tudo.

Mas então eu perdi a minha nova família antes mesmo de começar. E agora, por pouco, não perdi a antiga.

A verdade é que, depois de tantas perdas, depois de ir embora tantas vezes, tenho medo de ficar sozinha. Completamente sozinha. Então, talvez, "antes só do que mal acompanhada" não se encaixe na minha vida. Prefiro estar mal acompanhada a estar só.

Completamente sozinha.

— Sei lá. — Pigarreio, me ajeitando na cadeira.

— Eu vou morrer. — A voz de Paula nos alcança antes da sua presença.

Salva pelo gongo.

Quando nos viramos, ela caminha até nós. "Caminhar" é jeito de dizer. Ela se arrasta.

Vinícius vem atrás, o único que não parece ter sido atropelado por um ônibus.

— Bora, gente. Café, água e vamos.

Olho para o nada, me sentindo sobrecarregada. Me sentindo perdida. Me sentindo de ressaca.

— Eu vou com você — Daniel sussurra e segura a minha mão.

Respiro aliviada.

Nos enfiamos no carro de Daniel, sem conseguir falar uma só palavra. Paula avisa que pode vomitar a qualquer momento, Daniel diz que vai arriscar mesmo assim.

Quando ele estaciona na frente da antiga casa de bairro, observo o mesmo muro amarelado e o mesmo portão enferrujado.

Nada mudou, e, em vez de me sentir em casa, me sinto no meio de um campo minado.

Daniel segura a minha mão, e percebo que ela está gelada. Ele sorri para mim e a aperta de leve. Concordo com a cabeça e saímos.

Vinícius toca a campainha. Alguns minutos depois, meu pai atende.

— Finalmente apareceram. — Ele nos recebe, carinhoso como sempre. Em seguida, percebe Daniel parado entre nós. — Você ainda está aqui?

Abro a boca para responder, para pedir que ele não seja tão escroto, mas Daniel leva na esportiva.

— Até termos um filme. — Ele estende a mão em um tratado de paz, e meu pai aperta, desconfiado.

Ele abre a porta e nós entramos.

O pequeno gramado continua bem-cuidado, a EcoSport antiga continua espremida na mesma vaga da garagem, onde antes tivemos um Siena, um Corsa, um Monza e um Fusca.

Caminhamos atrás do meu pai e entramos em casa.

Parece um túnel do tempo para os anos 90. Capas amareladas nos sofás, sancas elaboradas e ultrapassadas e o rack que eles compraram pouco antes de eu ir embora.

A única coisa diferente é uma cama de solteiro no canto do cômodo, onde minha mãe está deitada.

— Oi, mãe. Como você está se sentindo? — pergunto com cautela.

— Mesma coisa — ela responde, mas sua voz já está um pouco mais forte.

Pego um dos muitos Mentos coloridos que guardei na bolsa e ofereço. Ela faz um gesto negativo com a mão, com dificuldade.

— Não quero.

É o primeiro golpe. Claro que ela não quer. Não estamos mais em território neutro. É a sua casa. E, na sua casa, ela dá as cartas.

Guardo o Mentos na bolsa e me sento. Daniel se senta ao meu lado. Paula e Vinícius ficam ao lado da minha mãe. Um silêncio desconfortável nos envolve. Sinto cheiro de álcool amanhecido, e provavelmente os meus pais estão sentindo também. Pigarreio.

— O que os médicos disseram? — pergunto para o meu pai, porque não suporto mais ouvir a minha própria respiração.

— Que ela está melhor, mas vai ser um longo tratamento. Muita medicação, muita fisioterapia...

— Não vou fazer porcaria de fisioterapia nenhuma, não serve pra nada, e aquela moça tá me tirando do sério — minha mãe resmunga.

— Tem que fazer — comento, mais para preencher o silêncio do que qualquer outra coisa, e meu pai dá uma risadinha, sentado em uma das cadeiras da mesa de jantar.

Olho para ele, que nega discretamente com a cabeça, sem olhar para mim.

Vinícius percebe a tensão e tenta mudar de assunto.

— Bom, mas parece que os médicos foram otimistas...

— Daqui a pouco você está ótima, não é, dona Vera? Já recebeu alta. Agora é só seguir direitinho o que passaram — Paula acrescenta, fazendo força para parecer normal e sóbria, e não uma mãe de ressaca.

Minha mãe sorri para ela e concorda com a cabeça. Seu olhar para a nora é de admiração. Um olhar que eu nunca recebi, em vinte e nove anos de vida.

Não sinto inveja. Sei o que Paula sofreu na mão dos meus pais até ser "aceita", entre muitas aspas. Eles só melhoraram depois que Inácio nasceu. E ela se esforçou, e muito, porque tem um bom relacionamento com os pais e quer que Vinícius tenha também, porque quer que os filhos tenham os avós presentes, porque não consegue compreender que família, às vezes, é melhor manter distância.

Não sinto inveja. Sinto tristeza. Somos todos reféns de uma migalha de amor, uma migalha de orgulho, uma migalha de atenção.

Ela leu o seu livro. Tento me apegar a isso, a única coisa à qual posso me apegar.

— Então, Verônica, você fica até quando? — meu pai pergunta.

Sinto um fundinho de "Quando você finalmente vai embora?" na sua pergunta.

— Até o próximo fim de semana — respondo.

— Ah, então você não vai acompanhar o tratamento. — Na superfície, é um comentário qualquer, uma resposta vaga para uma pergunta mais vaga ainda.

Mas eu conheço todas essas meias-verdades.

— Eu preciso voltar.

Não digo o que quero dizer. Nunca consigo dizer o que quero.

— Não tem problema. O Vinícius vai me acompanhar. — Minha mãe não olha para mim, olha para as próprias unhas. — Vai ser difícil, porque ele trabalha, mas vamos dar um jeito.

Ela leu o seu livro, ela leu o seu livro. A boia salva-vidas flutua para longe.

— Eu também trabalho — digo debilmente, não como uma afronta, mas como uma súplica. "Eu também tenho importância. Eu também tenho valor, você leu o meu livro!" — Por isso que eu preciso voltar.

— Você não consegue escrever suas historinhas de qualquer lugar? — meu pai questiona.

— Ela já disse que precisa voltar, pai — Vinícius se intromete, porque tentou apaziguar os ânimos a vida toda, porque não consegue tolerar qualquer tipo de conflito. — Ela já ajudou pra caramba nesses dias de hospital. Agora eu e a Paula vamos nos dividir, não tem problema...

— Você sabia que a "historinha" já vendeu mais de cem mil exemplares? — Daniel interrompe Vinícius, e me lembro da sua presença depois de minutos afundada em autopiedade.

Ouvir sua voz faz com que eu consiga respirar melhor.

A boia salva-vidas flutua de volta. Mas agora é outra. É *ele*.

— Não tem por que diminuir o trabalho dela — Daniel adiciona.

Então é assim que eu me sentiria se conseguisse falar o que realmente penso?, é o que toma conta dos meus pensamentos.

Olho para Daniel, tentando transmitir uma mensagem telepática: "Deixa pra lá, você não vai vencer essa batalha". Mas ele me responde, também telepaticamente: "Não quero vencer nada".

— Eu não diminuí, só comentei que o trabalho dela é fácil. O do Vinícius demanda mais tempo e dedicação, então por que ela não pode ficar aqui com a mãe dela, que está doente, quando estamos precisando de ajuda? Qual é a diferença de escrever aqui ou escrever lá?

— Por que você acha que o trabalho dela é fácil? — Daniel insiste.

— Plantar uma árvore, ter um filho, escrever um livro. Três coisas que todo mundo precisa fazer antes de morrer. Se todo mundo precisa fazer...

— Meu pai deixa o resto da frase morrer.

Me sinto extremamente envergonhada. Tentei avisar Daniel sobre o que estava por vir. Ele não quis me ouvir.

— Deixa isso pra lá, Carlos — minha mãe resmunga, não em minha defesa, mas porque estamos com visita, e as aparências ainda importam.

— Precisar fazer alguma coisa não significa que você vai fazer bem — Daniel comenta. — Vocês, por exemplo, tiveram dois filhos.

O tempo fica suspenso no ar.

Paula até arregala os olhos. Se estivéssemos em uma audiência, alguém iria suspirar, horrorizado.

— O que você quer dizer com isso? — Meu pai levanta um pouco a voz, e consigo ver a veia na sua testa que sempre se destaca quando ele é contrariado.

— Isso mesmo que você entendeu. — Daniel dá de ombros, tranquilo.

— Foi pra isso que você voltou, Verônica? Depois de anos? Trazer um desconhecido pra dentro de casa para nos ofender? Pra estressar a sua mãe doente? — Meu pai se vira para mim, porque sou o elo mais fraco, porque ele sabe que eu não sou capaz de responder à altura. — Era melhor nem ter aparecido.

Olho para a minha mãe, buscando algum tipo de apoio. "Você leu o meu livro... não leu?" Ela vira o rosto.

Eu abaixo o meu.

Tudo retorna ao mesmo tempo, como maré alta. Passei as últimas semanas fingindo que éramos uma família funcional, porque queria muito acreditar nisso, mas a verdade é que eu já deveria ter desistido há muito tempo.

Nada vai mudar.

— Vocês que não apareceram — eu me ouço murmurar.

— Quê? — meu pai pergunta, confuso.

— Vocês que não apareceram — falo mais alto e encontro os seus olhos. — No velório do meu noivo. Vocês que não apareceram.

— O que uma coisa tem a ver com a outra? — ele rebate, e verdadeiramente não consegue compreender como uma ação sempre gera uma reação.

— Você não pode me acusar de ser ausente, quando vocês nunca se importaram comigo. — Estou tentando controlar o volume da voz, que sai tremida no processo. — O meu noivo morreu e vocês não apareceram!

— Pera aí, gente, não precisa disso... — Vinícius tenta, mas sua voz não é firme.

Paula me olha, respirando fundo. Nunca conversamos sobre isso, mas sei que ela compreende como a falta deles me empurrou um pouquinho mais para o fundo do poço.

— Nós não fomos convidados. — Minha mãe tenta encontrar lógica no irracional e agora olha para mim, me desafiando. E eu sei que ela acha que está certa. A vida inteira, só ela esteve certa. — Não tínhamos notícias suas havia anos.

Eu me levanto.

— Você queria um convite formal para o enterro? Em papel timbrado? "Verônica Nakamura Silva convida para o velório"? — Solto uma risada estrangulada. Em seguida, me viro para Daniel, porque não quero mais estar aqui. Não consigo. — Vamos? Por favor?

Ele se levanta em um salto, como se só estivesse esperando o comando.

— Vê... — meu irmão começa, tentando apaziguar os ânimos, mas meu pai o corta:

— Vai embora mesmo, Verônica, é isso que você faz de melhor.

— É o que eu faço de melhor porque vocês nunca me deram alternativa — respondo e percebo que algumas lágrimas ameaçam escorrer, mas eu não permito.

Não vou mais chorar por eles. Nunca mais.

Caminho até a porta, mas, antes de ir, me viro para Vinícius e Paula.

— Eu sinto muito.

Não estou me desculpando por ir embora. Estou me desculpando porque sei que eles nunca vão ter coragem de ir também.

36.

> Somos apenas humanos e os deuses nos moldaram para o amor. Esta é a nossa grande glória e a nossa grande tragédia.
> — *A guerra dos tronos (As Crônicas de Gelo e Fogo, livro I)*, escrito por George R. R. Martin

QUANDO CHEGAMOS EM CASA, vou direto tomar um banho. Esfrego a pele até arder, tentando tirar o cheiro daquela casa, o cheiro do meu passado. Não choro mais, não tenho mais lágrimas para chorar.

Não sei por que imaginei que seria diferente. Quase trinta anos nas costas, e a minha criança interior, ingênua e assustada, ainda insiste em me fazer acreditar. Depois de tantos baques, era de se imaginar que eu não esperaria mais nada de positivo da vida, mas o meu coração esperançoso me trai de novo e de novo, quantas vezes for preciso.

Talvez ser otimista seja, no fim das contas, minha maior qualidade e meu maior defeito.

Quando saio do banheiro, enrolada na toalha e secando o cabelo com outra, encontro Daniel sentado na minha cama.

— O seu quarto é bem melhor que o meu — ele tenta brincar, olhando em volta, mas consigo sentir a pena rastejando pelas palavras, envenenando tudo.

De tudo que esperei causar nele, pena era o que eu mais temia.

Coloco a toalha que usei para secar o cabelo em cima da cama e paro na sua frente. Olho para ele, os olhos castanhos, o cabelo que já passou da hora de cortar, a boca repuxada para baixo, como quem sente muito, muito mesmo.

— Que merda, Verônica — ele murmura, os olhos fixos nos meus, não se atrevendo a olhar para qualquer outro lugar. — Eu não devia ter ido junto, piorei as coisas, me desculpa, foi muito escroto...

Não deixo que ele termine de falar.

Estou cansada de ser vítima das circunstâncias.

Pela primeira vez na vida, quero ser a responsável pelos meus erros. Quero causá-los, não apenas lidar com eles.

Lentamente, abro a toalha que está em volta de mim. Ela desliza pelo meu corpo e cai aos meus pés.

Daniel prende a respiração e passeia os olhos por mim, hipnotizado. É como se ele estivesse me despindo novamente. Ouço meu coração bater dentro do peito. Nunca na vida fui tão ousada. Nunca na vida temi tanto uma reação.

Ele fica imóvel. Não se mexe. Não se atreve.

Estendo a mão, querendo dizer que está tudo bem. Que eu quero isso. Quero *desesperadamente*.

Devagar, sem tirar os olhos de mim, ele a segura e me puxa para mais perto. Dou dois passos vacilantes. Minhas pernas ficam uma de cada lado do seu joelho direito. Ele sobe os olhos para os meus, a boca entreaberta, e vejo evaporar toda a pena que ele estava sentindo. Transformar-se em desejo.

Não sou digna de pena. Sou digna de ser amada.

Sem pressa, ele aproxima a boca da minha barriga, quase como se não conseguisse se conter. Parece demorar uma eternidade, mas enfim sinto seus lábios. Estão gelados, um contraste gostoso com a minha pele quente pelo banho mais quente ainda.

Daniel solta a minha mão e coloca as suas na minha cintura; aproveito para entrelaçar as minhas no seu cabelo. Enquanto ele beija a minha barriga, sobe os dedos e encontra os meus seios.

Arquejo quando ele passa o dedão pelo meu mamilo. Isso o encoraja a se levantar, a trilhar beijos cálidos por toda a extensão da minha pele. Estou arrepiada, e não sei se é pelo frio ou pela expectativa.

Daniel lambe os meus seios, beija o meu pescoço e para a centímetros da minha boca.

— Eu não quero mais evitar isso. — As palavras saem de mim como um sussurro, e ele finalmente me beija, como se todo o seu corpo concordasse comigo.

É um beijo intenso. Profundo. Sinto como se ele quisesse me engolir. Sinto como se quisesse ser engolida.

Daniel enfia as mãos no meu cabelo molhado e, devagar, me deita na cama. Então vem por cima de mim enquanto me beija, línguas preguiçosas em sincronia, mordidas e puxões, suas mãos passeiam pelo meu corpo quente.

Seus dedos e unhas me fazem gemer, e ele desce lentamente, desesperadoramente, até encontrar o que estava procurando.

Daniel massageia o meu clitóris em círculos lentos, e eu me agarro a ele, sua boca abafando os meus sons, meu quadril acompanhando os movimentos. Ele acelera, e nosso beijo fica descompassado. Não consigo acompanhar. Não consigo pensar.

É uma bênção. É uma delícia.

Quando sinto que não vou mais aguentar, sorrateiramente, provocativamente, ele para. Me ouço resmungar, e ele desce os dedos e me penetra. Primeiro um dedo, depois o outro.

Eu não me aguento.

— Puta que pariu — murmuro, e ele sorri contra a minha boca, sacana.

— Que delícia. — Sua voz está rouca de tesão, e eu enterro os dedos nas suas costas. Ele desvia a boca até o meu ouvido. — Posso te chupar?

Acho que consigo concordar com a cabeça, porque a trilha de beijos agora desce pelo meu corpo, e, quando vejo, sua cabeça está entre as minhas pernas.

Daniel me lambe, me degusta, suas mãos se perdem nos meus seios e sua língua se perde em mim. Eu me perco no labirinto que virou a minha mente. Sinto meus olhos revirarem. Sinto meus dedos se enterrarem no lençol. Sinto todo o calor do universo se concentrar no meu ventre.

Não duro quase nada. Estou esperando há muito tempo.

Quando gozo, agarro a cabeça de Daniel e não me preocupo em ser silenciosa. A explosão toma conta do meu corpo, e, por alguns segundos, é como se os meus pensamentos se dissipassem. O ar fica rarefeito. O mundo gira, e gira, e eu não quero que pare, nunca mais.

Aos poucos, porém, as ondas de prazer vão ficando mais espaçadas, até sumirem.

Estou aérea, latejando, ofegante.

Daniel não perde tempo. Sobe a trilha de beijos e encontra a minha boca. Me beija com vontade. Me beija como se estivesse sonhando com isso há dias, meses, anos, décadas.

Vou me recuperando com a energia do beijo, o tesão retornando, primeiro tímido, em seguida barulhento. Agarro os seus ombros e o viro na cama, ficando por cima, passando as pernas ao redor do seu quadril e sentindo sua ereção.

— Você ainda está completamente vestido — resmungo.

— Vamos resolver isso. — Ele sorri, a boca vermelha, o cabelo bagunçado, e eu nunca o vi mais bonito.

Tiro sua camiseta de qualquer jeito, observando os músculos, os pelos, e quero devorá-lo. Quando ela sai pela cabeça, Daniel observa o meu corpo em cima dele.

— Pelo amor de Deus, você é muito gostosa — ele ofega e segura os meus seios nas mãos, como se observasse uma obra de arte.

Dou risada, e ele se impulsiona para cima e apoia os cotovelos na cama, beijando o meu pescoço. Aproveito para abrir a sua calça. Quando consigo desabotoar e deslizar o zíper, me desvencilho dos seus beijos. Ele resmunga, mas, ao perceber para onde estou indo, joga a cabeça para trás, quase como se não acreditasse.

Puxo a calça jeans para baixo, junto com as suas meias, e observo o seu corpo. Depois de alguns segundos, meus olhos encontram os dele. Sem quebrar o contato visual, tiro sua cueca, e, quando envolvo seu membro com a mão, sua expressão de prazer me excita de uma forma que eu não sei explicar.

Beijo e dou mordidinhas nas suas coxas enquanto faço movimentos para cima e para baixo. Daniel continua apoiado nos cotovelos, observando tudo, registrando o momento como um diretor capturando o melhor ângulo.

Subo os beijos e envolvo a sua ereção com a boca. Daniel ofega.

— Caralho... — murmura, enlouquecido.

Subo e desço, umedeço os lábios, e percebo que ele também não vai aguentar muito. Quando ele se contrai inteiro, paro o que estou fazendo e levanto os olhos. Daniel está ofegante e olha para mim com a boca entreaberta.

— Como você quer gozar? — pergunto, sorrindo.

Ele também sorri. Lentamente, me puxa para cima e me beija. Minha boca está inchada, a dele está quente, e, enquanto nos beijamos, ele tateia na cama, procurando sua calça.

Quando a encontra, para de me beijar por um instante, abrindo a carteira. Mordisco sua orelha e ele ofega na minha, e então ouço o barulho do pacote da camisinha sendo aberto.

Daniel volta a me beijar e a coloca com destreza. Me encaixo em cima dele e faço menção de ir até o final, mas ele impede.

— O que... — A pergunta morre no ar, porque Daniel me vira, ficando por cima novamente.

Ele encaixa o pau na entrada, mas, em vez de começar com a urgência que estou desejando, faz tudo devagar, me provocando. Entra só o suficiente para sair. O tempo é um elástico, moldando-se ao nosso prazer. Ele me lambe, me morde, mas não vai até o final. Eu me pressiono contra ele, e ele ri no meu ouvido, fazendo todos os pelos do meu corpo se arrepiarem.

— Por que a tortura? — pergunto, mas a verdade é que estou adorando.

— Porque eu esperei tempo demais — ele responde.

Mas logo se esfregar em mim não é o suficiente. Daniel ofega e leva as minhas mãos para cima da cabeça, como fez no elevador.

Ele para de me beijar para me olhar. E escolhe esse momento para, finalmente, me penetrar até o fim.

Me sinto como um balão, prestes a estourar.

— Meu Deus... — deixo escapar, e ele sorri e morde de leve o meu lábio, começando a se movimentar para dentro e para fora.

É lento, e me preenche completamente. Sinto todos os sentimentos que existem para sentir. Tenho vontade de chorar. Liberar um pouco da energia estática que estou sentindo.

Daniel acelera. Me faz gemer, ofega no meu ouvido.

— Eu vou gozar... — ele diz, como se se desculpasse.

E suas palavras me fazem perceber que eu também vou.

— Goza — murmuro contra a sua boca. — Goza pra mim.

Ele solta o ar com força ao ouvir as minhas palavras e acelera ainda mais. O calor se acumula novamente no meu ventre. Daniel fecha os olhos, começa a murmurar "Isso" de novo e de novo, e eu cravo os dentes no seu pescoço.

Quando ele goza, eu gozo também.

Trememos um contra o outro. E, com a intensidade que vem, também se vai.

Daniel apoia a cabeça no meu peito, ouvindo o meu coração bater acelerado. Ficamos assim por alguns minutos, talvez semanas.

Um tempo depois ele tira a camisinha, amarra e guarda dentro do pacote. Depois, se deita ao meu lado, ofegante, e eu me acomodo no seu peito.

Daniel passa a mão despreocupadamente pela minha cabeça, espalhando os fios de cabelo, e eu sinto o seu cheiro como se fosse a flor mais rara de todas.

O mundo volta a girar.

E eu adormeço.

37.

> Eu vim aqui esta noite porque, quando você se dá conta de que quer passar o resto da sua vida com alguém, quer que o resto da sua vida comece o quanto antes.
> — *Harry e Sally: feitos um para o outro*, roteiro por Rob Reiner e Nora Ephron

ACORDO OUVINDO O *TEC, tec, tec* do teclado.

Abro os olhos, pesados, e vejo Daniel sentado na poltrona de canto do quarto, a luz amarela e bruxuleante do abajur transformando o seu rosto em um caleidoscópio de sombras e luz. Ele está usando uma calça de moletom confortável, nu da cintura para cima, compenetrado.

Está escuro lá fora, e as árvores balançam preguiçosas, dançando com a brisa gelada.

Me remexo um pouco, e Daniel desvia os olhos do notebook.

— Te acordei? — ele murmura, preocupado.

— Não — minto. — Que horas são?

— Quinze para as nove — ele responde, olhando para o relógio na tela do computador.

Esfrego os olhos e o observo.

Pensei que nunca o veria mais sexy do que quando estávamos transando, mas vê-lo ali, escrevendo no escuro, acende algo em mim.

— Tem gente que fuma um cigarro depois de transar — comento.

— O trabalho é o único vício que eu tenho. — Ele morde o lábio inferior. — E acordei inspirado.

— Ah, é? — Me sinto sorrir como uma adolescente. — E o que você está escrevendo?

— Um conto erótico — ele responde, também sem conseguir conter o sorriso.

— *O CEO e a atrapalhada*? — pergunto.

— *A* CEO — ele me corrige, negando com a cabeça. — Mulheres podem ser CEOs também, sabia? Machista.

— E onde você parou?

— Ela acabou de levantar da cama e foi até o mocinho atrapalhado, que está escrevendo em um canto. — Ele dá de ombros, fingindo ingenuidade.

— Uau, que criativo. — Me levanto, ainda nua, e caminho até ele. — O que mais?

— Hmmm, deixa eu ver. — Ele finge que lê algo na tela. — Parece que ela acabou de sentar no colo dele.

— Que ousada.

— Claro, ela é CEO da porra toda. — Ele observa o meu corpo, uma chama de desejo dançando nos olhos.

Eu me sento no seu colo, e ele coloca o notebook de lado, em cima da mesinha.

— Não, eu quero saber o que vai acontecer — protesto.

— Eu sei de cabeça. — Ele bate com os dois dedos da mão direita na têmpora, enquanto a esquerda se enfia no meu cabelo, agora seco. — Passei muito tempo pensando nessa história.

— E o que a CEO queria sentando no colo do mocinho atrapalhado?

— Perguntar o que ele estava escrevendo. — Daniel apoia a boca no meu ombro.

— Isso tá ficando muito metalinguístico — comento, sentindo o cheiro do seu cabelo.

Daniel ri e morde o meu ombro de leve. Depois suspira.

— Eles mandaram o feedback da última versão.

— Domingo à noite? Uau, alguém está entediado — brinco, mordiscando a sua orelha.

— Precisamos voltar ao trabalho — ele resmunga, como se estivesse sugerindo algum tipo de tortura.

— Estamos fazendo exatamente o que dissemos que iria nos prejudicar — concordo, mas não me afasto.

— Devíamos parar com isso. — Ele sobe os beijos pelo meu pescoço, encontrando a minha orelha. — Já tiramos a tensão sexual do caminho.

— Com certeza — digo, me arrepiando com a sua voz no meu ouvido. — Foco total no filme.

— Foco total no filme — ele murmura e encontra a minha boca.

Nós nos beijamos lentamente. Sinto sua ereção crescer embaixo de mim. Enfio as mãos no seu cabelo, e ele desliza as suas pelo meu corpo.

Delicadamente, ele abre as minhas pernas e se perde com os dedos por ali, e meus gemidos são abafados pela sua boca.

Depois de algum tempo dessa tortura deliciosa, passo as pernas ao redor do seu quadril, abaixo a sua calça e ele me penetra.

— Amanhã. — Sua voz sai sofrida, seus olhos estão fechados, perdidos no prazer. — Amanhã é foco total no filme.

Transamos ali mesmo.

E uma segunda vez no chuveiro.

E então apagamos mais uma vez na cama.

Quando acordo novamente, já está claro, e não encontro Daniel em lugar nenhum.

Percebo que tenho várias mensagens no celular, do meu irmão e de Paula, mas ignoro; o medo e a ansiedade não me paralisam. Nada do que eles falarem vai me fazer voltar atrás. Às vezes, tentar consertar vidro quebrado apenas corta as nossas mãos.

Saio do quarto com as pernas um pouco bambas, abraçando o corpo. Tinha esquecido como era deliciosa a sensação de acordar no dia seguinte, depois de uma noite inteira transando.

Encontro Daniel na mesa de sempre. Com duas canecas de vaquinha na frente.

Fico um pouco receosa, sem saber como agir. Devo beijá-lo? Ele vai achar que estou enxergando isso como mais do que é? Devo cumprimentá-lo com um aperto de mãos formal, "bom fazer negócios com você"?

Mas ele toma as rédeas da situação. Se levanta, sorrindo, e me beija. Sinto um alívio quase desesperado. *Não acaba aqui*, penso, me sentindo estúpida e vulnerável e rendida.

Em seguida, Daniel me entrega a caneca de vaquinha.

— Toma. Depois se troca. Temos um dia longo pela frente.

— Aonde vamos?

— Foco total no filme. — Ele pisca para mim.

Obedeço a suas ordens, ainda perdida na nuvem de endorfina, incapaz de tomar minhas próprias decisões, feliz por ter alguém as tomando por mim. Quando saio do quarto, ele está terminando de colocar as guias nos cachorros.

— Vamos sair?

— Vamos.

— Pra onde?

— Segredo.

E eu aceito. Se ele me dissesse que iríamos pular de paraquedas, eu aceitaria.

Esse é o perigoso efeito de uma ótima transa.

Colocamos toda a gangue no carro, e vou com Fausto Silva (ou Thor) no colo, já apegada.

Daniel dirige distraído, coloca a mão na minha coxa, cantarola baixinho, acompanhando a playlist que eu escolhi. Aos poucos, vou percebendo para onde estamos indo.

— A gente vai subir a Pedra Grande? De novo? — pergunto, um pouco surpresa, um pouco desesperada.

— Isso — ele concorda.

— Eu estou de calça jeans — comento com a voz um pouco aguda, porque não quero ser a chata que diz que não vai fazer aquilo de novo nem sob tortura.

Nem por um corpinho delicioso como o dele.

— Não tem problema.

— E os cachorros? Não acho que o Fausto Silva tem fôlego pra isso. — Balanço as patinhas dele na direção de Daniel.

— Ele vai se sair bem — ele diz simplesmente.

E então, quando estou prestes a implorar que ele dê meia-volta para o conforto da cama, a que agora é "nossa" cama, ele pega outro caminho. E eu entendo.

— Vamos subir de carro. — Suspiro, aliviada.

Daniel ri.

— Sim. Mas a sua cara de desespero estava uma gracinha.

Mordo o lábio e desvio o rosto.

Foco total no filme.

Daniel estaciona e observamos a vista, deslumbrante, mesmo sem envolver nenhum esforço físico.

Começo a rir, negando com a cabeça.

— O quê? — Daniel quer saber.

— Não acredito que elas nos fizeram subir tudo isso a pé quando tinha uma opção bem mais confortável.

— Eu gostei. — Ele dá de ombros. — Quando você estava na minha frente, a visão era uma delícia.

— Tá com as asinhas de fora, hein? — pergunto, e ele segura o meu queixo com carinho.

— Se você quiser, eu paro.

— Não. — A palavra sai mais rápido do que eu pretendia, e ele sorri, aquele sorrisinho torto, como se não conseguisse impedir, mas tentasse com todas as forças. Ele me beija, e eu chego à conclusão de que ser beijada por ele talvez seja o meu mais novo sentimento favorito.

Saímos para o ar frio da manhã, com todos os cachorros se enrolando nas nossas pernas. O estacionamento está quase vazio, com exceção de um ou outro carro; segunda-feira não costuma ser um dia movimentado no quesito turismo.

Damos uma voltinha, deixamos os cachorros cheirarem, mijarem, e, enquanto observo pacientemente Capitu se agachar e começar a fazer cocô, me lembro do dia em que "conheci" Daniel.

E começo a rir.

— Estou me esforçando para escrever um roteiro que te faça rir... Acho que é só colocar um cachorro cagando? — Daniel pergunta, o que me faz rir mais ainda.

— Só lembrei de quando você pisou na merda. — Consigo parar de rir para responder.

— Ah, sim. Um meet cute de qualidade — ele concorda.

— Uma bela primeira impressão... Eu te chamei mentalmente de Cara do Cocô por muito tempo. — Daniel ri. — E você? O que pensou de mim?

E então percebo certa... timidez tomar conta dele. Isso me faz insistir.

— O quê? É tão ruim assim? Doida dos Cachorros? Não me ofende, eu sou mesmo...

— A primeira coisa que eu pensei foi: *Caralho, pisei na bosta*. E a segunda foi: *Meu Deus, essa é a mulher mais linda que eu já vi na vida*.

— Ah, fala sério! — Eu o empurro de leve pelos ombros.

— Estou falando. — As pontas das orelhas de Daniel ficam um pouco vermelhas, e não é pelo esforço físico. — Eu estava pronto pra negar a proposta, porque, sinceramente, não sei se sou a melhor pessoa do mundo para escrever uma comédia romântica, mas aí... você entrou naquela sala.

Sinto como se o meu coração fosse explodir dentro do peito.

— E por que você foi tão desagradável? Aquele dia na produtora? — A pergunta sai antes que eu possa engoli-la de volta.

— Porque eu sou desagradável quando estou desconfortável. E você... me deixava bastante desconfortável. De um jeito positivo! — Ele corre para se corrigir quando percebe que fico um pouco chateada com o comentário. — Achei que a melhor coisa a fazer era manter uma distância segura entre nós dois. Mesmo porque, quando que uma mulher como você ia se interessar por mim...

— Ah, cala a boca! Você sabe que é a cara do Wagner Moura, né?

— E isso é bom? — Ele estranha o comentário.

— Você não tem Twitter?

— Não.

— Tá explicado. — Dou de ombros. — Wagner Moura, Pedro Pascal, Selton Mello e Adam Driver são os homens mais sensuais do mundo.

— Adam Driver? O Kylo Ren? — Daniel arregala os olhos.

— O Kylo Ren. — Concordo com a cabeça. — Tem todo um gênero literário só sobre o Adam Driver. Romances do Kylo Ren.

— Você tá me zoando. — Ele sorri, mas eu nego com a cabeça veementemente.

— Não estou. Sério. — Pego meu celular e abro alguns dos livros que sei que são contos eróticos com o Adam Driver. Vou rolando a tela da Amazon e mostro para ele. — Aqui, ó. Dos livros de romance mais vendidos. Adam Driver professor. Adam Driver vampiro. Adam Driver músico.

Daniel está sorrindo, achando tudo muito divertido. De repente, bloqueio o celular e olho para ele, muito séria.

— Posso te pedir uma coisa?

— Qualquer coisa — ele responde na lata. Mas em seguida adiciona: — Menos tentar escalar o Adam Driver pro filme.

— Você pode falar "Você é a cachorra mais burra aqui desse calçadão"?

Daniel para de andar e pisca uma, duas, três vezes, atônito.

— Você tá tendo um derrame?

— É sério! — Agora estou tentando segurar a risada. — O Wagner Moura diz isso em uma novela. *Paraíso tropical*. Tem todo um apelo.

Daniel nega com a cabeça.

— Eu não consigo falar isso.

— Consegue. — Seguro a sua mão; quero que ele saiba que estou falando sério, mas também não consigo não rir. — Eu acredito em você.

Ele respira fundo e solta o ar lentamente.

— Você vai me dever muito depois dessa — comenta.

— Posso viver com isso.

Daniel me olha bem no fundo dos olhos, e eu aguardo com expectativa.

— Vocêéacachorramaisburraaquidessecalçadão — ele diz de uma vez só, e eu finjo que estou derretendo ao redor dele.

Daniel me segura, e nós estamos rindo, e eu não me lembro de me sentir tão feliz assim em... tanto tempo.

— Como continua? — ele pergunta com a boca perto do meu ouvido.

— A frase.

Fico um pouco tensa.

Ele percebe.

— O quê? Eu quero saber.

— "Porque só você não viu ainda que eu amo você também."

Daniel me solta e voltamos a nos encarar. E, antes que a conversa entre em terrenos que eu não sei se estou preparada para desbravar, completo:

— "Sua cachorra. Sua piranha. Sua bandida."

Ficamos alguns segundos em silêncio.

E Daniel cai na risada. Eu o acompanho.

— Eu menti. *Essa* foi a primeira coisa que eu pensei quando te vi — brinco, e Daniel me beija.

Depois que terminamos de dar uma volta com os cachorros, vamos até a área rochosa e encontramos um bom lugar para sentar. Eles já estão cansados, então se acomodam ao nosso redor, como se observassem a vista.

Mais uma vez, me pego pensando em como seria poder proporcionar a eles esse tipo de vida. Não um apartamento minúsculo em São Paulo e algumas caminhadas entre bitucas de cigarro e caçambas de lixo ao longo do dia.

Daniel também observa a vista, focado em um grupo de malucos que pula de parapente.

— E se eles pulassem de parapente? — Ele se vira para mim de repente.

Ele voltou a ser o Daniel roteirista. O Daniel que conheci há quase um mês, e que aprendi a valorizar. Aprendi a gostar. Muito mais do que eu deveria. Muito mais do que é considerado profissional.

— Será que vai ter orçamento pra isso? — questiono.

— Uau. Você está virando uma roteirista.

— E você um escritor de livros, com essas ideias caras — brinco.

— Será que da próxima vez você vai adaptar um livro meu, e eu vou ficar atrás de você falando que tá tudo errado? — Daniel segura a minha mão e a beija, despretensioso.

É como se fôssemos um casal. Se ele sabe que fazer planos para o futuro e beijar a minha mão eleva substancialmente as minhas expectativas, não parece se importar.

Ou ele vai partir o meu coração, ou vai permanecer.

Não tem meio-termo.

— Eu não fiquei atrás de você falando que estava tudo errado — argumento e pigarreio, tentando firmar a voz, para que ele não perceba que estou prestes a desaparecer em uma poça de ilusão.

— Ficou. Mas não tem problema. Isso me fez pesquisar o que era slow burn. E aí eu pesquisei alguns livros. E aí eu passei algumas noites lendo *Orgulho e preconceito*. Depois fui ver o filme. Depois li *Lugar feliz*. — Ele dá de ombros. — Eu chorei no final.

Abro a boca, mas a fecho em seguida, porque tenho medo de compartilhar demais. Tenho medo de dizer que essa é uma das coisas mais lindas que alguém já me disse. Tenho medo de admitir que estou apavorada com o que o futuro nos reserva, mas que estar com ele me salvou de mim mesma. Tenho medo de dizer tudo o que estou sentindo, porque aí estaria admitindo que eu sou dele desde o primeiro dia em que o vi, desde que percebi que somos conectados por uma vocação, por um chamado, por uma história que, quando nos chama, nos obriga a ir atrás. Tenho medo de que seja real, porque, se for, pode acabar, e eu não sei se me recuperaria disso.

Por isso opto pelo seguro.

Pelo confortável.

— Então eu basicamente fiz você se tornar um roteirista melhor? — pergunto, brincando, mas Daniel me olha sério e diz:

— Entre outras coisas.

Ele mal me dá a chance de me recuperar do comentário quando olha novamente para os malucos pulando de parapente.

— Acho que eu vou arriscar. — Pega o celular e começa a anotar a ideia no bloco de notas.

— É bom arriscar — concordo, mas não estou mais falando do filme.

38.

> Mas sabe de uma coisa? Eu não tenho
> que me contentar com a infelicidade.
> — *Querido ex*, escrito por Juan Jullian

PASSAMOS A TARDE TODA na Pedra Grande, e o "foco total no filme" é levado muito a sério. Entre beijos e risadas, conversamos sobre o terceiro ato, o clímax da história, o rompimento do casal e a resolução.

Chegamos juntos a um final que nos agrada, sem nenhum veto e nenhuma discussão acalorada. Por mais que eu gostasse do que esse tipo de embate criava, parece que, agora que estamos em total sintonia, apenas complementamos as ideias um do outro.

Quando começa a escurecer e a fazer mais frio do que nossos moletons são capazes de aguentar, juntamos nossas coisas, colocamos os cachorros no carro e voltamos para casa.

Enquanto Daniel escreve tudo o que conversamos durante o dia, ajusta a escaleta com base no feedback do canal e a envia para a produtora, eu me ocupo com o jantar: pedir hambúrguer pelo iFood.

A comida chega uma hora depois, e comemos no sofá assistindo ao último filme que Daniel escreveu. Sucesso de crítica, *O mistério da Rua 19* acompanha uma investigação policial que busca solucionar uma série de assassinatos que aconteceram em uma mesma rua de uma cidade pequena.

Ao longo do filme, Daniel vai me explicando como teve a ideia para o roteiro, todo o processo de escrita, os perrengues para tirar o projeto do papel, todas as vezes que pensou que daria certo e logo em seguida o canal voltou atrás, as noites sem dormir, os sapos que precisou engolir para não engolir a lagoa inteira.

É quase hipnotizante ouvi-lo falar. Ele ama o que faz, genuinamente ama. Mesmo que reclame e pontue tudo o que detesta no processo, quando ele começa a falar sobre a escrita, sobre as cenas favoritas, aquelas em que ninguém mexeu, aquelas que foram gravadas como ele idealizou, seus olhos se tornam duas pedras preciosas de tanto que brilham.

Se escrever para mim é uma forma de controlar a narrativa, Daniel se deixa controlar por ela. É refém. Em busca da melhor história, da melhor ideia, da melhor forma de arrebatar quem assiste.

Quando o filme termina, *eu* estou embasbacada.

— Não acredito que você vai adaptar o meu livro. — Ajeito a cabeça para poder olhar para ele, que está com o braço ao redor do meu ombro. — Você é genial.

— Estou tentando te dizer isso desde o primeiro dia. — Ele dá de ombros, fingindo arrogância.

— Eu devia ter pesquisado melhor. Mas pelo menos as ofensas e desconfianças te mantiveram humilde — brinco.

— É, eu reparei que você não estava tão empolgada assim no começo... — ele provoca.

— Não estava, mas agora eu te vi pelado. — Aponto para a tela da televisão, em que os créditos rolam. — E não só literalmente falando. Acabei de ver a sua alma.

— Meus nudes da alma? — ele brinca.

— Isso, eu vi os seus nudes da alma — concordo, e estamos rindo.

— O que é constrangedor, porque eu não malho a alma — ele comenta, fazendo careta. — Sabe quanto eu precisei correr pra ter essas entradas?

Ele pega as minhas mãos e coloca nas entradas em forma de V próximo à virilha, por cima da camiseta, como se eu não soubesse do que ele está falando. Como se elas não tivessem me assombrado desde a primeira vez que as vi na piscina.

De repente, lembro que preciso ligar para Gio. Contar que lambi essas mesmas entradas.

— Quais, essas aqui?

Coloco a mão gelada por baixo da camiseta de Daniel, e ele dá um pulinho, rindo.

— As próprias.

— Nem tinha reparado... — Me faço de desentendida, passando a mão distraidamente, e Daniel segura o meu pulso, guiando os movimentos.

— Não seja por isso, deixa eu te mostrar.

Ele vai se deitando por cima de mim, beijando o meu pescoço, e a última coisa que consigo pensar com clareza é: *E lá vamos nós de novo.*

E como fomos.

Tanto que caímos no sono no sofá logo em seguida, cansados do esforço mental e físico do dia.

Acordo no dia seguinte com o celular de Daniel vibrando entre nós.

O sol já nasceu, mas a casa continua adormecida. Os cachorros estão espalhados pelo chão, e posso jurar que vejo Fausto Silva (ou Thor) de conchinha com Julieta. Já esqueceu Capitu? Boy lixo.

Daniel resmunga ao meu lado e tateia em busca do celular. Sua mão encontra o meu rosto, eu resmungo e ele a enfia atrás de mim, encontrando o aparelho.

— Alô — murmura. — Aham, tô acordado.

Claramente ele não está.

Não consigo ouvir o que a pessoa do outro lado diz, mas presto atenção em Daniel. Ele ouve tudo meio dormindo, meio acordado, mas de repente se ajeita no sofá, e eu sinto frio em todas as partes do corpo que não estão mais em contato com ele.

— Por quê?

Daniel se levanta e apoia o celular entre o ombro e a orelha, esfregando o rosto com as duas mãos, tentando acordar. Ele parece... irritado.

— Hm.

Me sento no sofá. Coço os olhos. Estou toda dolorida da noite dormida feito uma peça de Tetris.

— Ele sabe que... — Daniel começa a falar, mas, aparentemente, é cortado pelo outro lado.

Ele suspira e vai até a mesa, sentando-se e abrindo o notebook.

Por mais que todas as células do meu corpo estejam curiosas, tenho um pouco de autocontrole e vou até a cozinha passar o café.

Enquanto ouço o barulho da máquina trabalhando, lavo as canecas de vaquinha. Em seguida, preparo algumas torradas com requeijão — nosso estoque de comida está perigosamente baixo — e levo tudo para a sala.

Daniel ainda está ao celular. Conectou os fones e digita com as mãos livres enquanto ouve o outro lado, concordando com a cabeça, como se pudesse ser visto.

Coloco uma caneca na frente dele. Ele a pega, mas parece não querer olhar para mim.

É coisa da sua cabeça, digo a mim mesma e vou até o quarto pegar meu notebook. Olho em volta, para a suíte master que vou precisar abandonar no final da semana.

Vai ser difícil. Sinto um aperto no peito. O fim do sonho de uma noite de verão.

Quando retorno, Daniel está se despedindo.

— ... beleza, vou mexer e já te envio.

Ele tira os fones e apoia a cabeça nas mãos.

— Tá tudo bem?

Daniel se sobressalta e olha na minha direção.

— Não muito. — Ele tenta sorrir, mas a tentativa é sofrível.

— O que foi? — Me sento ao seu lado.

— Mandei o material que escrevemos ontem. O final. Eles... gostaram. Mas o diretor teve uma ideia nova.

— Claro que teve... — brinco, mas percebo que o terreno não está para brincadeiras. — Que ideia?

Sinto o calor do café atravessar a caneca. Sinto que esta conversa não vai terminar bem.

— Ele... — Daniel não consegue terminar.

— O quê, Daniel? — Uso o seu nome, uma demanda. — Pode falar.

— Ele quer que o Rodrigo morra no final — ele diz de uma só vez.

Começo a rir. Dessa vez, Daniel não me acompanha.

— Não faz o menor sentido — continuo, abanando o ar com a mão, como se isso pudesse fazer a ideia desaparecer para os confins do inferno, de onde nunca deveria ter saído. — O canal vai recusar.

— O canal já curtiu. Eles querem seguir assim. Querem que eu mexa e envie junto com a última versão, na sexta.

E então eu paro de rir.

— Por quê? — É a única coisa que sai da minha boca.

— Alguma pesquisa de conteúdo. Dramédias estão em alta. Sick lits, sei lá.

— Mas o livro não é um sick lit. Não tem ninguém doente na história. — Minha voz vira areia na garganta. Parece que estou argumentando com uma criança que não entende por que é errado bater no coleguinha.

— É o que eles querem alterar. — Daniel nega com a cabeça. — Verônica, eu...

— Você não vai aceitar isso, né? — pergunto, porque agora compreendo a sua expressão.

Não é de ódio. É de consternação. Porque ele vai seguir em frente. Vai seguir com o que foi pedido.

— Eu não... — Ele não consegue terminar a frase.

Eu me levanto. Não consigo mais ficar sentada.

— Daniel, pelo amor de Deus, isso não faz o menor sentido!

— Não faz — ele concorda. — Mas não tem nada que eu possa fazer.

— Você é o roteirista do filme — aponto.

— Eu não sou ninguém — ele responde de forma amarga.

— A gente pode recusar — digo, sem acreditar no que estou ouvindo sair da sua boca. Sem acreditar que esse é o mesmo Daniel que passou dias tentando me convencer dos menores detalhes.

— Eu não posso, Verônica. — Ele suspira, e meu nome não parece mais tão sexy na sua voz. — Eu preciso da grana. Eu te disse isso. No primeiro dia.

Pisco uma, duas vezes.

— Você não vai nem tentar? — Minha voz sai esganada, e me odeio por ser tão emotiva.

— Eu posso tentar, sim, mas não vai adiantar nada. Quando a demanda vem do canal, é muito difícil argumentar. — Ele está vencido. Perdeu a batalha, a guerra inteira. Já passou por isso vezes demais para não saber que seria tudo em vão.

Mas isso não me consola.

— Você sabe... — Engulo as lágrimas que estão ameaçando cair. Quero ser profissional. Quero ser convincente. — Você sabe o que essa história significa.

— Eu sei. — Daniel também se levanta e tira a caneca de vaquinha da minha mão; percebo que a estava chacoalhando para todos os lados. Ele a coloca ao lado da sua, e essa visão me entristece profundamente.

Pensei que fôssemos um time.

Nunca fomos.

— Eu não posso aceitar isso — digo.

Sinto algum dos meus cachorros lamber a minha perna. Quando olho para baixo, é Fausto Silva (ou Thor).

— E eu não posso te fazer aceitar — ele concorda. — Mas também não posso mentir pra você. Peguei esse trabalho porque o mercado tá um lixo e eu tenho um financiamento imobiliário de trinta e cinco anos pra pagar. Não é um projeto autoral, é um projeto por demanda. Eles demandam, eu entrego.

— Não é qualquer demanda. Eles querem matar ele. Querem matar ele — não consigo mais controlar a língua — *de novo*.

— Verônica, é só um personagem. — Daniel tenta se aproximar, segurar minha mão, mas não permito. — Não é ele.

— Não me trata feito idiota, eu sei que não é ele, não sou maluca. — Minha voz agora está mais alta.

— Então qual é o problema? — Ele estende a mão, uma trégua.

Qual é o problema?

Não consigo acreditar no que estou ouvindo.

— Qual é o pro... — Me interrompo, não consigo completar. Todo o meu corpo me pede para sair dali. Sair correndo. Então digo o que estou pensando. — Você tem razão. Isso foi um erro.

— O filme ainda vai ficar legal...

— Não estou falando do filme.

Parece que Daniel tomou um tapa na cara.

Eu me viro. Não consigo mais segurar as lágrimas, então volto para o quarto, porque não quero chorar na frente dele, não quero que ele veja o real estado da minha saúde mental. Não quero que ele perceba todas as expectativas que criei, em relação ao filme, em relação a *nós*.

Eu sou a única culpada.

Daniel não vem atrás de mim.

39.

> Eu não me importo de estar sozinha.
> Só não quero ser insignificante.
> — *The Marvelous Mrs. Maisel*, criada por Amy
> Sheman-Palladino e Daniel Palladino

ME TRANCO NO QUARTO e pego o exemplar de *A trilha do coração* que trouxe comigo.

Não sei o que estou esperando encontrar. Perguntas? Respostas?

Abro na primeira página. Na dedicatória.

> *Para Henrique.*
> *Que bom que a trilha da minha vida me levou até você.*

Fecho o livro com um estalo.

O que eu estou fazendo? Por que estou aqui? O que pensei que fosse acontecer?

Conheço Daniel há menos de um mês. Ele tem a vida dele, os problemas dele. Por que achei que fosse defender a história como se compreendesse o que ela significa? Como se *realmente* compreendesse?

Foi ridículo e ingênuo da minha parte. Me sinto ridícula e ingênua. É uma indústria conhecida por moer sonhos. O meu não é mais importante que o de ninguém. É a próxima tendência, o próximo hit, o próximo trending topic. Quem se importa com quem escreveu a história? Quem se importa se quem escreveu a história perdeu o noivo em um acidente de carro e não quer matar o personagem que se parece *tanto* com ele?

Minhas mãos começam a trabalhar, porque eu não consigo ficar quieta, e demoro para me dar conta de que estou guardando as minhas roupas dentro da mala. Quando percebo, não paro.

Sei que parece infantil ir embora quando o cerco começa a se fechar. "Vai embora mesmo, Verônica, é isso que você faz de melhor." Não foi o que o meu pai me disse? Não é o que eu faço de melhor? Não é por isso que a pessoa que eu mais amei na vida também foi embora? É exatamente o que eu mereço por ter feito igual tantas e tantas vezes.

A pior coisa que eu fiz foi me envolver com Daniel. Eu sabia que isso ia acontecer. *Ele* sabia que ia acontecer. E, mesmo assim, insistimos no erro. Agora temos um conflito de interesses. E eu não sei o que está doendo mais, a história do filme ou o final da nossa.

Minha visão está embaçada pelas lágrimas, e eu me odeio por ter essa reação. Me odeio por não conseguir deixar que o mundo termine de dilacerar as minhas expectativas. Eu já deveria estar acostumada, já deveria estar escolada. Sou uma idiota. Uma mulher que não está preparada para a vida real, perdida em livros e histórias porque não sabe encarar a realidade.

Quando termino de arrumar tudo, olho em volta e não sei o que fazer. Queria colo. Queria a minha mãe; não, queria *uma* mãe. Qualquer uma.

Ligo para a única pessoa que faz sentido.

— Best! — Gio exclama do outro lado. — Menina, eu estava pensando em você, uma comunicação com base em figurinhas não conta tudo o que precisa ser contado e... Tá tudo bem?

Percebo que funguei alto e nego com a cabeça, como se ela pudesse me ver.

— Verônica, o que aconteceu? — Gio perde toda a animação. — É a sua mãe?

Isso só me faz chorar mais.

— Você tá me assustando. — A voz dela está alarmada do outro lado da linha, então tento falar, porque não quero assustá-la.

— É idiota. — É a primeira coisa que sai da minha boca, porque é claro que é idiota.

Eu sou uma idiota.

Eu criei todas essas expectativas.

Vi tudo ir bem e pensei: *Pode relaxar, já deu certo.*
Baixei a guarda.
Eu sou uma idiota.
— Pra você estar desse jeito, não me parece idiota. O que aconteceu?
— Será que você pode vir me buscar? — peço, e a frase é tão estúpida, tão adolescente, sinaliza tanto que eu não tenho mais o controle da minha vida há muitos e muitos anos, que começo a rir.
Isso preocupa Gio mais ainda.
— Te buscar onde? Em Atibaia?
— É. — Fungo. — Eu te conto tudo, só... queria ir embora.
— Eu vou. Já estou indo. Me espera.
E eu espero. Quinze minutos, meia hora, uma hora. Em silêncio, no quarto, olhando para as paredes.
Já parei de chorar. Estou em um estado de torpor familiar quando ouço batidas na porta. Pigarreio e respondo, ouvindo a minha própria voz rouca:
— Oi.
— Posso entrar?
Passo as mãos no rosto.
— Pode.
Daniel entra. Com as mãos nos bolsos, a cabeça baixa, como uma criança levada. A visão me faria rir, se eu não estivesse tão fora de mim.
— Acho que eu não te dei a notícia da melhor forma. — Ele fica parado no batente da porta, sem ousar se aproximar. Cruza os braços na frente do peito.
— Nenhuma forma ia deixar as coisas melhores. — Tento sorrir, mas não consigo. Passo as mãos pelo rosto de novo.
— Eu não quero te dar falsas expectativas — ele diz.
— E nem quero que você me dê.
— A gente pode trabalhar junto, temos até sexta pra deixar a escaleta de um jeito que agrade todo mundo...
O celular de Daniel toca e ele olha a tela.
— Pode atender — digo.
Ele atende. Ouve o outro lado. E olha para mim, entendendo tudo.
— Pode liberar — diz e desliga.

Ficamos em silêncio. Quero abaixar o rosto, mas não abaixo. Preciso encarar as minhas decisões. Disse que seria responsável pelos meus erros e não vou correr agora.

— Não precisa ir embora — ele diz, a voz magoada.

— Não preciso. Mas eu não consigo mais ficar. — Nego com a cabeça.

— Eu não devia nem ter vindo, Daniel. Devia ter respeitado a sua decisão de trabalhar sozinho.

— Eu sou um idiota, você não devia me ouvir em nenhuma circunstância. — Ele me oferece um sorriso, e eu aceito.

— Me desculpa pela bagunça — peço e me levanto.

— Não vai embora — ele repete, e agora é quase uma súplica, que retorce o meu coração.

Mas estou decidida. Se ficar, só vou atrapalhar a vida dele. Tenho muita bagagem. Tenho muitos traumas. Tenho muitos fantasmas. Ele não merece nenhum deles.

— Não consigo. Não quero atrapalhar a sua vida. Eu sei que é a sua carreira que está em jogo. E eu queria ser mais racional, mas só... não consigo.

— Que se foda a minha carreira, Verônica. — Daniel se aproxima, e eu fico no mesmo lugar. — A gente vai dar um jeito. Só... não vai embora. *Por favor.*

É a terceira vez que ele pede.

Abaixo o rosto.

— Eu preciso superar essa história.

Daniel parece ferido. É a minha deixa para conseguir passar por ele, antes que eu estrague mais ainda uma vida que não é a minha.

Ele merece trabalhar em paz, entregar o filme lindo que eu sei que vai entregar. Ele não precisa perder essa chance porque tudo o que sobrou de mim foi uma casca de pessoa. Ele é um roteirista talentoso, eu sou uma âncora.

Estou indo embora porque o amo. Eu sei disso agora. Mas não consigo colocar em palavras. Só consigo esperar que ele compreenda.

Passo por Daniel com as malas de rodinhas. Através da grande janela da sala, vejo Gio estacionar no meio-fio e começo a colocar as coleiras nos cachorros. Não sei se Daniel está atrás de mim, mas não me viro para olhar. Já é difícil o bastante.

Quando termino, dou um beijo na cabeça de Fausto Silva (ou Thor), que abana o rabinho para mim, empolgado. Ao perceber que não será colocado na coleira também, ele se senta e fica me olhando.

Desvio os olhos, porque um "tchau" já é dolorido o suficiente.

Abro a porta e Gio vem ao meu encontro.

— Verônica...

Entrego as coleiras para ela.

— Vamos? Por favor?

Ela aceita e me ajuda a colocar os cachorros no carro. Eu me sento no banco do passageiro. Finalmente crio coragem para olhar para a casa.

Daniel não está em lugar nenhum.

É melhor assim. Terminar o que nem deveria ter começado, como se nunca tivesse acontecido.

40.

> Compreendi estar condenada a ser quietamente infeliz porque sou incapaz de reações violentas, porque as temo, prefiro ficar imóvel cultivando o rancor.
> — *História do novo sobrenome*, escrito por Elena Ferrante

OS DIAS QUE SEGUEM são um borrão de vida.

Eu acordo. Passeio com os cachorros. Limpo o apartamento com uma dedicação invejável. Sonho acordada com os momentos que vivi com Daniel, com a sua boca no meu pescoço, com a sua respiração na minha orelha, com as suas mãos em mim. E escrevo o meu livro em um estado febril. Páginas e páginas e páginas. Me esqueço de comer, me esqueço de dormir, me pego despertando em cima do notebook mais vezes do que tenho orgulho de admitir.

Daniel não entra em contato. Eu também não. É melhor assim. Para ele. Para mim.

Gio pede para me visitar. Em resposta, envio a ela as mais de cento e cinquenta páginas que já escrevi, esperando que ela entenda o recado.

Não quero ser visitada. Não quero falar com ninguém. Quero me afundar nessa história que criei, uma em que a personagem supera o luto e segue em frente. Nela, eu tenho controle. Nela, eu posso fingir que finais felizes existem.

Na segunda-feira seguinte, recebo um e-mail. É a escaleta final para a minha aprovação. Daniel está em cópia. Ler o nome dele, um lembrete do que eu estraguei, me cobre de vergonha e tristeza.

Não abro o arquivo. Nem penso duas vezes. Apenas respondo "Aprovada" e deleto o e-mail. O produtor me liga em seguida, mas eu não atendo. Ele tenta mais uma vez e logo também entende o recado.

Viro noites escrevendo.

Minha psicóloga entra em contato a pedido de Gio, mas não quero conversar com ela. Invento uma gripe, digo que podemos marcar para a semana seguinte.

Na semana que vem, pretendo inventar uma pneumonia.

E escrevo. Escrevo. Escrevo. Não lembro qual foi a última vez que escrevi tanto. Provavelmente na adolescência. Provavelmente nunca escrevi tanto assim.

As paredes que me cercam não me sufocam mais. Não estou mais ali. Estou longe, vivendo uma vida que não é minha, mas é mais real que a realidade.

Escrevo "Fim" depois de quatro semanas que mais pareceram quatro horas. Pisco algumas vezes, sem conseguir acreditar que terminei alguma coisa depois de tanto tempo lutando comigo mesma. Já estamos no final de agosto. Todos os dias recebo e-mails com testes de atores, blocos de roteiro, perguntas sobre detalhes do livro, e, depois de encaminhar para Gio, deleto um por um. Não quero saber do processo, não quero saber da empolgação de todos para finalmente rodar o filme — um filme que não significa mais nada para mim.

Não sei se estou em mania ou em depressão. Talvez os dois. Talvez nenhum. Talvez essa seja quem eu sou. Talvez eu funcione melhor sozinha. Completamente sozinha.

Gio demora três dias para ler o livro. Sei disso porque ela aparece na minha casa assim que termina.

Estou assistindo a *Bridgerton* ou a *Round 6*, não sei mais dizer, quando ouço a campainha tocar.

Vou atender, arrastando os chinelos no chão. No momento em que abro a porta, Gio me olha de cima a baixo.

— Pelo amor de Deus, Verônica — ela diz e entra sem ser convidada.

Não protesto.

Ela olha em volta, surpresa ao ver o apartamento brilhando, diferente do meu estado de calamidade pública. Mas, ao contrário do que imaginei, isso a preocupa mais ainda.

— Já deu — ela diz, e fala sério.

— Já. Eu terminei o livro — respondo, mesmo sabendo que não é disso que se trata.

— E é lindo. É a melhor coisa que você já escreveu. Eu sinceramente acho que você pode ganhar um Jabuti com essa merda de livro. Mas a que custo? — Gio se senta e faz carinho em Dom Quixote, que está esparramado em cima do sofá.

— Não existe arte sem sofrimento? — tento.

— Verônica, eu te dei espaço porque senti que você precisava, mas você terminou o livro. E agora?

— E agora eu começo o próximo. Você, como agente literária, devia estar feliz por eu estar tão produtiva. Estou só te dando prejuízo há algum tempo...

— Claro. Mas, como sua amiga, eu prefiro botar fogo no livro na sua frente a deixar você se afundar desse jeito. — Gio me olha como se eu fosse uma assombração. Uma casca do que um dia eu já fui.

— Que jeito? Eu aprovei o filme. Terminei o livro. Estou seguindo a minha vida.

— Tá todo mundo preocupado com você — ela tenta.

— Todo mundo *quem*? — rebato com ironia.

— Eu sei que você acha que está sozinha no mundo, Vê, mas você não está. — Gio parece irritada agora. — E, mesmo se estivesse, *eu* estou preocupada. Eu não sou ninguém?

Não quero ofendê-la. Não quero que ela ache que eu não a valorizo, porque, honestamente falando, ela deve ser a única pessoa na minha vida que ainda me tolera.

— Você está aqui na minha frente. E eu estou te dizendo que estou bem. — Aceno ao redor do apartamento imaculado para provar meu ponto. — Finalmente recebi o dinheiro dos direitos autorais pelo filme. Quitei o financiamento, guardei o restante pra me manter. Sei que você vai fazer um bom trabalho e que vamos ganhar uma graninha com o livro novo. Os cachorros estão bem. Não estão?

Faço a última pergunta para os cachorros, com aquela voz afetada que usamos quando estamos falando com animais fofinhos. Capitu deita com as quatro patinhas para cima, pedindo carinho na barriga.

— Já foi. Já passou. Foi bom o choque de realidade. Desculpa se te assustei aquele dia, eu só... precisava sair dali — acrescento.

Eu só precisava não arrastar outra pessoa para o buraco junto comigo. Uma a quem me afeiçoei mais do que deveria.

— Você não falou mais com ele? — Gio pergunta sem tirar os olhos de mim, procurando o menor indício de adoecimento mental.

— Não — respondo com firmeza e não digo mais nada, porque não tenho mais nada a dizer.

— Ele me ligou — ela acrescenta com cautela.

Sinto um nó começar a se formar na garganta, mas tento permanecer neutra. Passo o peso do corpo da perna direita para a esquerda.

Quero saber o que ele disse, palavra por palavra, respiração por respiração. Mas, racionalmente, não preciso saber de nada disso. Eu me abri e depois fui embora. Ele não merecia isso, mas eu também não merecia nada do que a vida me deu, e ainda assim, aqui estamos nós.

— Ah, é? Pedindo algum detalhe do livro? — pergunto casualmente.

— Você não leu nada que a produtora mandou? — ela pergunta, um pouco surpresa.

— Não. E nem vou. Já aprovei. Ler não vai me trazer nada de bom. Essa história não é mais minha, Gio. É *deles*. Eles compraram. Espero que façam muito dinheiro com ela.

Gio suspira, derrotada.

— Ele me ligou para perguntar como você está — ela finalmente responde.

— E o que você respondeu? — solto rápido demais, e Gio dá um sorrisinho maquiavélico.

— O que eu acho, porque você não me diz a verdade — ela rebate.

— Gio...

Suspiro e me sento em uma das cadeiras velhas da mesa de jantar. Sinto falta das cadeiras confortáveis da mansão em Atibaia. De escrever na espreguiçadeira. Da cafeteira silenciosa. Da porcaria da caneca de vaquinha. Sinto falta de Daniel.

Mas não vou admitir nada disso.

— Por que você não fala com ele? — ela tenta.

— Porque ele me magoou — respondo, optando por ser sincera. — E não de propósito. Ele me magoou porque eu não consigo me relacionar com ninguém, e a qualquer momento isso iria acontecer. Por qualquer motivo. Ele me magoou porque eu escolhi ser magoada. Porque eu estava esperando isso acontecer para poder ir embora. Você acha justo eu ficar na vida dele sabendo que vou agir dessa maneira na primeira dificuldade?

— Ele é quem precisa decidir se é justo ou não. — Gio franze o cenho.

— Ele te fez tão feliz.

— E ele merece ser feliz. — Sinto um nó na garganta, uma mistura de tristeza e aceitação. — Eu só não sou capaz de proporcionar isso. Não agora. Não sei se algum dia.

Gio suspira, contrariada.

— Você não pode tomar a decisão por outra pessoa.

— Não posso. Por isso, tomei por mim mesma. — Concordo com a cabeça. — E eu estou em paz com isso. Mesmo. O que eu faço pra te provar que estou bem?

— Eu não quero uma prova. Eu só... Não sei, Verônica. Você tá pálida.

— Ela suspira.

— Sim, diferente da deusa bronzeada que você conheceu? — brinco e consigo arrancar um sorriso dela.

— Você vai no aniversário do Igor? — ela me pergunta como se fosse a coisa mais natural do mundo, e é a minha vez de rir.

— A Paula te convidou, é? Meu Deus, Gio, você devia entrar pra política.

— Somos amigas de Instagram. Ela me manda receitas veganas, eu mando vídeos fofinhos de criança. — Gio dá de ombros.

— Vídeos fofinhos de criança, é? Alguma coisa que você queira me contar? — especulo.

— Não foge da pergunta. — Ela estreita os olhos na minha direção.

— Não sei ainda... — admito.

— Então pronto, é isso. Se você for comigo, eu vou saber que você está bem. — Gio me encurrala, e eu me forço a sorrir.

— Tudo bem, eu vou. Feliz?

— Não. Mas é um começo. — Ela suspira e olha em volta mais uma vez. — Fala sério, você contratou uma diarista, né?

— Sim, agora que sou rica, nem água mais eu coloco no copo sozinha. — Estalo os dedos. — Jarbas! Minha água com pepino!

Gio ri, o que me contagia. Logo, estamos as duas rindo à toa.

Podem me acusar de muita coisa, menos de ser uma péssima mentirosa.

41.

> O coração de uma mulher é como
> um oceano, cheio de segredos.
> — *Titanic*, roteiro por James Cameron

ANTES DE SAIR PARA o aniversário do meu sobrinho, me certifico de que os meus pais não vão *mesmo* estar na festa. Vinícius me garante, pela trigésima vez, que não.

— Verônica, você acha mesmo que a mamãe está em condições de sair de casa?

— Pra me insultar? Acho.

— Já almoçamos com eles mais cedo. Pode ficar tranquila. E é melhor você vir — ele acrescenta rapidamente —, a Paula é compreensiva, mas nem tanto.

Com esse convite-ameaça, entro no carro de Gio, cumprimento Sofia e vamos.

Quando chegamos a Atibaia, não tenho o mesmo sentimento de desgosto misturado com péssimas lembranças. Passamos pelo mercado aonde fui algumas vezes com Daniel e perto do hotel onde ficamos presos no elevador. Lembro das minhas mãos contra o espelho. Lembro da sua primeira memória, na festa junina.

São lembranças ótimas que me deixam péssima, o que pode parecer a mesma coisa, mas não é.

Felizmente, o condomínio onde nos hospedamos fica afastado da cidade, e não preciso reviver *essa* memória.

Há muitos carros estacionados na frente da casa do meu irmão, e visto o meu melhor sorriso fecha-negócio, decidida a provar para Gio que ela não precisa me internar.

Entrego o presente de Igor, uma bateria infantil que comprei exclusivamente para irritar Vinícius, e ele me olha com desgosto. Dou uma piscadinha para o meu irmão e me misturo entre seus amigos, conhecidos de uma vida inteira, que na verdade conheço bem pouco.

Paula e Vinícius contrataram um bufê de comidinhas de festa de criança, então me empanturro de minicachorro-quente, minipizza, minibolinha de queijo e minicoxinha até dizer chega.

Na hora do "Parabéns", estou com fritura até a testa, mas como dois pedaços de bolo e cinco brigadeiros mesmo assim.

Tomo vinho, converso, conto piadas, escuto ativamente. E sinto os olhos de Gio em mim o tempo todo, observando, analisando...

Acho que consigo enganá-la o suficiente, porque logo ela e Sofia me deixam em paz e vão jogar videogame com Inácio, que ri das tentativas das duas de entenderem os botões do Switch.

Aos poucos, a festa vai morrendo. Os amigos, na maioria pais cansados, se despedem com crianças adormecidas nos braços e promessas de se encontrarem mais vezes, promessas essas que nenhuma das partes pretende cumprir.

Eu observo, como um narrador onisciente e onipresente, a vida real se desenrolar à minha frente.

Depois que todos já foram embora, vou me sentar do lado de fora, no quintal, onde a cama elástica jaz ainda quente de tanto ser pulada.

Estou com o olhar perdido quando Vinícius se senta ao meu lado e me entrega uma cerveja. Brindo com ele, agradecida.

— Sobrou bolo — ele comenta.

— Deus me livre. Se eu comer mais alguma coisa, vou explodir.

— Embrulho metade, então?

— Com certeza.

Vinícius ri e toma um gole da cerveja, também com o olhar perdido.

— Chamei o Daniel, ele disse que não ia conseguir vir — ele conta como quem não quer nada.

— Ah, é...? — É tudo o que consigo responder.
— Mas mandou um presente. Um dinossauro. O Igor já deu nome.
— Robson? — tento.
— Jujuba. — Vinícius dá de ombros.
— Bem mais apropriado. — Concordo com a cabeça.
— Vocês...? — Ele deixa a pergunta no ar.
— Ele é só um amigo. *Foi* só um amigo — eu me corrijo.
— Entendi... — Ele suspira pesado. — Não parecia.
— Nem sempre as coisas são o que parecem — comento.
— Beleza, Machado de Assis. — Ele revira os olhos, brincalhão, e eu o empurro pelo ombro. — O que rolou entre vocês?
— Nada.
— O que você fez? — ele insiste, porque é claro que só posso ter sido eu. Dou risada, negando com a cabeça.
— O que eu sempre faço.
— E não dá pra desfazer? — Vinícius termina sua garrafa de cerveja e a coloca de lado.
— Não dá pra desfazer.
Alguns segundos de olhar perdido depois, é a minha vez de cutucar a ferida.
— E como ela tá? — pergunto, olhando para a frente.
— Melhor. — Ele concorda com a cabeça.
— Que bom.
Vinícius olha para mim.
— Eu sei que não falo isso o suficiente, mas eu tô aqui por você. Você sabe disso, né?
Faço que sim e tomo um gole da cerveja, empurrando o nó na garganta para o estômago.
— E eu sei que você acha que eu sou um filhinho da mamãe que não consegue se impor...
— Eu não acho isso.
— E eu sei que devia te defender mais, sou seu irmão mais velho...
— Quantas cervejas você bebeu?

— ... mas às vezes eu me omito porque não quero caçar essa briga com eles, porque... sei lá, eu queria que os meus filhos crescessem sem esse peso de sentir que tem algo errado. Esse peso de sentir... que precisam ser perfeitos para que os adultos ao redor não estejam miseráveis. Eu só queria dar uma infância pra eles. Fingir que tá tudo bem.

Vinícius está com lágrimas nos olhos.

A realidade das suas palavras me atinge. Eu e meus pais não somos mais a única família dele. Não somos faz tempo.

Nunca enxerguei Vinícius como omisso. Claro que me doía quando eles o colocavam em um patamar tão inalcançável. O filho perfeito. O filho que deu certo. Mas nunca o culpei por isso. Éramos uma dupla, nós dois. Aguentando o peso juntos, cada um à sua maneira.

— Eu sei que tenho vocês. Me desculpa por ser tão difícil... Eu não queria causar essa fissura entre a gente, só...

— Você não é difícil — ele me interrompe. — Você é corajosa.

Vinícius dá de ombros e rouba a minha cerveja, tomando um gole, também engolindo as lágrimas.

— Eu sou um pé no saco — comento e arranco uma risadinha dele. — Não me contento com o suficiente.

— Você nunca tá satisfeita.

— Eu não deixo ninguém em paz.

Nós rimos juntos.

Não lembro qual foi a última vez que conversei com o meu irmão. Conversei mesmo, além das amenidades, dos "E aí, como você tá?", "Bem, e você?". E, aos poucos, minha risada se transforma em choro.

Vinícius não se surpreende. Apenas se aproxima, e eu apoio a cabeça no seu ombro. Ele segura o meu rosto.

— A vida não foi justa com você — diz. — E eu sinto muito. Mas a gente tá aqui. A gente sempre vai estar aqui.

Concordo com a cabeça e choro mais um pouco, a cama elástica como um lembrete do que poderia ter sido.

— Você sabe que ele quis comprar essa cama elástica porque era o sonho de infância dele, né? — pergunto quando consigo parar de soluçar.

— Ah, é?

— Sim. Tive que convencer ele a não comprar uma gigantesca, porque ele queria pular junto. Falei que não ia caber, que vocês iam ficar putos, que estava muito caro. — Dou risada com a memória e choro ao mesmo tempo. — Aí levei ele pra pular em uma que tinha no shopping, pra matar a vontade. Que preocupação idiota, meu Deus... Queria voltar no tempo. Queria ter deixado ele comprar a porra da cama elástica.

— O pior arrependimento é daquilo que a gente não fez — Vinícius concorda. — Mas, se te serve de consolo, a gente ia ficar puto mesmo.

Dou risada em meio às lágrimas.

O pior arrependimento é daquilo que a gente não fez.

— E o filme? Quando vamos poder assistir? — Vinícius muda de assunto.

— Eles vão matar o personagem principal. No filme — disparo, as palavras que falo em voz alta tão malucas que nem eu mesma acredito.

Vinícius fica em silêncio.

Em seguida, dá de ombros.

— Se for um bom ator, qual o problema?

— Vini! — exclamo, chocada.

— O quê? Você acha que ele ia ligar de morrer no filme se fosse interpretado por, sei lá, o Lázaro Ramos?

— Meu Deus. — Nego com a cabeça, rindo.

— Ele inclusive ia contar pra todo mundo. "Sabe aquele filme, *A trilha do coração*? Minha noiva escreveu o livro. O Lázaro Ramos sou eu." "Ué, mas ele não morre no final?" "Você ouviu o que eu falei, cara? O Lázaro Ramos sou eu!"

Estamos rindo, e consigo ouvir perfeitamente Henrique falando essas palavras, quase como se ele estivesse aqui, sentado entre nós. Consigo me lembrar da voz dele, uma voz quente, animada, gentil, sempre se esforçando para fazer todo mundo se sentir bem, para fazer todo mundo rir.

Como estamos rindo agora.

— Vocês dois aí, dá pra parar de risadinha e me ajudar? — Paula aparece na porta da cozinha que dá acesso para o quintal. Nós nos viramos em sua direção. — O Inácio ganhou um kit de miçanga e abriu o pacote no meio da sala. Tem miçanga até no meu cu.

Caímos na risada novamente, mas nos levantamos para ajudar.

A sala é um mar de miçangas, e Gio e Sofia estão em quatro apoios tentando recuperar as pecinhas que caíram embaixo do sofá.

Me junto a elas, e, quando percebo, nós cinco estamos montando pulseiras de miçanga, enquanto Igor e Inácio jogam videogame, completamente desinteressados.

Dou tanta risada das pulseiras que montamos, como "Eu ♥ cu" e "Pombas são ratos com asas", que minha barriga dói. O que era para ser só um almoço se transforma em um dia inteiro, e vamos embora à noite, cansadas, mas felizes.

No caminho de volta, Gio e Sofia me contam tudo sobre o processo de fertilização in vitro que vão começar, e sugiro nomes de bebês, como Taylor Swift ou Luiz Inácio, para dar sorte.

Mal vejo o tempo passar.

Pela primeira vez em semanas, não estou forçando um bem-estar. Eu *estou* bem.

Não preciso do colo da minha mãe quando tenho o colo daqueles que me querem bem.

Quando Gio estaciona na frente do meu prédio, eu me despeço com beijos e abraços. Mas, antes de sair com o carro, ela abaixa o vidro da janela.

— Best!

Me viro para ela.

— Aprovada!

— Pensei que não fosse uma prova — comento.

— Pensou errado, otária.

Gio arranca com o carro e eu faço menção de entrar, mas permaneço parada na calçada.

Daniel mora a apenas alguns quarteirões de mim, perto de onde pisou no cocô. Perto de onde eu passeio com os meus cachorros há anos. Perto de onde tudo começou.

Quando percebo, já estou subindo a rua, e me pego pensando que não deveria me negar dias felizes como o de hoje.

Se pudesse voltar no tempo, faria tudo diferente. Mas eu não posso. Posso alterar de agora em diante. Talvez não seja tarde demais.

Caminho com as mãos nos bolsos, o frio de uma noite de inverno se mostrando mais implacável do que imaginei que o aquecimento global permitiria.

Quando chego ao endereço, tomo um susto. Daniel está parado na frente da portaria, quase como se estivesse me esperando.

Ele deixou a barba crescer, mas cortou o cabelo. Usa uma camiseta preta e calça jeans — deve ter esquecido a blusa no apartamento, ou nem pensou que poderia estar tão frio, perdido no meio do processo criativo. Ele está diferente, um pouco menos solar, mas mais lindo do que nunca. Tão lindo, distraído, olhando para o celular, que até perco o ar.

Me escondo atrás de um poste, como em um desenho animado. Pensei que teria tempo de pelo menos tocar o interfone. Não preparei nada, o plano era fazer isso no elevador. Não imaginei que o ver me desconcertaria tanto, tão cedo, mas deveria ter imaginado.

Percebo então um carro se aproximar e parar na frente do prédio. Sua ex-esposa, Yasmin, sai com Fausto Silva (ou Thor) no colo. Daniel sorri para ela, que sorri de volta, linda, com os cachos esvoaçantes, usando um trench coat bege. Você tem que ser muito confiante para usar um trench coat. Poucas pessoas ficam bem em um. Ela, obviamente, fica.

Não consigo ouvir o que estão conversando, mas eles dão risada. Daniel pega Fausto Silva (ou Thor) no colo, e ele lambe o seu rosto.

A cena me arrebata. Pareço o fantasma do Natal passado, observando tudo o que, por vontade própria, deixei para trás. É ridículo, mas tenho vontade de deitar em posição fetal e morrer.

Percebo que Yasmin está sozinha, não tem ninguém esperando por ela no carro. Daniel faz um gesto para o prédio e ela concorda com a cabeça, entrando atrás dele.

Essa é a minha deixa para ir embora. Mas não vou. Gosto de me torturar. Observo enquanto eles passam pela portaria, conversando, com Fausto Silva (ou Thor) entre eles, como uma família feliz. A felicidade que ele merece, e que eu não posso proporcionar.

Eles desaparecem pelo hall de entrada, e eu ainda fico ali.

Fico por tanto tempo que tomo um susto quando ouço uma buzina. Um carro quase passou por cima de uma moto no cruzamento no final da rua. Respiro fundo e me ponho em marcha.

O pior arrependimento é daquilo que a gente não fez.

42.

> Meu futuro é uma quantidade infinita de incertezas.
> — *Feliz ano velho*, escrito por Marcelo Rubens Paiva

NO DIA SEGUINTE, ESTOU sentada na frente do computador, trabalhando na revisão do livro novo, quando meu celular começa a tocar.

Ao olhar para a tela, levo um susto.

É minha mãe.

Não atendo. Ele para de tocar. E recomeça, agora como chamada de vídeo.

Só pode ser alguma tragédia. Atendo com as mãos tremendo.

— Mãe? — digo, com tanta vulnerabilidade na voz que pareço uma criança que acabou de acordar de um pesadelo e quer saber se pode dormir com os pais.

— Verônica — ela diz, uma voz animada que desconheço. — A Bianca quer falar com você.

— Bian... — Minha voz é engolida pela da fisioterapeuta falante, que enfia o rosto inteiro na tela, oitenta dentes, como um tubarão.

— Você é autora de *A trilha do coração*! Não acredito que eu encontrei você pessoalmente e não sabia disso! — ela exclama, e preciso até afastar o celular.

— Ah, é, sim, eu sou — respondo, confusa.

— Vi o livro aqui na casa da sua mãe e disse que adorava e ela disse que eu tinha conhecido a autora e eu disse "Dona Vera, a senhora está tendo outro AVC?" e ela disse "Minha filha, aquele dia no hospital" e eu olhei a foto de orelha e fiquei maluca não acredito que eu te vi pessoalmente e não peguei um autógrafo! — Ela fala tudo de uma vez só, sem respirar, sem uma vírgula sequer entras as frases.

Estou atordoada.

— Engraçado você falar isso, até pouco tempo atrás nem eu sabia que a minha mãe tinha os meus livros — comento, porque não tenho mais nada a perder.

Já não quero consertar o que não pode ser consertado.

— Que papo besta é esse, Verônica? É claro que eu tenho os seus livros, que besteira. — Ela dá uma risadinha educada, claramente constrangida.

Bianca não percebe a tensão. Parece movida a pilha, parece que não ouve o que ninguém fala, sua mente um eterno monólogo.

— Quando vier visitar a sua mãe, você autografa os meus exemplares? Vou trazer amanhã! — ela exclama.

— Eu não sei se vou visitar...

— Ela autografa, sim — minha mãe me corta.

— Você chegou a ler o livro? — questiono, pergunta que queria ter feito quando vi o exemplar na bolsa dela. — Ou só comprou pra saber se era ruim?

Minha mãe franze a boca. Em seguida, se vira para Bianca.

— Pode me trazer um copo d'água, querida, por favor?

— Claro, claro. — Bianca finalmente percebe que não somos a mãe e a filha amorosas que minha mãe deve ter vendido para manter as aparências e sai de cena.

— Leu pra poder ter certeza que eu tomei a decisão errada? Que eu estraguei a minha vida? — pergunto novamente.

— Eu sempre li os seus livros, Verônica. — Ela parece irritada.

— Por que você não falou?

— Porque você não perguntou — ela diz, como se fosse óbvio. "Nós não fomos convidados."

A frase que ela disse na nossa última interação flutua na minha cabeça.

— Eu não preciso ter que perguntar isso — respondo e respiro fundo, soltando o ar. — Por que tudo entre a gente tem que ser desse jeito?

— Eu não liguei pra brigar. Se você quer brigar, eu vou desligar — ela ameaça.

— Eu não estou brigando, só não consigo te entender, nunca consegui te entender...

Minha mãe ri, como se achasse a frase muito engraçada.

— Não sei por que a sua geração acha que precisa analisar todo mundo. Você acha que eu entendia a minha mãe? Não, eu só obedecia.

— É? E você era feliz assim? — disparo.

— Ninguém *é* feliz, Verônica, que besteira. — Ela nega com a cabeça, o lado esquerdo do rosto ainda repuxando em algumas palavras. — Nós *estamos* felizes, não *somos* felizes. Ninguém é feliz o tempo todo. Se você conhecer alguém assim, é melhor manter distância.

Fico atônita.

— Por que você me ligou? — pergunto.

— Para mostrar para a Bianca a autora favorita dela — minha mãe responde, como se fosse uma pergunta estúpida.

— Por que você me ligou? — insisto.

Ela suspira. Consigo ver a sua idade. Consigo ver os seus fantasmas.

— Pra ver se ela parava de falar um pouco — ela admite.

Mal percebo que começo a rir, uma risada visceral, quase maluca. Minha mãe ri também. É um riso contido, como tudo sempre foi na sua vida.

Só paramos de rir quando Bianca retorna com a água.

— Eu perdi a piada? Me conta! — ela exclama.

— Bianca, você é feliz? — pergunto.

— Ah, sim! Sim, muito, o tempo todo. Minha vida é muito abençoada — ela concorda com a cabeça.

Encontro os olhos da minha mãe pelo vídeo.

E rimos mais um pouco.

Depois que desligo a chamada, atordoada com a interação completamente aleatória, olho em volta. Os cachorros esparramados pelo chão, a porta fechada do que um dia foi o escritório de Henrique.

Não sei se entendi muito bem o que acabou de acontecer. Não sei se gosto da forma como a minha mãe descarta todos os meus traumas como "besteira". Não sei nem se ela tem consciência do mal que me causou. No fundo, acho que ela classifica tudo como "besteira" porque é a forma como consegue enfrentar os próprios problemas — fingindo que não são tão grandes assim.

Eu me levanto. Olho mais uma vez para a porta do escritório. Lentamente, vou até ela. Abro com cautela. De repente, os cinco cachorros entram correndo, como sempre faziam quando eu abria para avisar que o almoço estava pronto ou apenas para jogar conversa fora, nas vezes que não conseguia mais escrever. Dois anos depois, eles não esqueceram.

Por um milésimo de segundo, posso ver Henrique se virando na cadeira e sorrindo para mim. Eu pisco e a visão desaparece.

O escritório é um retrato do que a nossa vida costumava ser. O notebook dele ainda está em cima da escrivaninha, que acumula pó. O monitor está desligado. Em uma lousa branca, as últimas anotações e post-its. Algumas fotos comigo e com os cachorros. Nas prateleiras, livros de engenharia e ficção científica.

Quando percebo, estou me movimentando. Tirando os livros, abrindo gavetas, limpando a escrivaninha. Quando percebo, estou chorando, mas não é de tristeza.

Estou chorando porque está na hora.

Não consigo mais me agarrar a essa história.

Ela acabou.

Está na hora de começar o livro novo.

Não *sou* feliz. Mas quero *estar*.

Passo a tarde toda separando objetos que vou doar e objetos que vou guardar. Choro tanto que os meus olhos ficam inchados e o meu rosto, quente. Mas continuo.

Quando encontro a última lista de compras que ele escreveu, enfiada na última gaveta, como ele sempre costumava fazer, preciso me sentar. Não tenho mais força nas pernas. Sinto como se não soubesse mais como respirar. Passo o dedo por cima da sua letra. "Café. Leite. Ovos. Arroz. Feijão. Amaciante (roxo, Vê)." Eu não gostava do roxo. Gostava do verde. Ele sempre errava e trazia o roxo. Hoje em dia, só consigo usar o roxo, porque é o cheiro que me lembra ele.

Entendo, de uma só vez, como as nossas vidas sempre vão estar entrelaçadas, independentemente do que aconteça. Se hoje sei fazer feijão, foi porque ele me ensinou. Se hoje adoro ler ficção científica, foi porque ele insistiu. Se hoje tenho cinco cachorros, foi porque nosso maior prazer na vida era adotá-los.

O meu maior medo era seguir em frente e esquecer a sua voz, o seu rosto, a vida que construímos juntos. Não queria desonrar as nossas promessas. Fiquei presa no ponto-final. Mas a verdade é que nada vai tirá-lo de mim. Nunca vou esquecê-lo. Não tem como. É um ponto e vírgula; acabou, mas pode continuar. *Precisa* continuar.

Aos poucos, levo as minhas coisas para o escritório. Organizo de um jeito só meu. Ajeito meu notebook e anotações na mesa. Misturo meus livros favoritos aos dele. Penduro fotos da nossa história na parede e deixo alguns quadros vazios, da história que ainda vou escrever.

Quando termino, estou exausta, e os cachorros estão deitados atrás de mim. Eu me sento no chão, entre caixas, sacos e o meu novo escritório.

Dom Quixote se deita ao meu lado. O cachorro dele, antes de ser nosso, e que agora é só meu.

Acaricio as suas orelhas e ele suspira. Ele parece triste. Genuinamente triste.

— Eu sei — digo entre lágrimas. — Eu sei. Vai ficar tudo bem.

43.

> Dias tornaram-se semanas, semanas tornaram-se meses, e então, em um dia nada especial, eu fui até minha máquina de escrever, me sentei e escrevi nossa história.
> — *Moulin Rouge*, roteiro por Baz Luhrmann e Craig Pearce

— VERÔNICA, SABE QUANTAS PESSOAS gostariam de estar no seu lugar?

Um ano depois, e aqui estamos nós de novo.

Sorrio para a blogueira que faz a pergunta. Ela segura um pequeno microfone na minha cara enquanto seu celular nos grava, preso em uma ring light que me faz franzir o cenho, de tão forte que é a luz.

Devo estar linda, nasci para as câmeras, penso com ironia.

— Eu realmente tirei a sorte grande. — Concordo com a cabeça. — Existem muitos escritores mais talentosos do que eu que nunca tiveram os seus livros adaptados para o cinema, e eu acho isso um crime. Me sinto grata todos os dias pela oportunidade.

— Você pode dar algum spoiler do filme? — ela continua a entrevista.

"Eu não posso, porque não sei o que estou prestes a assistir", é a resposta honesta.

— Eu poderia te dar um spoiler, mas aí teria que te matar. — Faço uma piada no lugar.

A blogueira ri. Ela é simpática, tão jovem que cheira à versão moderna do gloss da Moranguinho.

No meio do caminho, fiz trinta anos. Agora, acho que todas as pessoas de vinte e poucos parecem adolescentes recém-saídos da fralda.

— Best, vai começar. — Gio se aproxima de mim, sorrindo para a blogueira. — Tudo certo?

— Tudo certo. — Ela concorda com a cabeça. — O vídeo sai amanhã no TikTok.

Ah, ela não é blogueira. É TikToker.

Preciso desesperadamente me atualizar. A pré-venda do livro novo está chegando ao fim, e em breve vou ter que fazer minhas próprias versões constrangedoras de vídeos curtos se quiser pagar as contas.

— Obrigada, Verônica! — ela agradece às pressas, porque a atriz que faz a Juliana acabou de chegar, e agora a escritora do livro não importa mais.

Suspiro, aliviada. O que eu mais gosto nessa vida é de não importar mais.

Todo mundo sai correndo para conseguir uma palavra, um sorriso, um comentário. E eu observo. Quando escrevi Juliana, imaginei uma mulher comum. Na minha frente, uma deusa com mais de vinte milhões de seguidores reluz como se fosse banhada a ouro. Seus gestos são graciosos. Seus comentários, muito bem assessorados.

Acho que Deus realmente tem seus favoritos.

— Tá tudo bem? — Gio pergunta, seguindo o meu olhar, sem tirar o sorriso do rosto.

— A minha calcinha tá enfiada no cu — respondo, também sorrindo.
— Fora isso, tudo bem.

— O filme vai começar — ela repete. — Quer fazer um resgate antes de entrar?

— Melhor fazer no escuro, né? — respondo sem tirar os olhos da atriz.
— Será que ela também precisa fazer um resgate vez ou outra, ou todas as calcinhas se acomodam confortavelmente na bunda?

— Até parece que ela está usando calcinha, Verônica. — Gio revira os olhos.

Entramos juntas na sala de cinema.

Olho para os lados, ansiando e temendo encontrar um rosto específico.

Em vez dele, outro homem vem na minha direção, sorridente, usando um terno brilhoso. Ele é bonitão, grisalho, tem olhos gentis e fala alto.

— Verônica! — exclama. — Eu amei o livro!

Olho discretamente para Gio, que toma a dianteira.

— E eu tenho certeza que a gente vai amar a forma como você *dirigiu* a história, Luigi. — Ela dá ênfase na palavra "dirigiu".

Luigi, o diretor. Torno meu sorriso mais profissional ainda.

— Estou muito animada para assistir — minto.

— Vocês me deram trabalho, viu? Mas acho que ficou melhor assim. — Ele sorri e me abraça. Em seguida, ouve seu nome ser chamado por alguém. — Aproveitem!

O diretor se afasta.

Olho para Gio sem entender.

— Trabalho? Eu nem falei com ele.

— Ele deve achar que você é roteirista também. Que seu nome é Daniela. Daniel.

Faz dez meses que não o vejo. Não depois que ele me pediu para não ir embora, e eu fui mesmo assim. Não depois que o vi com a ex-mulher e decidi que não atrapalharia mais a sua vida.

Não posso mentir e dizer que não senti falta dele durante todo esse tempo. As histórias de amor que mais machucam são aquelas que nunca terminam.

Mas eu tentei seguir em frente. Como tenho tentado há tanto tempo. E acho que consegui. Depois da minha temporada no limbo, me vi empolgada com as perspectivas. Me concentrei na revisão do livro, depois no processo de edição. Comecei a escrever o próximo, menos pessoal, mais divertido. Me pego rindo sozinha das coisas que escrevo, muitas delas uma paródia das piadas que troquei com Daniel, dos momentos que me fizeram rir de perder o fôlego. É um *enemies to lovers*, claro.

Acompanhei as poucas migalhas que ele jogou nas redes sociais: fotos com os amigos, fotos em viagens, fotos com Fausto Silva (ou Thor). Nenhuma mulher, e, por mais que me doa admitir, não me incomodei nem um pouco com esse detalhe.

No meio do caminho, adotei mais um cachorro, porque, se vou assumir a personalidade Louca dos Cachorros, que pelo menos morra rodeada por eles. Chamei esse de Gandalf, pois ele já é idoso e tem uma barbinha branca.

A verdade é que a vida continua. Ela tem que continuar. Por mais que se perder no passado possa parecer prazeroso, o perigo que envolve encarar a vida com a mente nos "e ses" não compensa. E se eu tivesse ido com Henrique? E se eu tivesse impedido que ele entrasse naquele carro? E se eu nunca tivesse me voluntariado para passar um mês com um roteirista atraente e irritante? E se eu não tivesse ido embora?

Não vale de nada imaginar a vida real. É melhor colocar no papel e tentar ganhar dinheiro.

Estou olhando para as cadeiras do cinema, procurando dois lugares vagos em um mar de pessoas que não conheço, quando vejo três rostos conhecidos.

Meu irmão. Minha cunhada. E minha mãe.

O susto é tão grande que coloco a mão no coração.

— O que foi? — Gio pergunta, e então encontra o que eu estou olhando.

Meu irmão acena, Paula também. Minha mãe permanece imóvel, parecendo deslocada.

Depois da nossa ligação, nos falamos algumas vezes e, da última vez que fui ver meus sobrinhos, também visitei minha mãe.

Não somos uma linda família feliz, meu sonho ingênuo de propaganda de margarina.

Mas acho que aprendemos a nos respeitar.

É um começo.

Vou até eles.

— Guardamos três lugares pra vocês! — Paula me cumprimenta. — A Sofia não veio?

— Ela tá muito enjoada — Gio diz, cumprimentando todos com um aceno animado de cabeça. — O primeiro trimestre está sendo bem cruel com ela.

Fico parada no começo da fileira, sem saber como agir.

Minha mãe, na ponta, pigarreia.

— Gravidez é difícil mesmo.

Ela parece melhor. A cor voltou ao rosto. Mas a magreza persiste. Certas coisas nunca mudam.

— Oi, mãe.

— Oi, filha — ela diz baixinho. — Seu pai ficou com os meninos.

— Tudo bem. — Assinto. — Você veio.

— Vim. — Ela também assente.
Uma palavra. Mas significa muito.
— Melhor a gente sentar. — Gio aponta para a tela do cinema. — Já vai começar!
Passo por todos e me sento ao lado de Paula. Por cima dela, faço uma pergunta para Vinícius.
— Eu só tinha quatro convites, vocês dois, Gio e Sofia — constato o óbvio.
— O Daniel me ligou, pediu para chamar o pai e a mãe. — Ele pisca para mim, e não tenho tempo de dizer mais nada, porque o produtor começa a falar no microfone, na frente da tela.
— Boa noite, pessoal. Vamos nos acomodando que o filme já vai começar!
Me ajeito e olho melhor, no escuro. A comitiva do filme é composta pelo produtor, o diretor que acabei de conhecer, os atores que interpretam Juliana e Rodrigo e, ao lado deles, odiando toda aquela atenção, Daniel.
Meu coração afunda no peito.
Ele está de terno. Cabelo cortado, barba feita. É muito injusto que eu precise lidar fisicamente com os meus erros.
As pessoas comemoram, batem palmas, assoviam.
— Mas, antes, uma palavrinha do nosso diretor.
Luigi pega o microfone, provocando mais uma salva de palmas.
— Menos, menos! — ele pede, mas parece estar adorando. — Só queria agradecer a toda a nossa equipe. Nosso querido produtor, Paulo Salles, que lutou até o fim para que esse filme fosse feito.
Mais palmas.
Mais assovios.
— Nosso elenco maravilhoso, que tem uma química absurda. Bom, vocês vão ver em breve. Lencinhos na mão!
As pessoas riem. Eu permaneço séria.
Não sei se estou preparada para ver Rodrigo morrendo na tela. Morrendo de novo, diante dos meus olhos.
Por muito tempo, debati se deveria vir à pré-estreia. Mas Gio me ameaçou de morte se eu não comparecesse, e eu tenho um apreço recém--descoberto pela minha vida.

Além disso, eu queria vê-lo.

Claro que queria.

— Nosso roteirista extraordinário, Daniel, que defendeu a história com unhas e dentes. — Luigi coloca a mão no ombro dele, que sorri, tímido, observando a plateia. — Quer falar alguma coisa, Dani?

É quando os seus olhos encontram os meus.

Daniel pega o microfone.

— Eu... Eu só queria agradecer a autora do livro, que deveria estar aqui com a gente, e que contribuiu muito com o roteiro — ele diz.

Paulo Salles sorri torto, e Luigi pega o microfone de volta.

— Cadê você, Verônica? Não se esconde, não! — ele exclama, como se em algum momento eu tivesse sido convidada para estar entre eles. — Escritor gosta de se esconder, né, gente?

As pessoas riem e olham em volta. Mas os meus olhos estão fixos em Daniel. Os dele nos meus.

— Best — Gio me cutuca, e pareço acordar de um sonho.

Me levanto, um pouco constrangida.

— Ah, ali está ela! — Luigi exclama e aponta na minha direção.

Uma surra de toalha molhada doeria menos.

— Oi. É... Espero que vocês gostem! — exclamo, como um garçom servindo uma picanha suculenta, e me sinto a criatura mais idiota do universo.

Por que nunca consigo fazer a minha boca funcionar direito quando eu mais preciso?

Volto a me sentar, ouvindo os aplausos.

Olho para o lado e minha mãe me observa com um sorriso diferente. O diretor continua falando.

— Daqui a pouco o filme vai estar no streaming, mas nada melhor do que a boa e velha tela de cinema, não é mesmo? Aproveitem! — Luigi termina o seu discurso.

Quando olho para a frente, Daniel ainda está me encarando.

As luzes se apagam de vez.

E o filme começa.

44.

> Você foi a minha vida inteira, mas eu... fui só um capítulo da sua.
> — *P.S. Eu te amo*, escrito por Cecelia Ahern

É COMO SE UM filme passasse diante dos meus olhos.

Bom, obviamente passa, porque eu *estou* assistindo a um filme. Mas tudo ao que assisto me faz lembrar das discussões acaloradas que formaram cada cena, das disputas acirradas e muitas vezes divertidas sobre o que deveria ser escrito e o que deveria ser jogado fora.

Está tudo lá. A cena de abertura na Pedra Grande. O primeiro encontro destrambelhado. A aposta. O primeiro beijo, que eu queria que fosse uma conversa, mas fui *convencida* a repensar. A briga. Tudo. Absolutamente tudo.

Rodrigo está mesmo doente no filme, na fila do transplante de coração, e a revelação me faz chorar baixinho, secando os olhos com discrição. Paula segura a minha mão, e eu agradeço mentalmente por isso.

Conforme vamos nos aproximando do fim, me preparo psicologicamente para a morte dele.

Em determinado momento, Juliana, que ainda não sabe da doença, descobre a aliança de casamento que Rodrigo ainda guarda e sente que não tem lugar naquele relacionamento. Sente que ele não superou a ex. Sente que, se continuar ali, seu coração vai ser partido ainda mais no futuro. Ela quer ir embora.

— Não precisa ir embora — Rodrigo pede.

— Não preciso. Mas eu não consigo mais ficar — ela responde com lágrimas nos olhos.

Sinto como se fosse vomitar.

Não são mais os bastidores da nossa história. *É a nossa história.*

— Eu sou um idiota, estraguei tudo — Rodrigo diz.

— Me desculpa pela bagunça — Juliana responde, saindo do quarto de hotel.

— Não vai embora — Rodrigo repete. Suplica.

Mas Juliana está decidida.

— Não consigo. Não quero atrapalhar a sua vida. Vocês ainda podem voltar e...

— Que se foda ela, Juliana! — Rodrigo se aproxima. — Só... não vai embora. *Por favor.*

E então Daniel adiciona algo ao roteiro que não foi dito na vida real.

— É você quem eu amo.

Juliana chora, mas nega com a cabeça.

— Não ama. Não precisa se enganar. Eu que preciso superar essa história.

Ela sai do quarto. Rodrigo senta na cama. E chora.

Olho para o lado. Todo mundo está emocionado. Minha mãe solta uma fungada, lágrimas rolando pelo rosto.

Olho para a frente. Vejo a cabeça de Daniel nas primeiras fileiras, imóvel.

O filme continua. Vamos nos aproximando do fim. Eles reatam. Juliana descobre sobre a doença. Rodrigo diz que não tem problema morrer agora, porque, pela primeira vez na vida, conheceu o amor de verdade.

Os dois dançam no casamento do irmão dele. "I Will Always Love You" versão instrumental toca na cena. Eu não consigo parar de chorar. Não consigo.

Juliana o leva de carro para a Pedra Grande. Rodrigo quer pular de parapente, ela acha uma ideia estúpida, mas aceita. Aceita porque é o amor da vida dela, e ela quer que ele seja feliz. Os dois pulam. É uma cena linda, maravilhosa.

Rodrigo piora, é internado.

Eu não quero mais assistir. Quero sair do cinema. Mas permaneço onde estou, vidrada na história. Vidrada no que vai acontecer. Todo o meu corpo reage ao que está se passando na tela.

Rodrigo tem pouco tempo. Juliana chora na beirada da cama de hospital. Diz que o ama. Que o ama como nunca amou ninguém. Que, enquanto respirar, jamais vai esquecer do que os dois viveram. Rodrigo diz que é o homem mais feliz do mundo. Que ela mostrou a ele o que é a felicidade.

Eles se beijam.

Os monitores começam a apitar. Uma equipe de médicos entra no quarto, começam o processo de intubação.

Juliana se recusa a sair, precisa ser arrastada para fora. Está aos prantos, quer morrer junto com ele, e eu quero morrer junto com os dois.

Do lado de fora do quarto, ela desaba. É quando o irmão dele vem correndo: conseguiram um coração. Conseguiram um coração!

É tudo muito rápido, estão tentando reanimar Rodrigo do lado de dentro, o coração chega, vão para a sala de cirurgia. Não sei se é verossímil, se é a realidade de um hospital, nem quero saber.

Quero que ele viva.

E ele vive.

Ele vive!

Contrariando todas as minhas expectativas, ele vive e os dois ficam juntos.

Na última cena do filme, eles estão se casando. Na Pedra Grande. Só os dois, amigos próximos e familiares. Adotaram um cachorrinho. Trocam juras de amor.

O filme acaba.

As pessoas aplaudem. Ficam de pé. Gritam. Muitas enxugam o rosto molhado de lágrimas.

Eu fico onde estou.

— Best! — Gio exclama ao meu lado, com o rosto inchado de tanto chorar. — Best!

Ela não consegue falar mais nada que não o meu apelido.

Paula aperta a minha mão.

Os meus olhos estão vidrados na tela.

O primeiro crédito é uma homenagem.

Em memória de Henrique Gomes Filho.

Eu me levanto. Mas não fico na sala. Não bato palmas.

Eu saio do cinema.

45.

> Percebi que o amor não segue expectativas,
> seu mistério é puro e absoluto.
> — *As pontes de Madison*, roteiro por
> Clint Eastwood e Richard LaGravenese

DO LADO DE FORA, parece que consigo respirar pela primeira vez em duas horas. Vem com tudo, em tsunamis, e eu não consigo controlar. Engulo o ar, sedenta.

Estou tendo uma crise de ansiedade. Ou um infarto. Não sei dizer.

Me apoio na parede, conto até dez. Ouço o barulho do lado de dentro, os aplausos continuam, as pessoas assoviam, gritam.

Alguém me segura pela cintura, me ajuda a respirar.

— Verônica. — É Daniel.

Meu Deus, como senti falta da voz dele.

— Por que você não me contou? — Olho para ele, ofegante.

Ele sorri, aquele sorrisinho que foi mesmo o meu fim.

— E te dar um spoiler? Eu prefiro morrer. Sou um contador de histórias.

Em meios às lágrimas que nem sinto escorrerem, eu consigo rir. Ele limpa uma delas e então me olha, preocupado.

— Eu te mandei a escaleta. O roteiro. A Gio me disse que você não queria ler, então só...

Daniel deixa a frase morrer.

— Você voltou com a sua ex? — disparo, porque futuramente posso muito bem colocar a falta de tato na conta do meu súbito enlouquecimento.

Daniel ri, negando com a cabeça.

— Minha ex casou de novo, de onde você tirou isso?
— Eu... fui até o seu prédio. Faz tempo. Vi vocês dois, ela subiu...
— Ela sempre sobe pra deixar as coisas do Fausto Silva.
— Ou Thor — completo, porque venho completando há tanto tempo na cabeça.
— Ou Thor. — Ele sorri.
— Como você conseguiu? O final, eu não...
— Eu fiz um Power Point de por que era uma péssima ideia matar o Rodrigo. E, quando isso não funcionou — ele acrescenta, me fazendo rir e chorar ao mesmo tempo —, precisei me aliar aos atores. A gente já tinha quase certo quem seria o Rodrigo, e eu, bom, posso ou não ter deixado no ar que, se ele não morresse, a gente poderia escrever uma continuação... No dia seguinte, eles tinham "mudado de ideia".

Arregalo os olhos. Daniel dá de ombros.

— Eram as armas que eu tinha. Acima de todos nós, só os atores. E Deus. Mas nem tanto.

Eu nego com a cabeça.

— Você não se meteu em problemas? Não se queimou? Eu não queria que isso te prejudicasse, eu...

— Tá tudo bem. Respira. — Daniel segura os meus ombros. — Deu tudo certo.

Concordo com a cabeça, hipnotizada pelos seus olhos castanhos, os mais lindos que eu já vi na vida.

Em seguida, Daniel pergunta, na expectativa:

— Você gostou? — Nunca o vi tão vulnerável. Tenho vontade de abraçá-lo. — Não gostou? Não sei dizer pela sua cara. Não sei se quero saber, também. Pode mentir. É melhor mentir, eu... — Ele fala rápido, mas o interrompo.

— Eu amei.

Daniel se aproxima de mim.

— Amou?

— Amei. — Concordo com a cabeça. — É o meu livro. Mas é também o seu filme. Ficou perfeito. — Meus olhos escorregam para a sua boca, mas logo retornam para o lugar de onde vieram. — Obrigada.

— Eu que preciso te agradecer. Eu... lembrei como era.
— Como era o quê? — Vejo os olhos de Daniel descerem até a minha boca também.
— Lutar por uma ideia. Lutar pelo meu trabalho. Lutar pela melhor história. Passei tanto tempo só aceitando, aceitando tudo, e foi bom... não aceitar mais.
Ele passa a mão pelo meu rosto.
Dentro do cinema, ouvimos os atores falando no microfone, emocionados com a reação do público. É barulho de fundo. Não significa nada.
— Esse foi o melhor filme que eu vi na vida — digo entre uma fungada e outra.
— Melhor que *E.T.*? — ele quer saber. — Não tem como.
E eu estou rindo. Rindo como costumava rir ao seu lado.
Desvio os olhos para a sala de cinema.
— É melhor você entrar — digo. — Vai receber seus aplausos.
— Eu já recebi o que precisava. — Ele sorri, sem tirar os olhos de mim.
— Desculpa por ter ido embora — consigo dizer.
Ele se aproxima mais, e sua mão segura a minha bochecha.
— Desculpa ter te deixado ir.
Daniel se aproxima. Minha boca se entreabre. Ele chega bem perto... mas se impede de fazer o que nós dois queremos que ele faça.
— Desculpa, faz quase um ano que eu não te vejo — ele murmura.
— É melhor a gente não se colocar nessa situação de novo, não é? — respondo.
Daniel sorri. Um brilho de expectativa passa pelos olhos.
— É um erro.
— Gigantesco.
— Foco total no filme?
— Foco total no filme.
Eu o puxo pela nuca e o beijo.
As pessoas começam a sair da sessão. Passam por nós como se fôssemos dois adolescentes se pegando no cinema, e não os escritores do filme, mas não nos importamos.
— Eu ainda acho o livro melhor — uma garota comenta.

— Jura? Eu gostei mais do filme — outra responde.

Enquanto estamos perdidos no beijo, pela primeira vez, uma frase muito específica toma conta de mim.

Às vezes, muito às vezes, a vida real é melhor que os dois.

Epílogo

ESTAMOS DE MÃOS DADAS observando os cachorros correrem pelo quintal. Gandalf, idoso, rosna para Fausto Silva (ou Thor) porque não aguenta mais a sua energia inesgotável. Daniel toma um gole de cerveja, e eu me apoio na cadeira de jardim.

— E se a gente pegasse mais um? — disparo.

— A gente acabou de comprar a casa. — Ele me olha, levantando uma sobrancelha. — Que tal uns dois?

Dou risada, sentindo o calor do pôr do sol me esquentar por dentro.

Não é uma mansão em Atibaia. Não tem piscina nem lareira, muito menos automação. É uma casa comum, antiga, precisando de reforma, mas nos conquistou pelo quintal espaçoso e os três quartos, um onde dormimos e criticamos todas as séries a que assistimos, e os outros dois que transformamos em quarto de visita/escritório.

Trabalhamos separados, o que evita ficarmos dando pitaco no trabalho um do outro ao longo do dia, mas, de tempos em tempos, trocamos arquivos do que estamos escrevendo e damos os nossos feedbacks sinceros por e-mail.

A única regra: nenhum note vago, como "Acho que pode melhorar" ou "Tem como deixar mais engraçado?"

Foi o que deu para comprar depois que vendemos os nossos apartamentos e financiamos o saldo restante em trinta e cinco anos.

Mas é a nossa casa.

O nosso lar.

Ver os cachorros tão contentes me enche de um sentimento bom, solar. Os dias de bitucas de cigarro ficaram para trás.

Não *sou* feliz.

Eu *estou* feliz.

Estou feliz desde que beijei Daniel no lançamento do filme. Desde que o filme bateu recordes de bilheteria para uma produção nacional e foi muito bem no streaming também. Desde que vendi os direitos do meu último livro, com uma cláusula de exclusividade para que Daniel adapte para o cinema. Estou feliz porque Daniel decidiu começar a escrever um livro, e agora é a minha vez de torturá-lo. Porque comecei um curso de roteiro e entendo um pouco todo o sofrimento que infligi ao pobre coitado.

Estou feliz porque fui capaz de recomeçar minha vida. Porque caminhei pelo vale das sombras e pensei que seria engolida por elas, mas não fui. Eu sobrevivi.

— Os senhores tomando solzinho na casa de repouso não vão entrar?

Gio aparece na porta-balcão e aponta com a cabeça para o fato de que estamos sentados em cadeiras de jardim, sozinhos, observando a vida passar.

— Só mais cinco minutinhos — Daniel resmunga de olhos fechados, sentindo o sol no rosto.

— Vamos cantar parabéns — Gio rebate.

— É só o aniversário de um ano dela, não é tão importante assim — argumento, e Gio joga um garfo de plástico em mim. — Tá bom, tá bom...

Vamos entrando, mas sou puxada por Daniel antes de passar pela porta. Ele me beija profundamente. Me deixo ser beijada alegremente, sabendo que a jornada que estamos prestes a trilhar vai ser a nossa melhor história.

— Eu ainda vou te dar uma mansão — Daniel diz, com a boca colada no meu ouvido. — Vou te dar tudo o que você sonhar.

— Você já me deu. — Eu o puxo para um abraço.

Entramos na sala decorada com o tema Shrek, desenho em que Luiza, a filha de Gio e Sofia, é viciada. Os familiares e amigos estão em volta da mesa de docinhos, Paula e Vinícius também, com Igor e Inácio.

Emprestamos a casa para o aniversário de um ano de Luiza, nosso primeiro grande evento, mas Gio e Sofia estavam tão obcecadas em deixar tudo perfeito que não nos deixaram pendurar nem uma bexiga. No fim das contas, só ficamos observando a casa se transformar, primeiro com a decoração, depois com os convidados.

A primeira festa de muitas. A primeira grande memória do nosso lar. Estou ansiosa pelos Natais, Anos-Novos, Copas do Mundo e Olimpíadas. Estou ansiosa não pelo "felizes para sempre", porque hoje eu sei que isso é mentira, mas pelo "felizes no agora".

Gio pega Luiza no colo e vai para trás do bolo, ao lado de Sofia. Vinícius puxa o "Parabéns", e Daniel me abraça por trás, com a cabeça encostada no meu ombro.

Luiza assopra a velinha, ou pelo menos tenta, e a sala está cheia de vida, conversas e risadas.

— E se a gente pegasse um porquinho? — pergunto para Daniel, observando Sofia cortar o bolo, com o coração transbordando no peito.

— E um pônei pro Fausto Silva — ele concorda, a voz bem próxima do meu ouvido.

Eu me viro e o beijo. Em seguida, ele beija a minha testa.

— Eu te amo — Daniel diz, como diz todas as noites antes de dormir.

— Eu também te amo — respondo.

E eu sei que não é o final.

É só o começo.

Agradecimentos

Vou tentar ser breve — e falhar miseravelmente.

Queria começar agradecendo a toda a equipe da Verus, que me recebeu de braços abertos. Rafa, Ana Gomes, Ana Bittencourt, Mallu e Raquel, me desculpem pelos surtos no grupo de WhatsApp e pelas fotos do Wagner Moura (mentira, pelas fotos não peço desculpa). Também gostaria de agradecer ao pessoal da Galera — não é um adeus, é um *até o próximo young adult*!

Agradeço aos meus amigos do meio literário, os únicos que me entendem nos meus surtos e crises. Juan Jullian, Clara Alves, Vinícius Grossos, Agatha Machado, Amanda Condasi, Ana Rosa, Deko Lipe, Bia Crespo, Paola Siviero, Giu Domingues, Vitor Martins e tantos outros.

Aos meus pais, Solange e Lourival, obrigada pelo presente da vida, pelo amor incondicional, por me darem livros em ocasiões especiais — mas, por favor, NÃO leiam este. Aos meus irmãos, Bruno e Felipe, por me fazerem mais forte. Ao meu primo, Fabrízio, e minha nova prima, Cat, pelas risadas e os conselhos. À minha avó e minhas tias, por fazerem parte da minha vida.

Às minhas amigas do coração, Isadora, Isabela, Marina e Vitória: eu não seria nada sem vocês. Vocês me aconselham, me acolhem, me acalmam e me amam, e que sorte a minha ter mulheres tão incríveis ao meu lado.

Ao Renato, o amor da minha vida, eu já dediquei este livro — mas dedico também todos os outros. Você é o pai dos meus cachorros, o incentivador de todos os meus sonhos, meu psicólogo, eletricista, matador de insetos e porto seguro. Te amo, e nenhuma história de amor que eu inventar vai chegar nem perto da nossa.

Às minhas leitoras beta, Ali, Alê, Danda, Danmela, Dayse, Elane, Gii, Hells, Hikary, Jana, Juju, Mari Biz, Thais 1 e Thais 2, Carol e Kerouls: obrigada pela amizade, a força, as risadas e por torcerem por mim. Eu torço igualmente para que vocês sejam felizes e o mundo lhes seja gentil, da mesma forma que vocês são com o mundo.

Aos meus leitores e leitoras, que me acompanham há dezenove anos ou há cinco minutos, meu maior e mais sincero obrigada. É por vocês e para vocês que eu escrevo — vocês me deram um propósito e um sonho, e a minha vida é completa e realizada por tê-los comigo nessa jornada.

Impresso no Brasil pelo Sistema Cameron da Divisão Gráfica da
DISTRIBUIDORA RECORD DE SERVIÇOS DE IMPRENSA S.A.